U0868437

场/所

李曙白/著

ZHEJIANG UNIVERSITY PRESS
浙江大学出版社
·杭州·

图书在版编目（CIP）数据

场所 / 李曙白著. -- 杭州：浙江大学出版社，2024.1
（李曙白集）
ISBN 978-7-308-24323-0

Ⅰ. ①场… Ⅱ. ①李… Ⅲ. ①中国文学—当代文学—作品综合集 Ⅳ. ①I217.2

中国国家版本馆CIP数据核字(2023)第213084号

场　所
李曙白　著

责任编辑　闻晓虹
责任校对　汪　潇
封面设计　项梦怡
出版发行　浙江大学出版社
（杭州市天目山路148号　邮政编码　310007）
（网址：http://www.zjupress.com）
排　　版　杭州林智广告有限公司
印　　刷　杭州宏雅印刷有限公司
开　　本　880mm×1230mm　1/32
印　　张　11.25
插　　页　4
字　　数　258千
版 印 次　2024年1月第1版　2024年1月第1次印刷
书　　号　ISBN 978-7-308-24323-0
定　　价　68.00元

版权所有　侵权必究　印装差错　负责调换
浙江大学出版社市场运营中心联系方式：0571-88925591；http://zjdxcbs.tmall.com

李曙白（2014 年 5 月，卢绍庆摄）

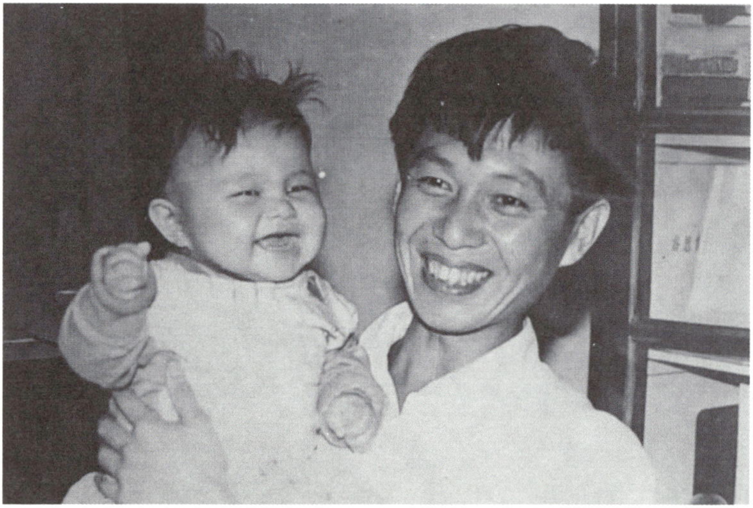

年轻的父亲（李曙白）怀抱可爱的女儿（1984 年 6 月，杭州家中）

慈父（李曙白）嫁女，托付女婿（2017 年 5 月，杭州索菲亚大酒店）

李曙白（左）与卢少庆（2003 年 7 月，桂林漓江）

李曙白（左四）与《绝代回眸》部分作者叶健勇（左一）、李立新（左二）、王晓东（左三）、孙小青（右四）、洪钢（右一），另有洪钢夫人（右二）、何薇（右三）（2017 年 9 月，美国大峡谷国家公园）

李曙白与老校长钱三强的塑像（2021 年 11 月，浙江大学紫金港校区）

李曙白在树林边（2017 年 10 月，美国）

李曙白参加浙江大学党委宣传部活动的留影（2006 年 4 月 15 日，浙江安吉）

李曙白文集合影

［上排左起：《亲历回归与合并：张浚生访谈录》（2011，合著者徐有智、单泠）、《张浚生访谈录》（2011，合著者徐有智、单泠）；下排左起：《西迁浙大》（2007，合著者李燕南等）、《让核技术接地气——陈子元传》（2014，合著者韩天高、徐步进）、《绝代回眸——七七、七八级大学生八人行》（2018，合著者丁仲礼、王晓东、叶健勇、孙小青、李立新、陈大柔、洪钢）］

目　录

第一辑　白色的大鸟

第二辑　无花果树

第三辑 上帝的黑板

第一辑

白色的大鸟

偏　锋

狭　路

你不和那个人说话。

你坐着。静静地，看那个人在浑浊的光照下面，把两只金属球玩得飞星流月。

远方，很圆很圆的月亮，在一条溪水中弄出响声。

有人涉过河流。他随手摸了摸那月。他脸上诡异的笑，如火花一现。

那个声音重又响起。

琐屑的，持续的，愚钝的，像是谁用一把生锈的锯子锯一根原木。

你把手放在桌面下面。你已经触碰到那一丝寒意，锋利的冷。

河流渐渐平静。

涉水的人走上岸，他抬起头，看见皓月当空，像一条船在星海中漂泊。

月辉下的宁静，空阔而神秘。

你突然发现，对面的那个人已经离去。

两只金属球搁在桌面上，像两只眼睛，与你对视。

渡　口

在你的一生中，渡口是值得回味的场景。

乔装的舵工。你确认他是乔装的舵工。他坐在船头，一只手探进水中，另一只手握一根青竹竿。

渡否？

他一边问，一边用竹节敲打着船帮。

水平如夜。水底呢？平静的水面之下，深处有怎样的旋流，怎样的凶险与诡黠？

河那岸有什么？

村庄。果园。一片开满桃花的坡地。或者，墓地。或者，没有门的城墙。或者，什么也没有。

竹节依然敲着船帮。你感到奇怪，他那么敲着，竟然没有一丝响声。

河水静如坟穴。

河岸的柳树上，一根断绳垂挂着。那是一句没有念完的台词。角色呢？

渡。

水波兴起。

投　宿

远近，时闻犬吠。左右，都是稻田。

隐约有竹林，隐约有村庄，隐约有三两盏灯火。你想辨认清楚，那些场景又隐入巨大的黑暗之中。

进退犹豫之间，骤然有一道光劈开夜色，剑锋一样。——

一扇门，它就在你的面前，几乎是擦着你的鼻尖豁然洞开。那光，从门里汹涌而出的光，把你撞一个趔趄，差一点儿就跌坐在地上。

光照到的地方，一面客栈的长条旗在风中摆动，像是一只手在空中张牙舞爪，随时准备抓住触摸到的东西。

你按了按腰间，迎着光走去。

木门砰然关上。漆黑的夜，现在什么也没有。

也可能，什么都有。

弈

那一局你执白。

纹枰静如秋林。落下第一颗子，你听见有鸟的鸣啾自案几上溅起。

有一刻你凝望窗外。一片紫竹林中，持箫的女子一袭素衣，背对轩窗而立。

你没有听见箫声。你知道箫是一件道具，所有的演出都需要道具，而她选择了箫。在竹林深处，有更为寒冷的东西，更为尖锐的东西。

“埋伏是一定的。”你看看纹枰，黑棋的厚势积蓄已久，几颗白子孤悬于腹中，像夜空中的疏星。

夜色从远处的山脚漫延而来，紫竹林罩盖在山的阴影中。持箫的女子已经离去，或者，沉入黝黯之中。

落子如飞。如飞。飞。

纹枰上面，黑白一片。

说分明也分明。

说混沌也混沌。

那个人

那个人进门时蹭了蹭鞋上的泥土，然后按了一下腰间，用左手。

那个人犹豫了片刻，挑选了灯光暗淡处的桌椅。

那个人放下行李。

那个人独自要了三碗酒，一盘牛肉。一盘牛肚和半只羊头。

那个人把一只皮囊重重扔在桌上，发出一声沉闷的钝响。随即，他又把皮囊收起，系在腹部，羊皮袄的里面。

那个人有一口袋金子。这是肯定的。

那个人的金子不在皮囊中。这也是肯定的。

那个人将他一生的财富藏于何处？这是你和我坐在更加黝黯的地方，一直监视着他的目的。

（以上五章原载《散文诗》2005 年 12 月下半月刊）

路　口

那个人就站在路口。

我走过时，他突然走近我。他说，他已经等候我很久。

这很像一部老电影中的镜头，两个地下工作者秘密接头，在对上暗号之后，一个人对另一个人说："我可找到你了，同志。”但是，我不是来和他接头的。

我对他说：“我不认识你，你肯定认错了人。”

“我已经等候你很久。”他固执地说。

我很坚决地走开。我有自己的事情要做，不想在这个路口与一个陌生人有任何瓜葛。

“你会回来找我的。”

有许多年了，我总是听见他的声音在我身后响起。

敲门人

这是一座有些古旧的房子，老式的双扇木门和雕花窗格都漆成暗红色。

一个人在敲门。

天色有些暗了，他的背影让我以为是一个我认识的人。我问他：“你找谁？”

他转过身来，我发现我并不认识他。

现在，轮到他问我了。这座房子里是不是住着某某先生？

他说某某先生时声音有些含糊，我没有听清。不过，这并不重要。我不是个喜欢多事的人，我告诉他我不知道这房子里住着谁，我只是从这儿路过。说完我就走了。

那个人继续敲门。

我已经过了两个十字路口，已经离那座房子足够远了，仍然听到那敲门声。沉闷，固执，像一个人在潮湿的暗夜中咳嗽。

靴 子

一双靴子在雪地上行走，踢踏，踢踏，踢踏。

又一双靴子在雪地上行走，踢踏，踢踏，踢踏。

靴子追赶靴子。

雪地空旷。空旷得让人怀疑这个世界上，在靴子之前从未有人来到过，在靴子之后也不会有人问津。

那两双靴子为什么相互追赶？它们的游戏最终会有怎样的结局？我不知道。

靴子踢起的雪沫飞溅着，在它们混沌的足印中，一些细嫩的草叶像绿色的小手指，从雪地中毛茸茸地伸出。

（以上三章原载《散文诗》2004 年 1—2 月下半月刊）

平　原

大平原

大河以北的平原，是我祖祖辈辈的家园。

大平原哟，在如此寂寥的风中波动的大平原，在如此苍凉的耕耘中生长结实的大平原。

具体到一粒谷子。一粒谷子离开泥土在我手心的掌纹间静卧，它圆润，饱满，因为静穆而沉重。它使我习惯扬起的手臂，此刻，无法举得更高。

那个走在回家路上的农人，他是我的祖父，他可能是另外一粒：深埋在中国农业中，一生只长一枚谷穗。

无名河

在大平原上有许多这样的河流，它们没有名字，它们只是流淌，静穆地流淌。

不知道从哪儿流来，也不知道朝哪儿流去。村庄在两岸排开，庄稼在两岸生长，在需要灌溉的地方，它们化成豆叶，化成稻花，化成谷穗和农人金色的梦。

几座石桥，几处水埠，是它们唯一的风景。它们为土地而丰盈，为土地而消瘦。正是因为土地，它们的流淌才有了意义。

它们沉默地流淌。有时候它们朴实的波浪，也会在月夜或者落日把大平原染成一片橘红时，轻轻唱一支古老的歌谣。那是只有同样古老的土地才能够听懂的歌。

种豆的日子

种豆的日子，家园就在身边。炊烟和屋脊以及母亲亲切的手势，在晨光中温暖。

手指触及泥土，祖祖辈辈的叮咛，从土层中醒来，沿着指尖深入我们的血脉。

只要种过豆子，无论我们走到哪里，都不会距离家园太远。

在每一个潮湿的早晨，我们都会因一缕炊烟，或者一声鸟鸣而警醒——惦记着播种。

种豆的日子，有一种情感播进我们的一生。

豌豆花

豌豆开花，
新娘子到家。

——乡谚

豌豆开花。

豌豆在浅浅的水渠边开花；豌豆在嫩草地上，在嚼草的羊一遍遍抬头张望中开花；豌豆在大片大片的油菜花，在它们金色的摇曳与金色的簇拥中开花。

豌豆在熏熏软软的小南风中，在怀孕的麦子一天比一天鼓胀起腰身，焦急地期待临产中开花；豌豆在啄泥的燕子和爱嚼舌头的喜鹊叽叽喳喳的叫声中开花，在手搭凉棚翘首期待的目光中开花。

白色的，紫色的，淡黄色的，豌豆花，这些翩飞于五月乡野的蝶儿哟。

摇　鼓

从城里回来，父亲给她买了一只摇鼓。

举着摇鼓她播撒欢乐。从一间屋子到另一间屋子；从小鸡觅食的场院，到挂满一串一串扁豆花的藤架下面，她是一只旋飞的红蜻蜓，一只快乐的精灵。

她把笑声传递给正在忙碌的母亲，她把笑声传递给从田间归来的父亲，她把笑声传递给剥豆子的祖母。举着摇鼓，她就是这个农家院落傍晚的太阳。

她的满足是真诚的。她是农家的孩子，她的心是一口小小的水井，只要一场细雨就能够贮满清澈与甘洌，贮满谷物和泥土的香醇。

就是这浅浅的水井，她才盈盈地溢出欢乐，汩汩不断。

平原之夜

我能够谛听你吗，平原？

在菜花和苦艾的香气中，在新翻开的泥土醉人的气息中，我能够匍匐在你阔大的沉静里谛听吗？

我能够谛听新麦的根系在土层下面伸展，叶脉涨满潮水，那细微的欢畅吗？我能够谛听果实落地，如同鸟儿归窠，那样的从容与沉着吗？

我能够谛听星散的村庄，灯火与星辰对话，为它们的安宁祝福吗？我能够谛听母羊分娩，一个新生命降生时的啼哭，并且为它祈祷吗？

平原哟，我在谛听中融入你的怀抱，犹如最后的星辰在黎明时分，融入天边的微红。

（以上六章原载《散文诗》2004 年 9 月）

种树的人

春天到来的时候，他沿着河岸插下一排柳枝。

柔韧的柳枝，苗条的柳枝，看着它们在风中摇舞，他觉得这个春天，有一些嫩黄嫩黄的东西在心中萌动。

许多年之后，一个老人坐在一片柳树林中，看柳絮在风中翔舞。那些轻盈的，在阳光的照射下几乎是透明的小精灵，有一些飞过河流，飞向更远处的草地和庄稼地；也有一些落在水中，漂浮在水面上，随着缓缓的河水向前流动，就像那些逝去的岁月，安详而静穆。

老人想起那个种树的少年，当年他插下一根又一根柳枝，只是为了一直在河边守候到黄昏，守候到前来汲水的红格格棉袄和乌亮的长发辫……

一个女孩子来到河边，她握着水罐朝河水和嫣红的夕阳弯下腰去的姿势，比风中的柳条儿更加迷人。

那是他的女儿。

（原载《诗刊》2008 年 8 月上半月刊）

秋天的树

岩壁前的老人

他正在沉入那片石壁。

就像一只鸟，当它越飞越高，越飞越高，它就沉入了天空。而这个老人，正在沉入石头。

这是黄昏的山中，树木和疯长的草都寂静无声。他从山上下来，背靠一片石壁而坐，可能是因为疲倦，想在这儿喘一会儿气；也可能是想抽一支烟，让生命有片刻的放松。

他毕竟有些老了，一坐下就再也不想站起来，而石壁，这片宽大的石壁，是他在这个黄昏唯一的支撑。

暮色渐浓。老人和石壁之间的界线，越来越模糊。

铁　匠

他敲打一块铁。

那是一块通红通红的铁，刚刚从炉火中取出。在他的铁锤敲打下，飞溅的火花像星辰一样耀眼。

他不急躁。他只是敲打，一下一下，均匀，沉稳，准确，就像一个满怀信心的长跑者，相信终点总会在某一刻到来。

让每一块铁驯服，他认为那是自己今生的责任。

在暗夜中聆听那叮叮咚咚的敲击声，我觉得他甚至能够把天空敲打成他所需要的形状。

空房子

一座空房子，我独坐其中。

没有人来这座房子。我能够听到脚步声，匆忙的，从容的，沉重的，轻快的，但是他们不是朝房子而来的。他们只是路过，从房子前面的那条大道上路过。

推开窗仰望天庭，在头顶上方一片空茫的夜色中，一颗星星孤独地垂悬着，其他的星星距离它很远很远。

那颗星星，它坐在一座阔大的房子中央。

射　击

一颗子弹射出时，另一颗子弹恰好也从枪膛呼啸而出。

两颗子弹在空中相撞。

世界很宽广，可以排出亿万条子弹的道路，可是它们选择了同一条。

你无法表述的是，那两颗子弹是击中了目标，还是没有。

（以上四章原载《诗刊》2006 年 5 月上半月刊）

雪中的白桦林

她来到白桦林。

大雪刚过，一片冰树银花在寂静中开放。她说，她要在这儿造一座房子，回来好住。

她走了。每一年冬天，当第一片雪花落进林子时，就有一张信笺从远方飞来。每一次她总是问：白桦林还在吗？我要在那儿造一座房子。

她走了。白桦林在等待。白桦林上空漫天飞舞的雪花在等待。白桦林中覆盖整整一冬的积雪在等待。

终于有一天，飞回来的不再是那张鸽子一样的信笺。一个年轻人捧着一只木匣来到林中，他把它埋在白桦林中。

他说，这是她最后的愿望：在白桦林中造一座房子，永远居住。

秋天的树

进入秋天的时候，一棵树携带着满身的树叶，就像一位父亲或者母亲，携带着一群孩子。

那是一些顽皮的孩子，他们在阳光中嬉闹。因为他们，一棵树有了沙沙的响声，有了拥挤和推搡，生机和快乐。

进入秋天，树的旅程就艰难起来，他要穿过深秋的肃杀和更加漫长、更加寒冷的冬天。为了度过生命的零度线，为了春天的新绿与繁茂，他不得不舍弃自己的儿女，舍弃他生命的一部分。

树叶落下，一片，又是一片。树就那样无助地看着他的孩子们被风带走，带到自己再也见不到的远方。

一棵树就这样苍老，从内心的创痛开始。

打磨的人

打磨的人在平原上奔走。

平原上的人们用石磨碾磨食粮，当那些磨扇在日复一日的摩擦中失去棱角，打磨的人就会如期而至。

打磨的人用锤和钢凿，用细致入微的劳动，让石头重新变得粗糙。只有粗糙，才能使玉米和谷子成为农妇锅灶上的粮食。

当人们开始用机器碾磨粮食，大平原上的磨扇就越来越少了。打磨的人为了生计，只能走得越来越远，越来越远。

终于，没有一个人来请打磨的人了。打磨的人在夕阳下的田岸上坐了一个黄昏，又一个黄昏。这一天，他重又拿起锤和凿。

打磨的人开始打凿自己的墓碑。

两个老人

两个老人坐在河边木椅上。

一个老人说，河水从东向西流；另外一个老人说，河水正从西向东流。

夕阳下的河水泛着金色的波光。

两个老人就争论起来。争着争着，开始动用起手中的竹杖。一个老人用竹杖在面前的地上点点戳戳，另一个老人也用竹杖点点戳戳；一个老人把竹杖举起来，在半空中挥舞，另一个老人也举着竹杖挥舞。竹杖和竹杖，时而碰撞，时而又纠缠在一起，就像两柄角斗的剑。

河水静静地流淌，对于两个老人的争执，一言不发。

它倒更像一个老人，宽容地看着两个不听话的儿童，在身边打闹、斗气、蛮横无理和开怀大笑。

雁　群

一千只雁结队回家。

一千只雁的翅膀，把深秋的天空擦得更加干净了。

一只雁落伍了。

可能是过于幼小，过于羸弱；也可能是飞过那片树林时，被一根树枝划伤了翅膀。

九百九十九只雁一齐掉转头。雁的鸣叫声卷过来，又卷过去，像飓风一样在我们头顶回旋，经久不散。

那个夜晚，满天空都是雁的眼睛。

（以上五章原载《散文诗世界》2007 年第 2 期）

从东山返回

天色已暗。

道路就在脚下。荒草和过早到来的幽暗都没有将它掩没。

我并没有到达峰顶。

那儿太高，路途过于遥远。在路边回头，我还能看到它，在刚刚降临的夜色中，它显得庄重而神秘。

不过，现在有没有登顶已经不重要了。

我在返回的路上，像一个真正的山里人一样走着。

白桦林和落叶松就在我的身边，它们都是后来栽种的。最早的那些林子早已砍伐殆尽，因为需要它们做出牺牲。

星辰已经在空中升起。

它们闪烁着。它们只为更年轻的生命照耀，千百年来都是如此。

我们都有折返的那一天。无一例外。

道路是预设的。去时的路和返回的路都是。

不同的只是走在这些路上的人，或者慌乱、匆忙，或者沉稳、从容。

傍晚的蝴蝶

持箫的女子

从一开始，持箫的女子就站在桥上。

这是黄昏时分，当小镇的房舍和青石板街道渐渐沉入暮色时，那女子的一袭素衣和白玉石的桥栏，就从深色的背景上面浮出。

桥下是一条河流。那条古老的河，仿佛从这个世界诞生的第一天它就已经存在，已经在流动。但是，河中的水是新鲜的。

一条河流，只要还在流动，不管它有多么古老，那水就是新鲜的。

一袭素衣的女子和女子手中的竹箫，石桥和桥下面的流水，江南的这个黄昏总有些让人无法说清的东西。

我始终没有听见箫声。

听钟的老人

老人住在山脚。

老人知道山顶上有一座寺院。天气好的时候，老人能够看见寺院的一角。

老人常常坐在一棵树下聆听梵钟的响声。他已经听了许多年，那钟声缥缥缈缈，时而悠扬，时而凝滞，时而洪亮，时而低回……

有时候敬香的人来到树下问路：“去那座寺院还有多远？”

“不远了，不远了，你听这钟声！”

“您去过那座寺院吗？”

“没有。”

“靠得这么近，为什么不去呢？”

是啊，为什么不去呢？老人有时也这样问自己。

他说不清楚。

他抬起头，看见在绿树深处，在白云出没的地方，金黄色的瓦顶和棕红色的院墙时隐时现。

老人还是坐在树下，听钟。

傍晚的蝴蝶

夏日的傍晚，我坐在一片小树林中，在白昼最后的光照中读一本诗集。

在这座古老的学府，这片树林是我最喜欢的地方。风轻轻吹过，那些照进林子的橘红色的光斑，随着树叶的摇动也在我手中的书册上晃动着。

不知道什么时候，也许就在我低头沉思的一刻，一只蝶儿，一只黑色翅膀上有许多美丽的蓝色小点的蝶儿，停在了我手中的书册上。这种蝶儿在我散步的公园中经常看到，它们成群结队地飞翔，快乐而自在。

蝶儿匍匐着，它像一个懂事的孩子，只是静静地望着你，不要求什么，也不期望什么。有好长时间我没有翻动书页，我不想打扰它，我愿意它就那么匍匐着，在我的书上，在那些朴素的诗行之间。

天色渐渐暗了，有一刻那蝶儿突然动了一动，好像刚刚睡醒似的，抖了抖翅膀，然后飞出小树林，消失在微茫的夜色中。

春天的长木椅

斜靠在公园的一张长木椅上面，一个老人睡着了。

这是四月初的下午，天气已经暖起来了，公园里的树都绿了，迎春花还没有谢，杜鹃和山茶花刚刚绽放，红的，黄的，粉的，那个老人就睡在这五彩缤纷之中。

就在这时候，一对情侣从树林里走出来，女孩子首先发现了长木椅上的老人，她转过身，把食指压在嘴唇上，对紧跟在身后的男孩子很夸张地做了一个“禁止出声”的动作。男孩子的笑声戛然而止。

那一刻，公园是如此宁静，静得能够听见花瓣落地的响声。

两个年轻人从老人身边走过时，脚步放得很轻很轻。

下午的阳光透过树与树的间隙照射下来，照在长木椅上面，照在熟睡的老人身上。

一只蝶儿停在木椅旁的山茶花上面，它什么都看见了，但什么都没有说。

夏　夜

夏天的夜晚，一只虫子在草丛中唱歌。

它唱得那样投入，这小小的虫子，在它唱歌的时候，它以为这个夏夜的原野，只是为它独自布置的舞台。

有一刻，它抬起头，草叶和树枝织成一张巨大的网，把夜空切割成许多碎片。穿过网孔，虫子看见了星星，一颗一颗，它们照耀着，闪烁着，柔和的光芒那样明亮，但并不刺眼；充满神秘，又使人感到亲切。

虫子不明白，天空中的星星为什么总是一闪一闪的？为什么不停地眨着眼睛？它们是不是想和我说话？是不是想告诉我什么？于是，虫子就不唱歌了。

现在，虫子静静地匍匐着，聆听星星说话的声音。

杯　子

在深秋的夜晚，当我仰望夜空，就看见了那些杯子。

这些小小的杯盏，它们盛满光芒，透明，晶莹，像宝石一样闪烁着；它们在深蓝色的夜幕中，按照亘古不变的阵形排列，悠远而神秘。

因为这些杯子，天空才变得如此璀璨，如此充实，不像人们想象的那样空茫；因为这些杯子，在暗夜中跋涉的旅人，才会在每一次仰望中，都相信自己正在朝目的地靠近。

而我们童年的憧憬、逝去的梦幻和对未来的迷恋与渴望，都因为那些杯子里晃动着的光芒而永远不会枯竭。

那么，是谁每夜每夜，给那些布满天空的杯子注满光芒呢？

鹅黄色的云朵

从我身边走过时，她把围巾轻轻一甩，在我眼前划过一道美丽的弧线。

鹅黄色的围巾！

还记得那时候她总站在路边，几乎是紧贴着灰色的砖墙，睁大的眼睛中三分胆怯七分羡慕，看我们这群男孩子疯也似的跑过，疯也似的追逐打闹。她裹一条黄色围巾，长长的，毛茸茸的，像一片鹅黄色的云朵。她的椭圆形的脸和黑亮黑亮的眸子，就在这云朵中深埋着。

不知道什么时候，那个怯生生的小女孩在不经意之间，突然成为一位娉娉婷婷的少女，在淡淡的夕阳中，娉娉婷婷地从我身边走过。

站在巷口，我怅然望着她的背影，望着一片鹅黄色的云朵，飘出小巷，飘进长街，消失在来来往往的人流之中。

（以上七章原载《散文诗世界》2006 年第 5 期）

上帝的土地

“父亲，你知道天空是什么地方吗？”

提出这个问题时，孩子正仰望夏夜的天空，他的眼睛也像夜空一样深邃。

“上帝的土地。”父亲的话不容置疑。

父亲是个农民，他只能按照自己的理解回答。他告诉孩子，上帝把大片大片的土地留给了愿意耕种它的人们，也把土地上的收获，大豆、谷子、云朵一样白的棉花和满树满树的果实留给了我们。上帝自己，就留下了那片天空。

“那么，上帝在他的土地上播种什么呢？也种植庄稼和果树吗？”

“哦，不。孩子，”父亲沉吟了片刻，“上帝播种星辰。”

许多年之后，孩子的父亲离开了人世，他的犁铧和锄头传到孩子的手中。已经成为父亲一样结实的农民的孩子，每当想起父亲，就会在寂静的夜晚仰望星空。他常常想，父亲现在一定在上帝的那片土地上耕种。上帝拥有那么大的一片土地，他一个人肯定忙不过来；他肯定需要像父亲那样勤勉、那样懂得侍弄土地的庄稼人。这时候孩子就觉得，满天空的星辰都在摇曳，向着他摇曳。就像他的地里，深秋时那些饱满的谷穗。

那真是一片丰沃的土地呀，孩子想。

星辰与星辰

她和他坐在一片草地上。抬头仰望夜空，她说，你是那一颗，我是这一颗。

顺着她手指的方向，他看到两颗灼亮的星星，那几乎就是整个夜空中最耀眼的星星。

他们刚刚大学毕业，正站在人生新的起点。当他们携手走出大学校门时，世界就像一幅多彩的画卷迫不及待地打开。两颗年轻的心充满对成功的渴望和对未来生活的向往。

再一次仰望天空，他们已经步入而立之年。她指着一颗明亮的星说，那是你；又指着另一颗暗淡的星说，那是我。

那时候，他正事业有成，他的同行们也正是这样形容他的：一颗正在升起的新星。而她，生孩子、做家务，除了应付工作外，已经无力向更深处探究、向更高处攀登了。

他把她的手握在自己的手心，轻轻地抚摩，他知道她为他做出了太多的牺牲。

又过了许多年，他们都老了。这一回仰望星空，是他先注意到那些星辰，他指着两颗挨得很近的星星说，那就是我们。

那两颗星星很平常，没有夺目的光芒，黄黄的，淡淡的，但是它们紧紧依偎在一起。

对于两个共同度过一生的人，他们各自担任什么角色，每个人身上的光环，都已经不再重要。能够携手走过沧桑人生，在浩茫的尘寰中始终相依相偎，那才是幸福。

（以上两章原载《散文诗世界》2008 年第 10 期）

燕　子

一双燕子在垒巢。

它们从附近的田野中衔来泥，衔来草，在我居住的房屋的屋檐下面建筑它们温暖的未来。

“不会有一只燕子单独垒巢，就像不会有一只鞋，单独跨过小迁河上的石桥。”

这是许多年前，你在四月的阳光下面说过的话。

如今，我坐在又一个四月。

风吹动杨柳树的枝条，小迁河上熟悉的石桥早已经了无踪影，只有河水，深色的河水仍像许多年前一样静静地流淌。

此刻，你在何方？

暮色渐渐降临。

那一双燕子还在忙碌。一会儿飞出去，一会儿又飞回来。完成它们的工程，看上去还需要一段时间。

我不替它们担心，在一座暖巢中养儿育女，包括共同面对突然而至的风和雨，那样的幸福对于它们只是迟早的事情。

“春天不会很长。适宜垒巢的日子不会很长。”

这也是你在那个四月说的。

在大海边默想

在大海边默想（之一）

1

我坐在海边。

一个人。可是，并不孤独。

大海是宁静的。当然也有波浪。大海永远不会没有波浪。即使没有一丝风吹拂海面。

浅浅的蔚蓝的波浪从远方连绵而来，然后轻舔着沙岸，然后带走一些我们看不见的东西。白色的浪沫和细碎的声响一再溅起，让我想起故乡大平原上的月夜。

这时候，我就和海交谈。

2

黎明。

海天相接的远方，有一抹红色，一抹淡淡的嫣红。

海仍在唱着它的歌。一支古老的谣曲。

你可以认为它是黑夜离去的挽歌，也可以把它看作是对正在到来的光明的礼赞。

在宽广的大海上，白昼和黑夜是那样默契，它们就在那一抹嫣红处交班接班。

然后擦肩而过。

然后走各自的路。

3

我和渔人从海岸走过。他给我讲述风暴、倾斜的帆和早已废弃的木船。

沙滩上面留下我们的足印。很深很深的足印。

海浪从远处而来。那只是一些浅浅的波浪，它们漫上海滩，舔着细碎的沙石。

像一条条小鱼，那些足印游向大海深处。

我们很深很深的足印，就这样被大海漫不经心地收去了。

4

夜色降临。浅滩上面，捉蟹人的灯火一闪一闪。

那是一些与海相伴的人。

他们从小与海嬉戏，长大了就在海的怀抱中流浪。他们的家与大海只隔一道门槛。

大海眷顾他们，给予他们其他人没有的恩宠。

从灯光处传来响声。我分辨不出哪些是捉蟹人的笑语，哪些是大海的浪声。

5

我在大海边默想。

我不是思想家。捕捉深邃的哲思和宇宙的真谛，那不是我的网所能企及的。

我只是沉溺。

沉溺于蔚蓝，沉溺于浪声，沉溺于海底的珊瑚礁与沉船的碎片，沉溺于沉溺时的快意。

我听见塞壬女妖的歌声在不远处的海面上响起。

6

一条木船搁浅在海滩上。

哦，船，有着优美形体的道具。人类所有与海相关的演出，都离不开它的参与。

试图征服大海的人，试图探究大海的人，试图与大海交流的人，无一例外都登上了船。

现在，一条木船平静地搁浅在海滩上。

一行足印，背向大海的足印，从那条船开始，在沙岸上从容排开。

一个角色离开了舞台。

暂时。或者永远。

7

这是另一条船。驶向大海的船。

出海的人在甲板上，他们忙碌着，奋力推开礁石，推开岸。

我看不见他们的面孔。在黎明的微光中，他们是一些活动着的剪影，不断变幻着的充满力与美的画卷。

总会有一些人，在太阳升起之前，远离稳固和羁绊。

大海许诺他们宽阔、流动、漂泊的自由和没有归途的凶险。

8

面朝大海，春暖花开。

那是海子的海。

沙岸、礁石和波浪都沐浴着春天的阳光。海上花园，花朵依次开放。繁茂，但不喧嚣；高傲，但不孤僻。

我喜欢那个海子，在远处的海面上一片帆一样从容的海子。

他的周围，春暖花开。

9

海纳百川。

海是所有的溪流、所有的江河、所有的水系的归宿。

那么海呢？海的归宿在哪儿？

海也会孤独吗？

大海不回答我。

总是以阔大的胸怀包容一切的海。

总是以波漾的蔚蓝抚慰一切的海。

此刻，静默无语。

（原载《散文诗》2007 年 1—2 月下半月刊）

在大海边默想（之二）

1

坐在一片沙岸上，我看着海浪朝向岸边奔跑而来。

那样急切。那样激扬。那样奋不顾身。

它们从不左顾右盼。

一簇簇浪花在礁石上撞得粉碎，在沙滩上吐着白沫败下阵去。然而，从远处，更远处，甚至从水天相接的尽头，海浪们还是接踵而来。

没有一峰浪停顿，没有一峰浪迟疑，没有一峰浪哪怕稍稍压抑一下激情，稍稍控制一下奔跑的节奏……

于是我知道，大海是年轻的，永远。

2

海潮退去时，把一些贝壳留在沙滩上。

我捡起其中的一枚。很小很小的一枚。大海带来了很多这样的贝壳，但是在我低头的那一刻我就知道，只有这一枚，海是给我的。

那么，大海为什么把它给我呢？这是一份礼物，还是一纸通告，还是他与我秘而不宣的某种约定？

大海不回答我。

大海之所以被称为哲人，就是因为他时不时会给你一把钥匙，但从来不告诉我们那把钥匙能够打开哪一扇门。

这大概也是我们始终迷恋大海的缘故。

3

大海始终在波动。

无数次在岸边伫望大海。无论是晨光初启的黎明，还是静谧的月夜，即使没有一息风，即使不是潮涨潮落的时刻，大海都在波动。

大海波动是因为它自己需要波动。大海不是一片很大很大的湖泊，大海也不是一条很宽很宽的河流。

如果大海有一刻，即使是非常非常短暂的一刻，成为一碗静止不动的水，它还是大海吗?

大海可以平静。像哲人一样平静。

但是大海不可能停止波动。就像平静的哲人也不可能停止思考。

4

傍晚的海岸，我在一块礁石上坐下。

这是西海岸，在大海的另一边，坐着落日。

我凝望落日，落日也凝望我。

我们都不说话。我们都是成熟的人，都经历过太多的潮涨潮落。这时候言语是多余的，它只会妨碍我们的交流。

一条大船驶来。它肯定过于年轻，才以一声长长的汽笛宣示它的存在。

大船驶过之后，海面复归沉静，复归一望无际的蓝。

天地之间，只有我们三个：落日、我和大海。

5

一条木船倒扣在沙滩上。

它曾经装满过风暴、划破海天的闪电和狂怒地倾泻而来的分不清是雨水还是海水的大水。

它曾经装满过镇定与恐惧、崩溃前的挣扎与归港时的豪迈、礁石一样伫立海岸的期盼与挥之不去的纠结。

现在，它把这一切倾还给大海。

它什么都不需要了。

它就这样静卧着，在海滩，在它一生荣耀与梦魇的边缘。

不时有漫上沙滩的海水摇着它，轻轻地，像摇一个熟睡的婴儿。

6

大海总是让我们陷入沉思，就像天空总是带给我们幻想。

当我们面对天空，无论是星光满天，还是白云在蔚蓝的背景下变幻成连绵的远山或者草地上奔跑的马群，我们的想象总是无羁地驰骋；而面对大海，我们则要收敛许多，沉稳许多，深入许多。

在大海面前，你永远都会感到自己是幼稚的，是长不大的孩子。

大海是一个导师。

我们总希望自己像大海一样具有内涵。就像一个学生，总希望自己像导师一样有学问，有博大精深的学问。

那么，你就去海边，你就坐在沙岸或者礁石上聆听大海的教诲吧。

（原载《星星·散文诗》2015 年 4 月下旬刊）

海上短笛（六章）

出　发

七月的早晨，托悄悄吹过的风，大海把它的请柬投放在我朝向东方的窗口。

我开始收拾行囊。我知道应当带一支长号，只有它配得上大海的粗犷与壮阔。

然而我没有。我只有一支短笛，我把它插在远行的背囊中。

我希望那些笛孔中，能够流出海的韵律。

海上远眺

一个巨大的圆环。就是这模糊的曲线，区分开蓝色的大海和同样蓝色的天空。

一位海员指着远处，他说那儿有两座小岛。

我的目光在圆环上搜寻，只看见两片帆，淡青色的剪影，随着海浪跌宕起伏。

或者，一只双翅展开的海鸥。

夜　航

穿过浪花一样的云层，月亮和我们一起航行。

收敛起粗犷的本性，月光下的海有千种柔情。一支古老的谣曲在海上漂荡，今夜的大海像故乡一样温馨。

一对恋人踱上甲板，他们依偎在一起，长长的影子一直伸向远处的海面。

蓝

从天的尽头流来，向天的尽头涌去。

从来没有见过这么多的蓝色，好像整个世界的色彩都被滤尽，只留下这蓝，无边无际的蓝。

海鸥从水中掠起，白色的翅羽染上一片靛蓝。

一个海浪泼上云天，天空也变得湛蓝湛蓝。

岸

在海上漂泊久了，就思念岸。

思念田野。思念树。思念赭黄色的海岸线。

思念城市的楼群和道路、汽车的鸣叫。思念夜晚的灯火和灯火闪烁处，我的狭窄的寓所。

只有在海上你才会明白，所有的航行，其实都是为了靠近一条岸。

青岛印象

一张竖琴，放置在绿色的天鹅绒上。

朝朝暮暮，海潮的手指拨动琴弦。于是，绿色的旋律漫出楼群与街道，漫出海滨浴场，漫出海岸那一排排古老的石砌花园……

聆听这琴音，所有的海浪都收住脚步，温柔地匍匐着，沉静如月光下的家园。

（原载《散文诗》2004 年 12 月下半月刊）

月光下的海滩（四章）

酒

他喜欢酒。

没有一次出海他不带上酒，带上一坛浓浓醇醇的家酿米酒。

在海上，当风暴和海浪像摇动一片树叶那样摇动船只，他也能够把酒碗端得平平的，然后一仰脖子，连同咸涩的海风一饮而尽。

后来，他没有回来。

后来，有一个黎明，一个少年带着满满一坛酒跨上了出海的渔船。

在茫茫大海上，他举起酒坛对着望不到边的波浪和天空诡谲的积云喊道：

“父亲呀，我给你送酒来了！”

梭

用一把竹梭，她编织了一生的岁月。

她是渔民的妻子，她知道那个在螺号响起时走向大海的男人，是她的舵，是她的帆和桨，是她这一生的一切。

她为他织网。细密的网，柔韧的网，她和他共同打捞的生活，险恶，咸涩，但却充满诱惑。

当她的男人成为永远不会归来的帆桅，她也成为海岸上的礁石，日日夜夜翘望遥远的海天……

在女儿出嫁前夜，她在妆奁中放上一把竹梭。

海　葬

天色微明。

这时候的海是深色的，钢青色的波浪从远处而来，在礁石和岩岸上撞击出一朵朵细碎的浪花。

一只小木匣放进水中，每个人都用手推一下。那些为他的平安归来虔诚地祈祷过的手；那些每夜每夜，在月光或者灯光下面，编织对他的信赖的手；那些当他从海上归来，把一碗温烫的酒端到他面前的手，将那只木匣推向大海，远离岸，远离稳固和温暖。

而浪，浪轻轻地摇着他，缓缓地把他带向更远处，带向宽阔、蔚蓝和永恒的颠簸。

就这样安息，一个属于海的灵魂回到海的怀抱，回到他最后的归宿。

月光下的海滩

她俯身在他的胸脯上。

在月光下的海滩上，他是她的海。

她一生的航行从今晚开始。她解开缆绳。她升起船桅。她握住木桨。她知道只要划出第一桨，她就永远永远，是这片海上漂泊的舟楫；永远永远，无法回到稳固与坚实。

她把船推离岸。

风，狂放不羁的风，将帆鼓得满满的。

她在航行。时而长驱，直挂云海旭日；时而迂回，小心地绕过暗礁和潜流。咸涩的海水不时泼打在她的身上，她的脸上。她的航行充满颠簸与艰辛，但是也充满诱惑与刺激。

明月当空，今夜的海上，所有的波浪都温存如初夜的床褥。

（原载《散文诗世界》2007 年第 10 期）

扔向大海的石子

从海滩上捡起一粒石子，我朝大海扔去。

我已经使足了力气，但是石子只落在水边，距离海岸很近很近的水边。

小时候在家乡的池塘边，我也常常捡起一块瓦片，或者一块碎砖朝池水中扔去。那时候我扔出去的砖瓦也只是落在靠近水岸的地方。现在，我想，我肯定能够把它们扔到池塘的中心，甚至，更远一些的地方。

我已经长大了。

那么，什么时候，我能把石子扔到大海的中心呢？

我又扔出去一粒石子，再一粒石子。它们还是落在距离岸很近的海边。

我暗自笑了，为自己的异想天开。

海滩上，还有许多人在扔石子。

他们是不是也想把石子扔到大海的中心？

他们不屈不挠地扔着。

对于这些在海边异想天开的人，能不能把石子扔得更远已经不重要，重要的是他们还在扔着。

就像那位一再将巨石推向山顶，又一再滚落下的西西弗斯。

大海溅起浪花。

他浅浅地笑着，像一个睿智的长者。

海滩上的图画

他是一个画家。

那一天他来到海岬，坐在高高的巉岩上，他看着面前的海滩，看着海滩上他刚刚留下的那些足印，突然觉得——

那就是一幅画。

于是，他在离开大海不远的地方造了一座小小的房子，开始在海滩上作画。

每一个早晨，他都来到海岬，用一张自制的木片在沙滩上画呀画呀。直到把海滩画满，直到那一片海滩成为一幅完整的画图。有时候他会站到高处瞧一会儿，然后又回到海滩上添上几笔。

当他满意之后，就坐到那块巉岩上，看他的画。

日复一日。年复一年。

他每天都作一幅画。每天的画都不重复。

月出大海时，夜潮涨起。第二天一早，海滩上什么都没有了，那是又一张崭新的大纸，等待他挥毫泼墨。

不羁的波浪伴着海涛的声响从天边涌来，又伴着海涛的声响向天边涌去。面对大海，他总有无穷无尽的灵感，无穷无尽的创作欲望。

多可惜呀，那么美的画都被潮水抹平了——见过他的画的人说。

不，是大海收藏了那些画。

他执着地相信，大海保留着他的每一幅画。

“有一天，大海会归还的。”

（以上三章原载《星星·散文诗》2021 年第 11 期）

灯塔其实是朴素的

1

一开始我并没有注意到灯塔。

在纽芬兰岛，在一座朝向海的酒店的大厅，透过玻璃门，我一直在看海上落日。当那颗太阳在天空与海面之间的最后时刻，天与海像两面巨大的彩色镜子，把一颗灼亮的小小的火球夹在中间。云霞，那么红那么红的云霞在空中飞翔。

这是一座海湾。海岸像两只伸开的手臂，在远处朝里弯曲着，像是要把这一片海紧紧抱住。近岸的海水幽暗深沉，波浪从远方涌来，扑打堤岸的响声虽然不那么轰响，但是一下一下，沉稳而有力。

那座灯塔就在海湾左前方的海岬上。

2

夜色的到来似乎是一瞬间的事。也可能是我过于关注落日和云霞，没有感觉到夜的脚步临近。

当我无意间朝左前方望去，就看见了灯塔的光芒。

那光一闪一闪的。在夜色，在海岸黝黯的背景中，它醒目地闪烁着。光芒其实并不强烈，就是那么微弱的一个亮点，因为夜色的宽阔无边，因为在那个特殊的位置上的照亮，它才显得醒目而孤傲。

于是，我知道，所谓光芒万丈，所谓指引航船勇往直前，那只是诗人们的形容或者想象。

但是，那光芒已经足以提醒所有驶进港湾或者路过的航船绕过礁石与暗流。

3

第二天一早，我们来到海岬。

这座大海边的小山并不高，朝向陆地这一边是平缓的山坡，而面朝大海的一边则是陡峭的崖壁。久经海水洗涤冲刷，那些礁石嶙峋峻峭，它们蹲伏在近岸的海水中，像是随时准备朝海岸扑来的猛兽。而崖壁则笔直地立于海边，大约有十几层的楼房那么高。海浪不算大，它们从远方而来，撞击在崖壁和礁石上，飞溅起白色的浪花。

灯塔就建在小山坡的顶上。

其实，那就是一个圆柱形的建筑，外墙漆成白色，顶上是一个斗笠一样的屋盖。在屋盖下面留有灯光照射出去的窗口。

4

就在我们围着灯塔拍照时，一辆白色的汽车驶上坡来。

那是一辆小型的工程车，车斗中整整齐齐地排放着一堆工具。工程车在一小片平地上停下，从驾驶室中走出来一个高大帅气的小伙子。他从那一堆工具中挑选了两件，扛在肩上，然后朝灯塔走去。看上去他是这座灯塔的维护工，每天早晨来检查灯塔是他的日常工作，就像工厂的工人维护他的机器，农民维护他的土地。

再光亮的灯塔也是需要一个普通工人维护的。

我又看看灯塔。它在山顶上，一个白色的圆柱体，一个在夜晚用灯光提醒过往船只的立于海边的建筑。

灯塔其实只是这个世界上必不可少的公共设施之一。

夜行人

木　椅

这是一张普通的木椅，就放在书房中，放在靠近窗口的写字台前。

没有任何装饰，漆成稻谷一样的淡黄色，和一个乡间农民从田地里归来，坐下来抽一袋烟的木椅没有任何区别。

阳光从窗口照进，在写字台的桌面铺上一层薄薄的光芒。木椅静静地站立着，与桌上垒得高高的书册保持着一个从容不迫的角度。

现在，主人已经离开了。在木椅上面端坐着的，是他的气息和品位。

稳实，质朴，从任何角度看，它都是一把——

木质的椅子。

阴　谋

你告诉我，在所有的石子中只有一颗能够击中那只鸟。

我捡起一颗石子，把它握在手中。

像剑刃一样锋利的石子，像火一样烫的石子。我从来没有感到一颗石子有这样沉重，它让我的手臂无法举过头顶。

鸟儿飞走了。

我知道在下一个春天，我们再也听不到它清澈的鸣叫了，再也看不到天空下面划过的那道优美的曲线了。

我们可以欺骗众人，欺骗敌人和朋友，甚至欺骗自己。

但是，无法欺骗一只鸟。

一尊塑像

整个夏天，雕刻家都在雕刻那尊塑像。

广场落成之后，人们说，在那儿应当有一尊塑像。于是，他们从远方请来那位雕刻家。于是锤子撞击钢凿、钢凿撞击石头的叮当声，在一片围拢的幕墙中日夜响起，日夜敲击着人们的好奇。

终于有一天，幕墙拆除了，人们看到了塑像。

塑像是纪念一个人的。

塑像是那个人的骨头。是那个人走路的脚步声。是那个人嘴角的浅笑。是那个人永恒的愤怒和不经意间一声轻轻的叹息。

经过那尊塑像时，人们说，看哟，那个人又活了。

所有的人都认识他，但是，所有的人都说不出他的名字。

降落的鸟

那是一只白色的大鸟。

当众鸟朝向高处振翅而去，只有它在降落，降落……

它的翅羽展开，阔大的翅膀轻抚着流云，轻抚着风和树林上空的寂静，也轻抚着我们的目光。

从容，优雅，自信。

它在天空划过的白色曲线，平滑优美，甚至可以说是完美无瑕；它在不断接近我们时，越来越真实，越来越亲切。

而此刻，众鸟高飞。

一只降落的鸟，让天空和云朵也降下来，降下来……

于是，所有的鸟失去了高度。

光　芒

当星辰陨落。

当你仰望夜空，再也看不到那些熟悉的星阵，看不到金牛座，看不到猎户座，看不到仙后座和七姐妹座，也看不到阔大的银河，它的闪烁的浪波和深深浅浅的旋涡……

你将空茫的目光，由天空转向大地上的灯盏。

当灯盏熄灭。

当一座一座城市，一座一座乡镇，一座一座村寨，窗口的灯光一一熄灭；当穿行于夜色中的列车，当航行在茫茫江上的船只，车灯和桅灯熄灭；当你一直注视着的一只小小的灯笼，它在夜幕中归来，转过那片竹林，一阵风突然吹灭了烛火……

你将手中的火柴擦亮。

你把那一星光亮举高，再举高。

这时候一根火柴的光芒，就是所有的星辰，所有的灯盏。

（以上五章原载《诗潮》2008 年第 3 期）

夜行人

持一盏灯，夜行人向远处走去。

黑夜过于宽广，因此我们无法界定夜行人现在的位置。我们只知道他在行走，在大片大片的夜色中行走。

他的移动，缓慢，但却坚定不移。

我们注视夜行人，其实更多是注视他手中的灯。

在夜色中，我们无法看清他的面孔。因此，我们不知道他是谁。他可能是一个我们认识的人，甚至一个朋友，一个亲人；当然，也可能我们从未见到过他，他只是一个陌生的旅人。

但是我们能看清他手中的灯。

在深广的黑暗中，一盏最小的灯，它的光芒也灼亮无比。

现在，让我们的目光暂时离开夜行人，注视一下今晚的天空。

群星闪烁。

千百年来，夜空中的星辰以古老的阵形排列，似乎从来没有变化过，从来没有一颗星星离开过自己的位置。

但是我们知道，在我们看不见的深处，星空正在发生微妙的变化。星辰与星辰之间，接近，疏离，碰撞，重组。

有一些星辰离去，而新的星辰每一天都在诞生。

夜行人越走越远。

我们已经看不见他的身影。就像一粒盐融入了大海，夜行人融入了夜色，融入了那片巨大的黑暗。

只有那盏灯，它飘摇着，飘摇着，越来越远，越来越远……

在我们目光的尽头，它和最远的一颗星挨得那样近。

再有一步，夜行人的灯就是一颗星。
再有一步，夜行人就跨进了天庭。

和我们一起航行的一只海鸥

它一直跟随着我们。

我已经注视它很久了。当其他的海鸥，最初是十只，或者还要更多一些，一一离去，渐渐消失在水天相接的海平线上，只有它一直追随着我们的航船。

一会儿飞在船头，一会儿飞在船尾。

我不知道它为什么和我们这样亲近。我也不知道它从何处飞来，又要往何处飞去。

我们必须航行。为了到达某个港口，以及比港口更加遥远的某个目的地。可是海鸥呢？它们也一样吗？

它们的港口在哪儿？它们的目的地在哪儿？

海天苍茫。

我们仍在航行。

当大海的蓝色成为目所能及的场景中唯一的色彩，当我们的航行由最初的新奇和激动变成单调的重复，我们对于岸的思念潮水一样飞涨。

和我们一起航行的海鸥呀，你不断拍动的双翼，你在这空阔画面上的飞翔与生动，给我们孤独的航行带来多少慰藉。

或者，你是另外一个航行途中的我？

或者，我是另外一只浪花中的海鸥？

孤山访梅

暗香浮动。

还在途中，还没有走出一座城市的烦嚣，就闻暗香浮动。

毕竟是和靖山人的梅花哟。

一千年，暗香丝丝缕缕，缥缥缈缈。

一千年，几时断？几时续？几时寒风乍起，花开又落？几时疏影横斜，月色黄昏后？

宋朝已远。

素月已远。

放鹤亭在侧。

先生在侧。

今夜，我来寻梅。

今夜，我就是他放牧的一只孤鹤。

隔湖而望，一座城市的灯火远比星空还要璀璨。

从都市吹来的风，即使在早春也有一阵阵扑面的燥热。

谁还会为一枝梅花而来？

谁还会为今夜的暗香而来？

对坐无语。

我与一枝梅花相守。

（以上三章原载《散文诗》2009 年 1 月下半月刊）

墓　碑

一个人死去之后的名片。

没有了职务和职称，没有了大大小小的兼职。没有了级别，没有了正与副。

一旦躺在这儿，就没有部长，没有主任，没有董事长和总经理，也没有教授、作家、业务员和油漆工。有的只是某某先生，或者某某女士。

也没有工作单位和家庭地址。他们就在三尺黄土之下，上班和生活都在这里。工资再低也不会跳槽。通常，也不会迁居到一所面积更大的房子，或者带花园的别墅。

也没有手机号码。因此，不通微信，没有各种微信平台和可供交流的微信群。

其实带一只手机过去也很方便，只是网络业务还没有拓展到他们的社区。4G 和 5G 都没有。

这张名片比他们活着时用过的干净许多。

他们的生活也比活着时简单许多。

白色的大鸟

落　叶

落叶触地。

一声。又是一声。

如此固执地响着，像是我的早已去世的祖父，他总是在黄昏，在落日逝去星辰还没有升上天空之时，反复用他的手杖敲击着地面。笃笃，笃笃，似乎，就是那响声推迟了黑夜的到来。

那么现在，这些落叶，它们想告诉我什么？

这些树，高大的橡树，连成一片的低矮的青冈，总是快乐地摇动它们的子孙的悬铃木，在这个寒意初露的早晨，它们，想告诉我什么提醒我什么吗？

一声。又是一声。

季节的更迭总是比我们的预想来得更早。

那条不紧不慢地流淌着的河流，浅浅的水波一如既往地平淡。而秋天，在我们凝望一枚果实时，已经蓦然来临。

一声。又是一声。

漫不经心，抑或老谋深算。

飞翔的鸟

生为一只鸟，它就注定一生都在飞翔。

为了温暖飞翔。为了食物飞翔。为了成长飞翔。即使什么也不为，它们照样飞翔，照样尽可能地展开双翼，尽可能地让自己远离大地的羁绊。

贴着乡野和村庄低矮的屋脊飞翔。

鸣叫着在蓝天和我们的仰望中飞翔。

从南方飞到北方，又从北方飞到南方。从春天飞到秋天，又从秋天飞到春天。从一棵树飞到另外一棵树，从一片树林飞到另外一片树林。

因为飞翔，鸟和家园的距离变得很近。

因为飞翔，鸟和鸟的距离也变得很近。

在这个世界上，我们拥有很多东西，其中的绝大部分鸟都没有。但是鸟拥有的快乐，我们不一定拥有。

劈柴的老人

他坐在柴垛后面，大山坐在他的后面。

他在劈柴。冬天已经不远，他需要足够的柴火驱赶寒冷和孤独。大山里的岁月，每一点小小的温暖都需要付出十倍的辛劳。

显然，他有些老了。斧子在他的手中是那样沉重，沉重得就像每一下，他都在把他的一生举过头顶。

一辈子都在劈柴，一辈子都在为冬天准备柴火。他觉得自己就是一根快要燃尽的木柴，微弱的火烬中，最接近深处的地方已经熄灭。

坐在深秋的夕阳里，风吹动他花白的头发和撩起的衣襟，就像吹动一根无助的小草。

夜风渐寒，他全然不觉。

坐在一棵树下

坐在一棵树下，不用抬头我就知道，在树叶与树叶的缝隙间，那些果实正摇动它们最后的成熟。

想起远在异乡的朋友，他们在春天走出我的视线，我一直凝望他们的背影，像凝望一盏盏在黑夜中渐渐远去的灯。现在，他们回过头来，就能够看见高处的树枝上，我们共同期望过的收获。

坐在一棵树下，我默想生活的偶然与矜持。一些人追随倏忽而去的季节，他们的身影在流浪中填补大地的空白与寂静；而另外一些人，就像我，一生守望唯一的果实。

偶然，坐在一棵树下，看见在深秋的肃静中，阳光和风在树叶与树叶间平静地流淌。

（以上四章原载《诗潮》2010 年第 10 期）

白色的大鸟

它感觉到光芒正从远方而来。

它不知道自己沉睡了多久。一个世纪，或者更长。

我必须醒来，它对自己说。

光芒正在到来。我必须迎接第一缕光。我必须和光芒一起飞翔。

现在，它在飞翔。

它飞过树林上空的寂静。

它飞过宽阔的河流和更加宽阔的田野。

它飞过一座座村镇，一座座城市。

它一边飞翔一边鸣叫。它的鸣叫像雨点一样落向大地。

在它的鸣叫声中，树林醒来，在晨风中手舞足蹈。

在它的鸣叫声中，河流醒来，远行人解开系结已久的缆绳。

在它的鸣叫声中，天空一点一点明亮起来。站立在大地上的高楼有了光亮的一面，行走在街道上、田野上的人们，看着自己的影子，知道了光明和黑暗的区别。

在黎明的微光中飞翔的白色大鸟。

迎接最早的光芒的白色大鸟。

把大地唤醒，把岁月深处的一些东西唤醒的白色大鸟。

飞过天空，也飞过我们心中隐藏着的一片蓝天的白色大鸟呀！

大 船

大船的到来毫无预兆。

当我们还在担忧一片麦地上迟迟不肯垂下的麦穗时，当我们收拾好农具站在宽阔的田野上不知所措时，大船蓦然出现。

古老的码头，青石水埠闪着幽蓝的亮光。

我们在沉默中等待的一切，我们一直不敢奢望的一切，随着大船的到来在码头上堆成一座座小小的山包。

而大船静静地泊在岸边，似乎这一切都与它无关。

河水流淌，穿过大地和所有平淡的日子。

只有生活在河岸的人，只有我们知道，那河水每一天都是新鲜的。

一天天新鲜的河水肯定会给我们带来什么。

因此，大船的到来是必然的。

大船走了。

大船的影子消失在河流与天空相接的远处。

我们还会期待。我们还会站在河岸，站在我们熟悉的尘埃中朝向河流的上游眺望。

下一次，大船，仍然会给我们带来惊喜和对我们生活其中的岁月的信赖。

（以上二章原载《散文诗世界》2010 年第 10 期）

野马群

白色的。黑色的。枣红色的。金棕色的。

扬起你们的鬃毛。昂起你们的头颅。放开你们的四蹄。

——啊，野马群！

所有不羁的灵魂。所有向往自由的灵魂。所有快乐的、痛苦的、忧郁的、高傲的灵魂。

奔腾吧！

奔腾是你们的生命。奔腾是你们的权利。奔腾是你们赢得尊严的唯一方式。

——啊，野马群！

你们奔向何方？

哪儿宽阔哪儿就是目的地。

哪儿天高哪儿就是目的地。

哪儿有阳光、空气、河流，哪儿有丰茂的水草、温润的雨水、飘荡的流云，哪儿就是目的地。

——啊，野马群！

草原随你们一起奔腾。大河随你们一起奔腾。群山和雪峰随你们一起奔腾。

日月星辰随你们一起奔腾。

自远方而来，往远方而去。那震撼辽阔大地、回荡亘古，让我们在聆听中保留一份自信与期待的，是你们的蹄声呀！

——啊，野马群！

大森林（二章）

豹

我必须镇定。

看见猎豹的那一刻他就对自己说。

他是走在一片树林的边缘看见那头豹的。那时候他偶然看了一下左侧的山岗——就看到一头豹正沿着山脊行走。

他不知道那头豹是什么时候跟上他的，他也不知道那头豹因为什么跟着他。

豹的脚步缓慢，但却坚定。

我必须镇定。

像一棵树一样镇定。像一块石头一样镇定。

他告诉自己，遇上一头豹是迟早的事情。只要还在这片树林的附近行走，只要不离开这一片山岗，一头豹总会在你意想不到的时候出现。而现在，这并不是最坏的遭遇，至少，我已经看见了它；至少，我还有时间思考对付它的办法。

豹凝视他。

他也凝视豹。

起风了，树林像无数双挥动的手臂。

它们在为谁加油和呐喊？

这是一场决斗，他想，一场机会均等的决斗。或许，比起它我有微弱的优势。

力量、勇气和狡诈，将决定这场较量的胜负。

他继续朝前走，缓慢，但却坚定。

冬　雪

他朝山林走去。

山峦起伏，在晨光的照射下，雪峰耀眼的银色反光让他睁不开眼来。他又一次拉底帽檐，压住了眼睛。

他是如此兴奋，积雪覆盖的山林让他有一种悲壮感。

他渴望血。

他的儿子就要出生了，按照这片山林古老的习俗，一个猎人的儿子在出生后的三天之内，必须用一碗熊血为成长壮行。

没有喝过熊血的孩子，永远成不了猎人。

他望了望远山：我的儿子必须成为猎人。

他在寻找熊的足印。

雪已经落了很久了，那些饥肠辘辘的熊也在寻找猎人。

他相信肯定有一头熊在等着他。

熊的血，或者，自己的血。

他已经听到婴儿的啼哭。

在这个早晨，这哭声像垂挂在天空的星辰一样给他启迪。

他还从来没有战胜过一头熊，但是这一次，他能够。

一棵棵披挂银装的树在他面前闪开，他知道这是山林之神，正为他敞开大门。

峭壁与果园

果园的存在是一个偶然。

而悬崖壁立。

悬崖以傲视群伦的气势宣布在这条河谷对时间和空间的掌控，并且很简洁地表明它与天空最为亲近。

果树开花、结果。

那些花自开自谢，从来无人欣赏，无人采撷。

那些果实自结自落，从来无人收摘，无人品尝。

悬崖还是悬崖。果园还是果园。

悬崖无法影响果树开花结果。果园也不理会悬崖的君临天下。

年复一年。

年复一年。

住在山脚的人们都知道有一座峭壁，他们一抬头就能够看见。

住在山脚的人们不知道峭壁下面还有一座果园，因为他们从未尝试进入大山深处。

一座城市的坐标

第一人民医院

一个婴儿在妇产科发出第一声啼哭。

一个患者在肿瘤科的病床上最后一次，也是永远合上眼睛。

人民医院，这儿负责接待初次来到这个城市的人民，也负责最终送走他们。

坐在导医台后面的护士，她很耐心地向每一个人介绍就诊的程序，指导他们向左、向右，去三楼或者五楼，找到他们应当去的科室。

当人来到这个世界，在初生的婴儿和临终的患者之间，谁指引他们？

谁有权利和智慧引导他们走好每一程、每一步？

每一个躺在病床上的垂暮老人，每一个前来就诊的患者，都有一份病历。

这是和一个人的历史档案并列的另外一份档案。生病和医治的档案。

一个人年轻的时候可能更看重前一份档案，那儿记载着你的职位、成就、荣耀以及挫败和失落。

但是，当他进入晚年，他可能更看重后一份档案。

一条肃静的长廊。一边是窗口，一边是一长溜儿手术室。每一间手术室的门上都亮着红灯：手术进行中。

这更像一条河。岸边排列着古老的渡口。

一些人从手术室出来时还留在河的此岸，另外一些人则可能已经跨过河流，抵达遥远的彼岸。

忘川之水。

据说，从事过医生职业后来成为大作家的，在文学史上比比皆是。

据说，一个原本平庸的作家，在人民医院的病床上写出了他的传世之作。

这大概是因为，医院，是这个世界上唯一距离死亡和诞生都无限近的地方。

广　场

广场是一个开放的场所，谁都可以毫无障碍地进来。

包括乞丐和刚刚出狱的刑犯。

广场上有一座雕像。它建造于那个并不遥远的年代。

现在，它已经失去了当初的象征意义，它只是一个地点，一个方位的标记。有时候两个人相约，就会说，我们在广场上的雕像前碰面，不见不散。

时间会改变一些东西的价值。

在这座城市，广场恰好与博物馆为邻。我知道这不是刻意的设计，但却留给我们更多的想象。

离开广场的人，绝大部分散入城市的各个角落，甚至更远的地方。

也有极少数人走进博物馆。

他们只是选择了不同的方向，与年龄、性别和人生态度无关。

走进广场上的人群中，有些人相识，更多的人不相识。擦肩而过时，可能会点点头；谁碰着谁，谁妨碍了谁，只需要微笑一下表示歉意。

这里没有处长、局长，没有董事长和经理、主管。

没有老师和学生、演员和观众、船长和海员、上帝和子民。

有一小段时间，广场上曾经站着两个警卫，就在雕像的左侧。但是没过多久岗哨就撤了。

一座空旷的广场没有什么东西需要保卫的。

或者说，它需要保卫的东西，远不是两个警卫能够胜任的。

（以上二章原载《星星·散文诗》2014 年 4 月下旬刊）

档案馆

档案馆对应的坐标不是空间，而是时间。

巨大的落地玻璃窗。

在窗户外面，时间一如既往地流动，平静而秩序井然。但是在窗内，时间凝固成为一些节点，一些片段，一些可信或者仍然存疑的存在。

一叠陈旧的文稿。

一卷缩微胶卷。

一幅残损的地图。

在档案馆它们才是主角。它们在这儿讲述时间，讲述自己，而把我们置于舞台之外。

我们，甚至连观众都不是。

历史是那些知道选择的人书写的。

所有的档案都是为把这些选择告诉后来的选择者而留存的。

在时间单向的坐标上，那些选择已不可能倒转。唯有后来的选择者可以在另外的节点上窥见冰山一角。

于是惊悚，或者释然。

走出档案馆，我折向西。

这是一条繁忙而拥挤的街道。车流汹涌，人流汹涌。因为汹涌，道路才不断拓宽，才有现在四车道的宽阔。

我将去哪儿？我心底明白。

大学路

大学路修建的年代已经很远了。

那时候这座城市只有一所大学。因为唯一便成为一种象征。

所以，它门前的道路被称为大学路。

所以，走在这条路上的人，远远望见那座凝重的校门，便油然而生敬意。

如今，这座城市已经有十七所大学，最早的那座大学也早已经搬离原址。

但是路名留了下来。

在城市地图上，它是上百条道路中的一条。

那所大学的校址，现在是一个居民区。

在有着灰色外墙和被阳光照得闪烁不定的层层玻璃窗的建筑群中，一座棕红色墙体大屋顶的古建筑显得突兀而又气度非凡。

它是当年那所大学的办公楼，作为历史文物被保留下来。

城市不断发展，大学路因为不是主干道而逐渐遭到冷落。在动辄三车道、四车道，两旁高楼竞相攀比的城市道路中，大学路显得有些狭窄，有些局促，甚至有点儿寒碜。

偶然还有一两个行人，在路边站一小会儿，望一眼那座古典的建筑，一脸茫然。然后走开。

然后，汇入滚滚人流。

护城河

其实，这座城市自古以来就没有经历过大的争战。

但是，在那个战争成为最习以为常的游戏之一的年代，护城河还是必要的，它的存在就是对来犯之敌的震慑。

城墙也是如此。

随着城市的不断扩展，护城河早已经成为城中之河。

一不小心，它成了风景。

水波粼粼，杨柳依依，四季花开不断。这个本来就缺少水流的城市，因为这一泓碧水突然就变得生动起来。

这是一座古城。城墙早已经拆除，护城河却成为城市的风景。这很有一点意味，同样用于战争防御的设施，如今命运大相径庭。

其实，古城墙如果保留下来，现在也是风景。

许多年来，人们并没有刻意保留护城河，它只是自然而然地，因为在战争之外，还能够带给我们什么，才一直流淌到今天。

这是它和城墙的不同之处。

当然，现在护城河是保护的重点，它对于这座城市的意义是多方面的。有生态环境的，有人文历史的。

一条河流，为保护这座城市而诞生，现在成为城市保护的对象，这一角色的转换，其中有太多值得回味的东西。

时见有人在护城河上垂钓。

河里鱼很少，垂钓者常常空手而回，但仍有人乐此不疲。

前些日子，一位钓者从水中钓出一支断戟，他请专家鉴定，说那是汉代的古董，比渔民打了一辈子的鱼都值钱。

这只是一说而已。

（以上三章原载《散文诗》2015 年 9 月下半月刊）

人民路

人民路横贯东西。因此，它成为丈量这座城市的标尺。

在很长时间里，它只是一小段。随着城市的发展，它向两端不断延伸。现在，在城市地图上它被分为三段：人民东路、人民中路和人民西路。

在一个为期不算太长的特殊年代中，这座城市的许多街道更改了名字（其他城市可能也一样）。那个年代过去之后，这些名字又纷纷改了回去。

路还是原来的路，名字折腾了一个轮回。

但是人民路没有改过名。

当更宽阔、更平坦的路一条又一条出现时，人民路就显得捉襟见肘了。它的狭窄，尤其是人民中路那一段，拥堵得让人惨不忍睹。

人民路需要拓宽。

但是人民路两侧的那些高楼大厦，那些钢筋水泥的庞然大物，搬动它们甚至比解放这座城市更加艰难。

曾经的辉煌，现在成为绊脚石。

人民路在这座城市的地位无可替代。

但是，人民路也需要出路。

和平桥

和平桥在人民路上。

和平桥与和平无关。也与战争无关。

一个时代的风尚借助一座桥在这座城市打上烙印。

许多年前，和平桥下面是一条河流。这和所有的桥一样。

河面不算太宽，但是水波四季不息。河两岸的房舍和柳树，和在柳树荫中散步的老人，确实有一点和平的意味。

后来，河水淤堵了；再后来，在被填埋的河道上，一座一座楼房轻而易举地取代了流淌了上千年的河水。

在一座城市的发展中，楼房总是比水和柳树重要。

现在，和平桥算不算一座桥很让人尴尬。

它具备桥的形态。曲拱形，有两排石雕的栏杆，还有一个桥名——和平桥，楷书，甚至有题写人的落款。

但是，它没有桥的功能。曲拱下面没有水，也没有道路。只是一些花草植物，城市绿化带的一小部分。

在可以预见的将来，和平桥不会湮没。

这儿的居民点叫和平桥街道。这儿的菜场叫和平桥农贸市场。这儿有和平桥医院，和平桥饭店，还有一所和平桥幼儿园。

可能有一个孩子长大以后会想起，他的儿童时代和一座似有若无的桥有关。

（以上二章原载《湖州晚报》2013 年 2 月 9 日）

钟 楼

在这座城市，这是我最早仰望的建筑。

那时候它在一群低矮的平房和小楼之间，鹤立不羁。而我，面对高度和时间，感觉一个人的渺小与无助。

许多年过去了，我偶尔还去看钟楼。有时候我觉得时光就是从那两根时针和分针间流逝而去的，有时候又觉得不是，它是在更加广阔的空间中流淌。

城市在高速发展。高楼，更高的楼，更高更高的楼，一座座，甚至把天空都挤得窄小了。而钟楼，它现在只是群峰竞峙的峡谷中一块蹲伏着的石头。

有好多次，人们在议论，这座砖砌的小楼与城市太不相称了，该拆了；但是，它始终没有拆。

钟楼没有拆掉的原因在民间流行两个版本。其一是钟楼虽然现在还不是文物古迹，但将来肯定是。据可靠人士说，申报文化遗产的工作已经启动。其二是，据说有一日，曹市长带着他的孙儿在钟楼前的广场上散步，偶然听见一位长者说了一句话。从此，曹市长坚决不同意拆毁钟楼，甚至在市委常委会上慷慨陈词。

那位长者望着钟楼说的是："噢，那钟还在走。"

水井坊

水井坊是一条街，一条很小的街。

水井坊当然要有井。井就在街口上。

那口井最醒目的是它的井栏，那是一整块青石做成的，中间是圆形的空洞，打水的吊桶就穿过空洞探进井内。井栏的外侧是六角形的。栏口上因为久经井绳摩擦，已经勒出了一道一道深深的凹槽。

水井再过去是一条繁华的大街。

人流，自行车流，小轿车和各式汽车的流水，就在那儿滚滚向前。

水井蹲伏在一条小街和一条大马路之间，好像在刻意守护着什么；又好像只是旁观者，一直在观看风景和风景中的人物。

在那条大街上川流不息的人群中，有当地人，也有外地人。人们看到在如此热闹的市区中有一口井，常常会走过来看看。因此，那井边时不时就围满了人，大家趴在井栏上朝里面张望。

井中黑咕隆咚的，什么也看不见。

有人说里面有水，有人说没有水。说有水的和说没有水的，其实都不是认真的，他们只是好奇，只是想发表一下自己的见解。说过以后他们就走了，有水和没水都和他们无关；甚至，他们很快就忘记自己说的是有水，还是没水了。

某一天，一个孩子走到井边，他捡起一颗石子扔进井中，只听见“咔嗒”一声脆响。

孩子说：“没水。”

其实，水井坊的水井早就枯干了。

（以上二章原载《伊犁晚报·天马散文诗专页》2012年第6期）

场景与角色

情　节

“情节并不重要。”

你坐在暗处，你的声音明亮得像三月的河流。

这个季节你的演出很少，戏服都有了腐烂的气味。

灯光和布景都无法挽救一场大戏的落幕。

有时候你真的希望舞台像你年轻时那样简洁：一棵树便是一片遥远的树林。

舞台上的那场雨已经结束。作为道具的旧布伞在岁月深处落下。

你撑起另一把伞，但是你不能肯定，它会帮助你穿过雨季。

结　局

握有一副好牌的那个人坐在离舞台最远的角落。

梅花J和一张黑色的小丑什么也说明不了，主宰这场较量的人坐在更远的地方。

——他握有的，是一座剧院的钥匙。

静默。

这时候，等待是唯一的选择。

骰子落地。

恰如其分的响声，比一片树叶轻，比一声雷鸣重。

结局还没有到来。但是你知道，随之而来的一切都不是偶然。

道具：杯

用杯作为道具是你的创意。

这一生你只相信两件事：酒和阴谋。

此刻，酒回到酒缸，阴谋藏在杯中。你知道一旦站在这个舞台上，阴谋就比酒更加香醇，更加让你沉迷。

你举起杯，将要发生的一幕会写入这座剧院的历史吗？

你没有饮尽酒杯。

它只是道具。在那个丑角端上舞台之前，什么也没有倒进去。

它本来就是空的。

道具：烟

现在，抽一支烟是必要的。

窗户外面，一棵树上叫不出名称的果实和一个人的面孔模糊成一片。

你让那支烟燃着。红红的一个小点，燃着；舞台，也就燃着。

灯光暗转。有时候我们确实需要在黑暗中看清世界。

满城的灯火。满天空的星辰。还有，你手中的一支烟。

"所有的光都是同一枚果实。"

你想不起来，这句台词是剧本中写着的，还是你临时添加的。

座　椅

座椅是导演的，但是他不在。

座椅空着。
想坐上去的人站得远远的，不想坐上去的人围在座椅边上。
当然，这是我，一个看戏的人看到的情形。
而舞台上的人，他们看到的和我看到的绝对不会相同。

演出还要进行。导演在场和导演不在场，那是两场戏。
但是，演员是一套人马。
座椅其实也是导演。

对　白

"四月是没有意义的。"

你坐在观众席上。你的声音来自舞台深处。

一个解开船缆的人，重又把缆绳系在一棵树上。他回头的一刻，一朵花正从一片树林浓密的树荫中探出头来。

"春天正在回来的路上。"

一把伞从观众席上落下。
天空澄亮，你听到击水的桨声。

座　位

你始终觉得你对一出戏的理解受座位的影响。

你很想换一个位置，比如在舞台上的某个角落。

你知道舞台上有许多空着的地方。比如一座豪宅的走廊，一片风景中靠近河岸的孤树下。在那儿能够看到那些演员，他们背向灯光时的演出。

演出还在继续。

近在咫尺又遥不可及。

你的座位一如既往。

丑　角

丑角的出现令一场剑拔弩张的戏突然变得轻松。

“一出没有丑角的戏就像没有留白的国画。”

这是导演说的。导演说这话时背对着舞台，因此他的话被认为是阳光灿烂下的一片薄雾。

演出继续。

丑角很快被赶回他自己的那个角落。

“丑角永远是丑角。”

这是一句经典台词。能说出这样台词的人总是站在舞台中央。

（以上八章原载《上海诗人》2019 年第 5 期）

AB 角

演员太多，舞台太少，就有了 A 角和 B 角。

穿一样的戏装，念一样的台词。

你登台时，我旁眼看戏；你卸装后，我粉墨亮相。

绝代佳人。

风流才子。

壮士行侠。

小鬼过市。

外行人看戏。内行人看角。

不管 A 角 B 角，只要有人为演出买票，一场大戏就会长演不衰。

假面舞会

面具与面具。

交错。

旋转。

拥抱和分离。

相视和猜度。

和你手臂相挽的那个人，也许就是昨晚，你谈判桌上的对手。

与你擦肩而过的那个人，也许就是你交往多年的朋友。

什么都无法肯定，什么都可能发生。

这时候你唯一认识的人，就是你自己。

（以上二章原载《散文诗》2008 年 2 月上半月刊）

场　所

这个世界有许多可疑的场所，我们穿行其中。

——题记

剧院（外一章）

这座剧院建造于二十世纪五十年代。

那时候这座城市还没有像样的剧院。为了迎接苏联一个歌舞团的来访演出，贫困中的城市建造了一所与它自身相比较足够宏大足够奢华的剧院。

从此，剧院成为这座城市的骄傲。

剧院的一个特点是，在这个世界上可能有若干个剧院正在上演同一个剧目。

也就是说，一出正在这个剧院演出的戏，可能在北京的某个剧院、西安的某个剧院，甚至纽约的某个剧院、布加勒斯特的某个剧院，也在演出。

同样的剧情。同样的角色。同样的布景。

可能有细节的出入，不同剧团因不同的演出风格而产生的细微差异。

最关键的是，落幕时的结局是同样的。

因此，当我坐在剧院的观众席时，地理位置便消失了。

我可能坐在这座剧院。也可能坐在北京的剧院，西安的剧院，纽约的剧院，布加勒斯特的剧院。

这时候只有两个地点，演出的舞台和观众席。

当你走出剧院时，你才回到原先的地理位置，回到你所在的城市。

我从剧院走出。

城市正灯火辉煌。我在这座城市生活了四十年，目睹它从一个原本陈旧、破败的旧城发展成为现在不乏豪奢的现代都市。城市的夜生活也日渐延长，用灯红酒绿来描述已经远远不够了。

一辆出租车停在我面前："先生，您去哪儿？"

我还在回顾刚才的演出，那一刻，恍若隔世。

入场券

一张入场券从我的一本书中滑落下来。

7 月 2 日，23 排 15 座。

没有年代。没有那出戏的剧目。

我努力回忆我在这座剧院看过的剧目。但一无所获，这就像穿越到过去寻找一段青春记忆或者一段短暂的爱情一样困难。

7 月 2 日，因为没有年代而显得模糊，显得不确定。但 23 排 15 座，座位是确定的，剧院是确定的。

由此我知道，在过去的某个时刻，漫长的时间中的两个小时。我惬意地坐在一张木椅上。

那时候我只有一个身份：观众。

我看别人表演。全身心放松在那个座位上。可能还带了点零食，如果在九十年代就是一小袋葵花籽，如果在这个世纪初就是爆米花，如果在七十年代呢，那时候什么也买不到，可能就是母亲攒着的几粒红枣。

我已经有多长时间没有去剧院看演出了？有多长时间没有放松地做一个观众了？

我们在生活的漩涡中随波逐流；我们被迫或者自愿成为某个角色，不停地表演，表演，表演……

23 排 15 座，此刻，我是如此怀念那个座位。

（原载《散文诗》2021 年 9 月上半月刊）

影楼（外一章）

过去叫照相馆。

现在叫影楼。

为什么要改名？我问接待我的一位小姑娘，她一脸的茫然。

影楼门前的玻璃橱窗中摆放着许多照片。

有风情万种的，有故作矜持的，有艺术家范儿十足的大腕明星，当然，更少不了秀恩爱的小夫妻、披婚纱的新娘……

一年四季，昼夜晨昏，不管什么人来到面前，他们的表情都一如既往。

影楼里面有许多分割的空间。

首先是化妆间。在这儿你会变得更漂亮，更年轻，更接近你想要成为的模样。

其次是更衣间。那里有各色各样的衣服、帽子、鞋子供你挑选，你可以挑一套你一直想买却舍不得花费的行头。

最后你就进入拍摄场所。在一间古色古香的闺房，或者欧洲某座城市的著名建筑前，一个包装一新的你，精彩登场。

我有点明白了，影楼其实不是照相馆。

照相馆是给你拍照片的。而影楼是给你想要成为的那个人拍照片的。

一个是真实之影。一个是虚幻之影。

因为我们更喜欢后者，就有了影楼。

化妆师

粉底。唇膏。口红。

眼影。画眉。人造睫毛。

他在你的脸上涂抹。怎么看都觉得他是把一件已经过了保质期的商品重新包装，然后再摆上货架出售。

岁月无情。

过去已无可救药，而未来，谁都无法把握。

那么现在？

你的现在就在化妆师的手中。他可以让你春光乍泄，芳蕊初绽；可以让你英姿勃发，倜傥弱冠。

追回流逝的时光，其实就是再加一层粉底。

此刻，一面镜子是必需的。

镜子里有一个你。

镜子只反映镜像。对镜子而言，无所谓表里，无所谓真伪，无所谓存在和虚妄。

而我们，我们都是旁观者。只要你不卸妆，我们可以承认，你就是镜子里的那个人。

至于你在镜子里看到什么，你是不是认为镜子里的那个人就是你，我们不知道。我们也不需要知道。

镜子里面还有化妆师的笑。

诡异。暧昧。高深莫测。

（原载《散文诗》2020 年 3 月上半月刊）

车站（三章）

售票厅

一长排的窗口。像发放赈灾粮食一样施舍出行或者回家的权利。

因此，那些可爱的女性的手，便有了观世音菩萨般的慈悲。

因此，许多似是而非的终点因为印制在车票上最醒目的地方而成为确定的归宿。

刚刚打印的油墨的气味和方块汉字的稳重，写成拼音字母的某个陌生的姓名，反复验证那个朦胧的远方。

一个买错了票的男子登上一趟错误的列车，来到一座错误的城市。他在一条同名的大街上，找到同样号码的住宅，并且用随身的钥匙打开了那一扇门，于是，他走进另外一个并非他预想的生活。

这是一部电影中的情节。

我忽然想起，他提着的皮箱我很熟悉。

那是一种很常见的皮箱，棕红色，不太大，带有拉杆和小小的轮子，可能是皮质的，也可能是仿皮的。我记得我也有过那样一只皮箱，颜色、大小和样式都差不多。我的那只是仿皮的。

我们每个人都有可能买错票——我突然感到惊愕。

站在售票大厅的中央，看着在半空中浮来浮去的面孔，我茫然不知所措。

挂　钟

从一开始，它对时间表示的忠诚就让人不安。

上午 10 点的列车占据 1 号站台。它的霸气和特殊身份，使它成为少数几趟对时间拥有发言权的列车之一。

汽笛拉响。它的出发甚至带有某种象征意味。时针轻微地颤动，出于敬畏，或者其他无法言说的原因。

午后 3 点，列车驰过预定的峡谷。它呼啸着，飞越一座大桥，就在它驰过的一瞬，一声巨响，浓烟处，桥身断裂的碎片在空中飞舞……

——这是原来的构思。而真实的剧情是——

列车在经过大桥时，桥身突然断裂，列车在半空中悬挂，旅客们的尖叫声一瞬间定格，成为一部电影戛然而止的结局。

一个早已经抵达终点的旅客，重又现身在他出发时的车站，他看了看手表，又看了看挂钟。

“三十秒。”

没有人听清他说了什么。

挂钟前面，仍旧是出出进进的人流，如潮汐涌动。

候车室

设想一下，假如一座候车室空无一人会是怎样的情景？

整个大厅空空荡荡，只有一排排整齐的座椅，干净得发出亮光。

当然也没有检票员。因为没有乘客。

也没有打扫卫生的清洁工。也没有提醒旅客注意旅行安全、谨防小偷骗子的工作人员。也没有小卖部和售货员。

假如，假如一整条铁路线上所有的候车室都空无一人会怎么样？

所有的候车室都没有乘客。都没有检票员。都没有清洁工、工作人员和售货员。

列车在候车室外面的空寂中驶过。带着咣当咣当的响声进入车站，在站台上停靠 5 分钟，或者稍长一点时间，然后再咣当咣当地驶入另外一片空寂。

没有人上车，也没有人下车。

因为所有的候车室都空无一人，整条铁路线上从没有人上过车。

也可能列车上就没有乘务员。也可能还没有司机。是列车自己驾驶空空荡荡的自己在空寂中奔跑。

恐怖。比所有恐怖电影都要恐怖的恐怖。

嘀嗒，嘀嗒，嘀嗒……一座挂钟倒计时的响声在候车大厅中回荡。

这时候一个人走进大厅。

我们都知道，是他的脚步声拯救了这个世界。

（原载《散文诗》2014 年 1 月上半月刊）

第二辑

无花果树

夕照马嵬坡

在西安办完事，游玩了秦陵和兵马俑，还有半天闲余，足够玩一个景点。我翻看了一下地图，选择了马嵬坡。

马嵬坡是当年安禄山造反，唐玄宗仓皇离宫，三军不发，迫使玄宗赐死杨贵妃的地方，距古城西安大约四十公里。可见唐明皇没有能够逃出多远，就发生了兵变，叛军近在咫尺，而众将士请命，必欲置杨氏兄妹于死地，即使是一朝天子，又奈之若何？

马嵬坡只是一片低矮的黄土坡，就是在今天也只有稀稀落落的房舍，连一个集镇也算不上。可能是因为常常刮风，房屋和树木都蒙上厚厚的尘土，在已经西落的阳光下显出几分悲凉。杨贵妃仍旧埋在马嵬坡，墓地就在她被缢死的古庙中，如今这里已经辟为供人游览的景点。从侧门进去，拐过弯便是一个不大的院落，院中有一座黄土墩，这就是贵妃墓。一代佳人，红颜玉体，也化为这荒野中的一捧尘土，令人不无感慨。墓地上面的草茎蓬乱不堪，墓前立着一尊贵妃塑像，体态丰盈，栩栩如生，似见她正款款而来，风姿绰约，裙裾间馨香飘溢。塑像是汉白玉雕成的，冰清玉洁，白璧无瑕，使人很难把她和那个与唐皇纵情欢乐，纸醉金迷，歌舞达旦，直至舞破渔阳鼙鼓的形象联系起来。只觉得她是一个清白无辜，被马嵬坡的那根白绫冤屈了的女子。

其实，杨贵妃真该感激马嵬坡。这倒不仅仅因为这片黄土坡收留了她的尸骨，更重要的是马嵬坡导演了一出悲剧。“红颜玉损马嵬坡”，杨贵妃的死洗刷了她一生的罪过，甚至那个淫乐无度、纵情误国的唐皇，也因此而成为爱情至死不渝的偶像。悲剧的主人公总是令人同情，更何况是一位绝代佳人。试想，如果没有马嵬坡的悲剧结局，电影《杨贵妃》和电视剧《唐明皇》能获得观众的认同吗？

离开马嵬坡的时候，我又回头看了一眼贵妃塑像，但见她亭亭玉立、楚楚依依。夕阳依旧，暮霭淡淡地升起，塑像肩头的天空，最后几片云彩正悄悄褪去光泽，她平静地立在这儿，远离了尘嚣，远离了唐宫的歌舞豪宴，端庄，安宁，甚至有几分满足。她已经不是那个皇上宠爱的杨贵妃，她是在马嵬坡再生的纯情少女——杨玉环。

（原载《杭州日报》1996 年 4 月 24 日）

收旧衣裳的女孩子

收旧衣裳的女孩子是安徽人，姓陶。

女孩子是妻子领回来的，和她一起的还有一个比她年龄稍大点的女孩。妻子下班回家时看见她们在附近建筑工地上的水龙头旁弄水喝，就把她们带回来了。妻子说那水不卫生，她总是爱管这一类闲事。她们喝水的时候，妻子就和她们聊起来。那个年龄较大的是陶女孩的表姐，很少说话，倒是陶女孩灵活一点，她告诉我们，她刚刚高中毕业，没考上大学，出来挣点钱。“我们那儿农村还很穷，地里常遭灾，又没有乡镇企业，什么时候能像你们这儿就好了。”显然，妻子对这个女孩很有好感，说到后来竟然答应帮她在杭州找一份工作。妻子把公司的电话号码抄给她们，让她们过几天打电话问消息。临走的时候，妻子整出一大包衣服送给她们，还给她们每人一只苹果。两个女孩不住地说：“谢谢阿姨！谢谢阿姨！”

过了两天，妻子下班回来一脸喜色，她告诉我女孩子的工作已经找好了，就在她们公司。第二天一早，陶女孩突然来了，她说话支支吾吾，不住说对不起。原来她不想去妻子那个公司工作了。妻子问她为什么，她不吭声。后来妻子问，是不是工资太少了，她才点点头。妻子劝她说，收入是少了点，但有个稳定的工作，总比现在这样风里雨里到处奔波强。陶女孩想了想，说为她上学，家里借了不少钱，父母亲都是种田的，还债不容易，

“苦一点我不在乎，我就是要快点挣钱”。陶女孩走后，妻子说，要是我们的女儿将来也这样懂事就好了。

过年以后学校分给我一套大点儿的住房，我们稍事装修就搬进了新居。星期日我和妻子带着女儿去看梅花，天都快黑了才回家。停下自行车一看，陶女孩正坐在新楼前花坛的阶沿上，看见我们回来了，她赶忙走过来，告诉我们她回安徽过年去了，昨天刚到杭州，今天在这整整等了我们一天了。陶女孩说：“我把在杭州的事告诉了我妈，我妈说阿姨是个好人，她让我一定要来看阿姨，要是守不到阿姨我妈会生气的。这是我妈让我带给你们的。”说着，她从包里拿出四瓶麻油，说什么也要我们收下。

已经有好几个月了，陶女孩一直没有再来。我们真有些想念她，有时候听到楼下“卖旧衣裳哦”的吆喝声，我和妻子会不约而同地扑到窗口前往下看，可是，那不是她。

（原载《钱江晚报》1996年9月29日）

越冬老棉絮

老棉絮跟随我确实有年月了。1978 年我到浙江大学读书，它就和我一起来到杭州，算来已经 19 年了。这么多年来，入冬取出，早春收起，三伏天暴晒，几乎已经成为固定的程序。

不是我敝帚自珍，对这位“老朋友”特别看重。其实，这些年也有过两次棉絮更新运动，试图破旧立新。第一次是羽绒被，是由妻子发起的。那时候羽绒被已经取代了羽绒衣的地位，在各大商场唱起了主角。妻子下决心要让我们家落后的床上用品跟上消费潮流，老棉絮便成了突破口。那年冬天，她抱回一条羽绒被，我记得产品说明书上最醒目的是“又轻快，又温暖”。羽绒被盖上身确实舒服，尽管我总感到有种异味，但这并不影响我享受轻快而又温暖的梦。殊不知好景不长，一个冬天还没有过完，它已经这里一堆那里一堆，坑坑洼洼如雨后的黄泥路了。第二年再用，干脆，里面的羽绒全跑到被子的一端，“又轻快，又温暖”成了一只大口袋。如今这“口袋”就搁在我家的阁楼上，真不知道那劳什子还能派什么用场。

第二次棉絮更新是去年，在一个展销会上某厂家推出高新技术的某某棉絮，那名称我记不清了，听上去是很先进的。据说薄薄的一条，能顶一床厚棉絮。又是一个“又轻快，又温暖”，我心下有些警惕，但终究还是抵挡不住诱惑。人家是有专利产品证书的，还能不相信吗？这一回更惨，那东西轻快倒不假，而温暖则纯属虚构。还没有入冬，盖着它就冷得发抖。只能半夜从床上爬起来，重新翻出老棉絮，套上被套。躺在暖暖的被窝里，才深感还是老棉絮脚踏实地。前不久又取出那条“高科技”，发现已经有好几处洞洞，磨薄处能看见对面，破烂之相已初露端倪。想来，距与羽绒被为伍的日子已经不远了。不知不觉又把它与有19年历史的老棉絮相比较，感叹终究是地里长出来的东西，经历酷暑霜寒，假不了。

这个冬天总归还得靠老棉絮御寒，一次次起用它也是出于无奈。不过，假如再出现“又轻快，又温暖”之类的东西，我倒是还愿意再尝试一番。毕竟，老棉絮已经太老了。

（原载《钱江晚报》1997年1月29日）

吹笛子的人

吹笛子的人就坐在河边。

我是在散步的时候看见他的。傍晚时分，我走出暑假中居住的小镇，沿一条乡间小路随意漫步。我太熟悉这条路了，从这条路可以一直走到我插队的那个村子，在那儿我当了 8 年农民，学会了播种和收割。走出镇子不远，我就听见了笛声。顺着笛声，我看见了吹笛子的人的背影，他面对河流而坐，好像他的吹奏只是为了让流水倾听。他的身边有一个小小的行李卷，显然，他不是本地人。

笛声在黄昏的田野上流淌。这是一首我从未听到过的曲子，淡淡的忧伤在笛音中徘徊，似乎在诉说什么，又似乎什么也没有说，只给你一种挥之不去的惆怅与彷徨。

夏日的田野上，晚稻刚刚抽出稻穗，在风中轻轻摇曳。早稻则已经收割，只留下低矮的稻茬，偶尔可见还未收回去的稻捆，星散在田地中。还有农人在地里劳作，锄刃在夕阳下一闪一闪。远处的房舍和竹林上空，几缕炊烟袅袅升起……大地是如此沉静，像一个正在熟睡的婴儿，又像一位沉思的哲人。

我在田岸上坐下，静静地聆听笛声。我不知道吹笛子的人来自何方，我也不知道他要到哪儿去，他只是过路的人。那么我呢？我曾经属于这块土地，而现在在远方的一座城市，和陌生的人群与不断升高的楼房生活在一起。有一会儿吹笛子的人回过头来，看着坐在路边的我，目光中没有惊讶，也没有疑惑，只是非常友善地笑笑，又回转身去继续吹他的笛子。

夕阳沉落，一条橘红色的光带铺在河面上，缓缓向前流去。

（原载《钱江晚报》1997 年 4 月 6 日）

石匠韩

石匠韩没有名字，确切地说，是大家都不知道他的名字。在我插队的那个地方，人们告诉我，他是三年困难时期从外地流落而来的，因为姓韩，以石匠为生，就称呼他石匠韩。石匠韩又黑又瘦，身高至少有一米九。我读中学时喜欢打篮球，因此对人的身高特别在意，我想石匠韩实在是一块打篮球的好料。

我们那儿是一望无际的大平原，因此石匠的活儿并不多，方圆十几里也就是这一个石匠。每家每户，凡有石匠活计要做，就说“去请石匠韩吧”，只要捎个信，不管有多远，他一准会背着那套家伙，在太阳出来之前赶到你家门口。我插队的乡下，农民请石匠大多是为了打磨。大平原上家家户户都有磨扇，有的人家还有两盘，分粗磨和细磨，磨出来的粮食就有粗细之分。石磨相互啮合的两个面上，刻有许多整齐的凹槽，用的时间久了，凹槽被磨平，就需要凿深，才能继续碾磨粮食。我见过石匠韩打磨，他是左撇子，因此是用左手握锤，右手握凿，握凿的手不停地变换位置和方向，随着铁锤轻重不一、有节奏的敲打，一条条石槽就清晰地浮现出来。石匠韩打磨时，很长的身躯前倾着，几乎是扑在石磨上。他那副全神贯注的样子，似乎不是在打造石磨，而是在雕刻一件工艺品。

在我考上大学离村的前几年，石匠韩就死了。他死于肺癌，他一辈子打造石头，人们说是吸进去的石粉致他于死命的。石匠韩死后，他的一个徒弟接替了他的那套工具。不过，很少有人去请那位徒弟来干活，因为他不像师傅那样在太阳升起之前赶到农民家中，也不像师傅那样把身体很深地扑在磨扇上。人们愿意到很远的地方去请石匠，这很不方便，于是大家就说："要是石匠韩还在就好了。"这句话我听见村民说了好几年，直到我离开时还在说。

（原载《杭州日报》1998 年 5 月 7 日下午版，发表时署名为黎庶）

阿姨去买彩票

我们家请了一个钟点工，按照习惯称呼其阿姨。一清早阿姨来敲门，说是今天要请假。我问出了什么事，她告诉我，她们一帮做钟点工的姐妹们商量好了，今天要去富阳“摸彩”，就是买彩票。我想起来，这些时发售彩票闹得轰轰烈烈，杭州闹忙过了，闹忙到萧山，现在又闹忙到富阳，看来这股风还会向南刮，接下来该是桐庐、淳安了。

我们家的这位阿姨，平时十分节俭。她有两个儿子，小儿子还在读中学，大儿子初中毕业都三四年了，一直找不到可以挣钱糊口的生计，丈夫在家种田，一家子的收入，几乎全靠她在杭州做钟点工。她一天要做 11 个钟点，从早晨 7 点到下午 6 点，安排得紧紧的，中午只能马马虎虎用馒头什么的充饥。她一直在唠叨，她要赶紧挣钱，盖一幢三层的小楼房，将来两个儿子成家就有安身之地了。“碰碰运气，说不定盖房子的钱就有了！”阿姨临走时说。

细想来，发售彩票实在是一件大好事。撇开为公共事业筹集资金不说，单就为千家万户的老百姓提供发财机会就值得提倡。这年头谁不想发财？但发财至少要有两个条件，一是机遇，二是能耐。彩票给每个人都提供了平等的机遇，你肯出两元人民币，就可能在一瞬间成为富翁或者富婆。至于能耐，显然比办企业、经商或者打工要简单得多，只要你认识剥开的“红旗”“五角星”，接下去的功夫就是清点20万、30万的人民币，或者驾驶一辆桑塔纳轿车了。

第二天，阿姨来做工时，绘声绘色地给我讲述了发售彩票的现场，说是从来没有见过这么多的人，汽车都开不动了，满城都是从四面八方赶来买彩票的人，她的一双皮鞋都给踩烂了。那些中了大奖的人，不仅得到一辆轿车，而且挂上大红花，就像英雄一样。我问她的运气如何，她叹了一口气，说什么也没有摸到。不过随即又说，她只花了100元，同去的一个姐妹买了400元，也和她一样，全都打水漂了。

看来，发财并不那么容易，阿姨的房子恐怕还得靠一个钟点一个钟点地干活才能挣出来。

（原载《杭州日报》1999年3月26日下午版，发表时署名为黎庶）

麻爹爹

母亲来信说，麻爹爹过世了。麻爹爹是在晒太阳的时候离开的。信中说那天午饭之后，她坐在一张藤椅上面，在阳光下面，坐着坐着就睡着了。她的重孙女儿小兰从她身边走过时，还清楚地听见她打呼噜的响声。后来，她就再也没有醒来。

麻爹爹是我们家的一个亲戚，在我的记忆中，她一年总有大半年住在我们家。在我们那儿，爹爹是称呼爷爷的。假如爷爷死得早，奶奶就可以升格，被孙子辈称为爹爹。我们称呼麻爹爹，是随了她的孙子们，也是把她当作我们的祖母。

麻爹爹在我们家时俨然一家之主。我父亲在外地工作，我们家的事一向是母亲说了算，麻爹爹一来就得听她的，从油盐酱醋到我姐姐的婚嫁，她都要管。她常向我们全家人发指令。她年岁大了，好忘事，前一个指令与后一个指令常常自相矛盾。我们有什么事没有按她的主意办，就对她说，你说过怎样怎样的，她记不起来了，一脸的茫然，问：“是吗？”也就罢了。

麻爹爹爱喝酒，据说直到去世前，她每天中餐和晚餐都要喝。喝得不多，只一盅。酒一定要烧酒，好差不管。那时家里日子紧，晚饭多是稀饭加咸菜，麻爹爹什么菜馔也不用，端着酒杯一小口一小口地呷，嘴中不断发出啧啧的响声。麻爹爹给我印象最深的事是在“文革”中，红卫兵来抄家，名为“破四旧”，其实是只要稍好一点的东西就拿走。我们家出身不好，谁也不敢说什么。麻爹爹却不依不饶，直骂来人是土匪强盗，一边骂一边夺东西。麻爹爹是市贫出身，就是城市贫民，加上她的一个儿子在辽沈战役中立过功，负过伤，她是荣誉军人家属，谁也不敢怎么她。那时候是深秋，麻爹爹专夺越冬的衣被。我的一件运动衣就是她抢下来的，那一年冬天，它是我抵御寒冷的主要衣服。

麻爹爹终年96岁。她的长寿与无疾而终，使我相信那句古老的谚语：好人终有好报。

（原载《杭州日报》1999年5月6日下午版，发表时署名为黎庶）

淡绿色的记忆

那是四月，我们参加改稿会的七八个业余作者住进县政府招待所。招待所有一个宽阔的院子，院子的一边是一条潺潺的小河，它也是招待所与外面世界的天然分界。靠河有一角凉亭，每天一早，我就泡一杯茶，拎上房间里的热水瓶，坐在凉亭中的石桌旁，修改我带去的稿件。

那些天阴雨连绵，雨滴打在院子里的树叶和草茎上，淅淅沥沥的响声终日不断。天色总是灰蒙蒙的，目光越过小河，县城的街道、房屋和行人，在雨中也是灰色的一片。我本来是喜欢雨的，现在也有些厌烦了，更何况，我带来的一组诗，修改一直不顺，怎么也找不到感觉。

这一日，我正在亭子里苦思冥想，一个小女孩撑着一柄淡绿色的小伞，走进了亭子。她落下伞，走到我的面前说："招待所的阿姨说你是诗人，真的吗？"

我注视着她。小女孩七八岁，一双会说话的眼睛充满期待地望着我。大概是走了不少路，她的衣襟已经被雨水淋湿了。我告诉她我还不是诗人，只是一个喜爱诗歌的业余作者，也许将来会成为诗人。她显然有些失望，问我是不是所有的人都是先当诗歌作者，然后才能当诗人。

"我想是这样的。"我说。

她很认真地想了想，点点头："我懂了。"突然，她好像记起什么，说：“我是来给你送花的。”我这才注意到，她手中有一束花，黄黄的，花的形状像展开翅膀的燕子。我问她：“这是什么花？”

“太阳花。”

哦，太阳花！我的心为之一动，怪不得如此鲜亮，如此金光灿灿。一瞬间，我感到阳光正透过云层，透过雨幕，斜斜地照射下来，在一片光芒中，一些诗句涌动着，像黎明的鸽群。

小女孩走了。我看着她走出招待所的院门，走进长街，那柄淡绿色的伞在雨中摇呀摇呀，一直摇入烟灰色的深处。

（原载《杭州日报》1999年5月6日下午版，发表时署名为黎庶）

寻找简单

蓦然回首，写诗已近40年，时间长得让自己都惊讶。

记得刚学诗的时候，我还在广阔天地接受贫下中农再教育。有一次作为文学青年到县里参加学习班，其实就是改稿会，那时候什么会都称学习班。县里的学习班有补贴，每天4角钱。这4角钱，除了吃饭外，余下的要拿回去交给生产队，队里“按同等劳动力”记工分。有一天饭后，在回住宿处的路上，我们六七个人，有写诗的，也有写小说的，边走边聊，意气风发。最后大家一致的想法就是，这一生能像现在这样，填饱肚子，然后无忧无虑地写作，就满足了。

然而，人生远没有这样简单。回过头来看当年一起做文学梦的那些伙伴，已经没有一个还走在文学的路上。当然不是因为填不饱肚子。我能够理解他们，生活太复杂，社会太复杂。

一直在寻求简单，简单地生活和简单地做人，因为我觉得这样才能距离诗歌更近一些。但很难。比如我有很长一段时间坚持不用手机，以至有人开玩笑说，你恐怕是这个学校唯一没有手机的人了。但现在我也用手机了。面对越来越复杂的世界，一个简单的人就像在路旁的小水坑中挣扎的鱼。

因此，有一天偶然看到那些黑陶，便被它们的简单还有直接震惊。这是一个爱好者的私人收藏，庞杂地摆满了两层小木楼。这些从地底，从4000多年前我们一直认为的“愚昧”中走来的客人，即使如此纷乱，也无法掩盖由最简单的形体和最简单的线条所表达出来的无与伦比的美。

其实，先人们的生活肯定不会那么快乐。他们面对的生存的艰难会远远出乎我们的想象，因为物资的奇缺，死亡就像篝火照不到的阴影一样相随左右。但是他们的生活肯定是简单的，至少，我是这样想象和希望的。

曾经追随过朦胧诗，曾经日复一日挑灯啃读西方现代诗歌，甚至不自量力翻译过一些美国诗人的作品，也曾经在现代与传统之间徘徊不定。现在则比较相信一切随缘，想起写什么了，你在一张小纸片上留下的第一行便是风格。这是写作的简单。

不久前刚刚办好退休手续，有一部分羁绊会因为那份退休表格随之解除，但是还有很大一部分是解除不了的。向简单的境界再跨进一步，这是我现在的愿望。

（原载《星星·诗刊》2010 年第 5 期）

女儿回老家

女儿从美国回来，她还在读书，这次是作为学校的助教，参与和国内一所大学联合办学到北京的。因为要等待签证，在家里可以住一些日子。其间，我带她回老家看她奶奶。

我的母亲已经 91 岁，总是来电话说头昏，没劲，走路也走不动了。还记得五年前，她 86 岁时，我带她去大连。那是她第一次坐飞机，异常兴奋。她在候机大厅转了一圈，回来对我说："曙白，我发现在这儿等飞机的，都比我年轻，我是年龄最大的了！"在大连的时候，我们基本上就是看海。那是真正地看。母亲坐在海岸边凝然不动，一直看着大海的远处。我问她看够了没有，她说，没有。于是我们第二天再去看，我再问她看够了没有，她还说，没有。第三天我们再去看，到傍晚时，她终于说，看够了。母亲看了三天大海，整整三天。她看到什么？我不知道。她一生经历过太多的东西，海对于她的意义我无法完全理解。

从大连回来不久，母亲就得了一次脑出血。虽然因为救治及时，没有大碍，但身体状况明显大不如从前，而且衰退得越来越快。这两年我一直在想，那一年我还有些犹豫，要不是下决心带她去看海，恐怕就真的没有机会，真的成为无法弥补的遗憾了。

女儿回到老家，发现奶奶确实衰老了许多。女儿上小学之前，基本上是奶奶带大的，有时候是被她带回老家去，有时候则是她放下家中的一切到我所在的城市来帮我们带孩子。在我们家孩子比天大，什么事情只要和养育孩子发生冲突，一概退到一边儿去。这大概也是绝大多数中国家庭的通则。女儿也和奶奶感情特别深，所以尽管她回国带着一堆工作，还是愿意回来看看奶奶，并且总是在奶奶身边蹭来蹭去，不厌其烦地回答一个老人总是不断重复的问题。

女儿学习和研究的领域在国内才刚刚起步。女儿告诉我，不管她将来是在国外从事研究，还是回国工作，她都会尽自己的努力促使中国在这方面与世界接轨。我母亲对她孙女做的事知道一些，但并不关心。她关心的是另外的事。一大早母亲还没有起来就把我叫到床前，她说她一夜没有睡好觉，不放心。我问什么事，她说我女儿头发掉得厉害，会不会有一天掉光了，“你们一定要重视，要找医生看，找好医生”。

女儿在老家住了五天就去北京了，然后又要远飞。一代人有一代人的活法，一代人有一代人的使命。女儿此去的城市也在海边。不过，不是大连的海。她所看到的海和她奶奶到 86 岁才看到的海，是完全不同的海。

（原载《星星·诗刊》2015 年第 1 期）

女儿，我为你骄傲

汶川大地震发生后，远在美国读书的女儿在她学校发起和组织募捐活动……

我为你骄傲，我的女儿！

在大地震后的第一时间，我就听到你的问候与呼唤从遥远的国度传来，你那一双仍显稚嫩的手，隔着浩瀚的太平洋伸向祖国，伸向四川……

你从小在我们身边长大，我和你妈妈一直以为你是一个过于依赖父母的孩子。因此我们才一脚把你“踢到”大洋彼岸，希望你自主学会游泳。

而现在，你真的长大了，远比我们预想的坚强，也远比我们预想的懂事和能干。

还记得吗，许多年前，我带你去过一趟四川。

在成都，我们的身影流连于杜甫草堂的幽深和武侯祠的凝重……

在都江堰，我们惊叹祖先的智慧与坚韧，立于宝瓶口对着江流放声呼喊……

那时候你还小，但是你的足迹已经深深印刻在那片土地上；你的笑声已经融入滔滔岷江，随着奔腾不息的江水日夜流淌……

就是那一片美丽而神奇的土地，如今在一片碎石和瓦砾下喘息。

多少生命在一瞬间像落叶一样飘零。

你远离祖国。但是在这个早晨，都江堰、汶川、北川……摇动的大地和倾覆的楼群，在瓦砾上奔波的赤裸的双脚，废墟上一只遗弃书包，一个儿童茫然不知所措的目光……

它们，就在你上课的教室门外。

你告诉我，在那儿募捐真难，一些人的冷漠让你心寒。

不要管他们，我的女儿。就像不要管从你身边吹过的一缕风，就像不要管四季的变换更迭。

你要相信水，相信露滴和雨。它们没有欲望的滋润，才是所有生命的源泉。

你要相信阳光，相信即使在风雨如晦的日子，它也在照耀着我们。生活在这个星球上，我们全部的温暖都是阳光的温暖。

你要相信小草，相信它们在风中摇动，只是因为感受到即使最微弱的生命，也有存在的意义和尊严。

我为你骄傲，我的女儿。

因为在 13 亿双手臂高高举起的森林中，我看到你的手臂顽强地举着，始终没有放弃。

因为那一声集结的号声之后，在 13 亿黄皮肤的队伍中，我看到你成熟地挺起的胸膛，像一棵树一样结实。

因为，你从心底流淌出的真诚与爱，让我看到一种熟悉的光芒，它们曾经照耀过我们，照耀过你的祖祖辈辈。

那是永恒之光。

（原载《散文诗世界》2008 年第 7 期）

写诗给人美好

二十多年前，我在我们大学从事教育电视制作的部门当个小头目。我们单位要招电梯工，后来来了一个小女孩，看上去中学毕业不久。那时候考大学比现在难得多，中学毕业就工作的比比皆是。

我是部门的领导，又是教育电视的编导，她自然对我敬而远之。后来，她听说我还是个诗人，在不少刊物上发表过作品，出过一本诗集，看我的目光中就多了一些另外的东西。有一天，在电梯中，她塞给我一张小小的纸片，我一看，上面六个字：写诗给人美好。

她读过我的一些诗歌，我不记得当初有没有送她我的最早的那本诗集，我也不知道，她有没有读懂我写的诗。写诗给人美好。那张纸条，我当时挺有触动的。这许多年，说实话，我并没有常常想起这六个字。回想我写的数百首诗歌中，给人美好的有，但真的不是很多。

诗歌是一个江湖。从诗歌中获得美好，美好的享受，美好的期望，美好的人性，这是一个小女孩的期待，可能也是千千万万普通读者对诗歌的期待。在人们传统的认识中，诗歌还是无上美好的东西。但是，这不是诗歌圈中人的期待，不是诗歌批评家、理论家们的期待，也不是绝大多数诗歌编辑的期待。总之，不是诗歌江湖的期待。

真的很怀念“床前明月光，疑是地上霜”，怀念“春眠不觉晓，处处闻啼鸟”，怀念“采菊东篱下，悠然见南山”，怀念那些简单的美好，让人一目了然的美好。

我曾经在一家民办诗歌杂志看看稿，读着那些貌似深不可测，貌似可以写进文学史的诗歌，如同受刑，实在没有任何美好可言。由是也可知道，除了诗歌圈，没有什么人愿意读当今的诗歌，是再正常不过了。要不是为了编稿，我也不读！

写诗给人美好。人们需要美好的东西，这也是诗歌能够给予的。我们这些写诗的人偏偏不给。这是读诗的人的不幸，更是写诗的人的不幸。

（原载《中国诗人》2017 年第 6 卷）

裹粽子

端午节前裹粽子，那时候是家家户户的习惯。

我是到了江南读书和工作之后，才知道有专门用于包裹粽子的粽叶的。在我的家乡长江以北的大平原上，不生长粽叶，我们裹粽子都用芦苇叶子。每年农历五月的时候，沿河岸的芦苇长得蓬蓬勃勃，青嫩翠绿的一片，随风摇荡。我一直觉得，用苇叶裹粽子绝对不比粽叶差，那种新鲜苇叶的清香，是粽叶比不了的。

家里裹粽子，总是在端午前一天才由我，或者我和弟弟一起去采苇叶。河边到处都有，很容易采到。但是要采宽一点的就得多走些路去寻找，土质肥沃的河岸，芦苇茂盛，苇叶又宽又长，才是包裹粽子的好材料。

苇叶采回来，洗干净以后，浸泡在清水里，防止干燥叶片裂开，或者打卷。到裹粽子的时候再从清水中取出来。青嫩的苇叶在水中翠绿翠绿的，那种绿我已经许多年没有见到了。

我们家裹粽子有时是二姨，有时是我母亲，在我印象中，也有一两次是她们一同裹的。裹粽子用的糯米，要先浸过，否则，那粽子就煮不熟，用母亲的话说，就是没有浸过的米，裹在苇叶里“伸不了腰”。正式动手时，米和苇叶盛放在一只簸箕里，包裹时漏下的米就不会洒到外面。苇叶不像南方的粽叶那样宽，因此包一只粽子至少要四五片叶子。母亲特别会裹一种“小斧头”的粽子，形状像木匠用的斧头。一般将三张或者四张苇叶并排摊开，弯成一个圆锥形的斗，把米倒进去，将一部分苇叶翻转过来压住“斗”的口，再将斗稍稍压扁，用苇叶裹紧。最后用一张苇叶“收口”，沿“斧头”边绕一圈以后，转到中央，用一根粗粗的针引着苇叶梢穿过“斧头”中心，就把整个粽子固定住了。这种裹法，不需要绳线包扎，除了苇叶不用其他材料。不过，收口用的那些苇叶，先要用开水烫一下叶梢，否则苇叶太脆，穿针过粽体的时候就会折断。

母亲裹“小斧头”的手艺十分熟练，可以说是炉火纯青。一会儿就是一只，一会儿就是一只。那时候我就搬一张小板凳坐在一旁，帮着舀米。每当母亲把那个“小斗”做好时，我就舀一小碗米倒进去，母亲就开始两只手快速地倒来倒去，一只一只的粽子就生产出来了，像流水线一样。母亲是个讲究的人，她裹的那些粽子像她的钢笔字一样精致漂亮，大小一致，简直就是艺术品。跟在母亲身边，后来我也学会了裹“小斧头”粽子，只是从没有像母亲裹的那般标准。

粽子裹好后五只一起，将“收头”的那张苇叶的叶梢系在一起，成为一扎，我们叫一提。全部粽子包好后，十几二十提全部放在一只大锅中煮。粽子要煮很长时间，那时候烧煤炉，把火放得很小，整夜煮在锅里，也叫“沤粽子”。煮粽子的香气是最难忘的，整个晚上，全家的几间屋子里都是那种苇叶的清香。而我们姐弟三人，每每总是馋得迫不及待。

第二天一早，自然就是吃粽子了。基本上是全米的，偶尔有加赤豆的。糖很紧张，只能每人分得一点点，蘸着吃。不过，仍然吃得很香。

现在想来，其实裹粽子的趣味，比吃粽子还要多。

（原载《星星·散文诗》2021 年第 11 期）

岳母和她的无花果树

岳母又打电话来，说是无花果已经熟了，让我和妻子，还有她的心肝外孙女去享受自摘自尝的甜蜜。

说起来岳母的无花果树还是从我们这儿挖去的。几年前，岳母刚刚退休，本来精力就过剩的她，更加显得无用武之地。于是，她开始致力于家中小院子的改造工程，养花栽草，乐此不疲，把一个十几平方米的院落整治得郁郁葱葱，生机勃发。

那一日，她和岳父来我们这儿，恰好我所在的小区拆违整顿，楼下人家的篱墙被迫向后移动，一棵比一层楼还高的无花果树被隔离到墙外。岳母征得主人的同意，决定把这棵树移回家去。我把树挖出时，天下起雨来。我劝岳母算了，落这么大的雨，怎么往回搬呀，岳父更是竭力反对。可是岳母说什么也不答应，她让我把树绑在她的自行车后面，推着车一头冲进雨中。从我们家到岳母住的地方，平时骑车也要四十分钟，岳母在雨中走了两个多小时，才把那棵宝贝无花果树运到家中。

无花果树也没有辜负岳母的一番苦心，它在那座小小的院落中生长得蓬蓬勃勃。每到果实成熟的季节，岳母就会向我们报告喜讯，催促我们去收摘。品尝岳母收获的快乐，已经成为我们全家每年初秋的惯例。

去年夏天，我去看望岳父岳母，岳母不在家，岳父说她在种树。我在住宅区的绿地上看到岳母，她已经栽好一长溜树苗。

炎炎夏日，她干得汗流浃背，一见我来了，赶紧让我去提水，浇灌新苗。岳母兴致勃勃地告诉我，无花果树很容易栽插成活，她每年都要种一批新树。我看看周围，果然有许多无花果树，有的已经一人多高了，有的才刚刚齐膝，不管高矮，它们都长得精精神神的。回来以后，我对妻子说："看来你妈要把她们小区建设成为无花果园了。"妻子笑着说："完全可能。"

热爱生活，植根于生活的土壤中，岳母的忙碌快乐而自足。

卖菜的小伙子

小伙子的摊位就在菜场入口处。菜场上设摊的大多是妇女，或是中年以上男子，二十来岁的小伙子朝那儿一站，加上摊位占有的地利，就格外地显眼。小伙子高高的，一看就知道是那种极聪明、极精干的南方人。他手脚麻利，又挺会吆喝，生意自然不错。

我和女儿都喜欢吃芋艿，红烧肉煮芋艿，每每都是芋艿早吃得精光，剩在碗里的全是肉。小伙子摊上芋艿是不断档的，全是红光芋，垒得整整齐齐的，红红的芽嘴一律朝外，看上去就让人产生购买的欲望。我挑芋艿的时候，小伙子也帮着挑，发现有坏的烂的芋艿就扔在一旁，对我说，“你放心，你都这么大年纪了，我还会骗你？”买的次数多了便有些熟了，他看见我朝他的摊位走去，就会主动和我打招呼，我在他那儿买的东西也多起来，只要他摊位上有的菜，我就不往别的摊位上去买了。

那一天称好芋艿，摊位前正空着，没有顾客，小伙子对我说，“我帮你把芋艿刮了吧”。卖菜的人都带着刀子、刨子，闲着时也将丝瓜、土豆什么的削去皮卖，增加少许加工费。我说了谢谢，付好钱，把芋艿搁在他那儿，说好过一会儿来取，就去买别的蔬菜了。回来后，芋艿果然已经刮好皮，装在塑料袋中。回家的路上，我总觉得有些不对头，我买的芋艿好像不止这些，难道是他做了手脚？不会吧，他耍这点小聪明犯得着吗？

下一回去买芋艿，他又提出来帮我刮皮，我长了个心眼，悄悄数了一下个数，一共是 11 颗。芋艿提回家，打开口袋一数，8 颗。那时候我的心情沮丧极了，我不是一个斤斤计较的人，买菜几乎从不还价，平时吃了亏总会找一个借口让自己心平气和。但是这一次，我真的平静不了。就是 3 颗芋艿呀，一个比他父亲还要年长的人的信任，就不值 3 颗芋艿吗？！

我再也没有到小伙子那儿买过菜。进菜场总要从他的摊位前走过，我看看他，他也看看我，都不说话。

写诗的女孩子

那一天走在路上，与一位年轻的女士擦肩而过，都已经过去了，她突然唤我："黎老师！"我回转身看着她，高高挑挑的个儿，一身入时的打扮，一时间想不起她是谁来。"您忘了，我是小林，那个写诗的女孩子呀！"

哦，我记起来了。有七八年了，我的一位朋友把她领到我的办公室，朋友告诉我她姓林，刚进大学，学计算机的。小林喜欢写诗，朋友知道我发表过一些诗歌作品，就带她来见我，说是找个老师请教请教。那时候她就长得亭亭玉立，眉目间透出一股灵气，一看就知道是那种十分聪明而且心气极高的女孩子。我看了她带来的十几首诗，都很短，虽然还显得幼稚，但却晶莹亮丽，像早晨草叶上的露滴。后来我从朋友那儿知道，小林从小学时就喜欢文学，一直想成为文学家。可是她的父母都是搞工程的，认为学文学没有出息，弄得不好连饭碗都找不到，执意让她读理工。小林以后又来过两次，让我看她写的诗，再后来就没有音信了。

我问小林现在过得怎样，还写不写诗。她苦笑了笑，说是早在大学三年级时就彻底告别了文学梦，毕业以后去美国待了两年，现在住在深圳，已经结婚了。从她的神情和言谈中，当年的自负与灵气，谈吐时的机敏，早已荡然无存，说话中，她几次讲到"没有意思，生活真的没有意思"。

小林走后，我在路边默立了片刻。如果她一直写诗会怎样呢？我回答不出。记得台湾有一则关于钢琴的广告语是这样写的：学琴的孩子不会变坏。我记住这句话并非因为这则广告的创意新颖，而是觉得这实在是一句很有道理的哲言。我愿意把它改成“学诗的孩子不会变坏”。写诗其实是一种心灵的需要，与诗接近，你就和纯净、崇高、真诚这些美好的情感保持着密切的联系。

当然，我不能说小林已经变坏了，但她确确实实失去了许多宝贵的东西。人的一生真正拥有的东西并不太多，有些是应当终生珍藏的。我想，下一次见到小林，我一定要把这些话告诉她。

美国行

在拉斯维加斯

我到拉斯维加斯是 9 月 16 日。那天一早从洛杉矶出发，女儿女婿开车送我，早在我到美国之前，他们就已经订好拉斯维加斯的酒店和两场演出的门票。

车在途中行驶了大约三个半小时，我们下榻的酒店叫卢克索酒店（Luxor Hotel）。拉斯维加斯许多酒店的建筑都模仿世界各国名胜，卢克索酒店则以埃及为蓝本，酒店外形是一个金字塔，门前有巨大的斯芬克斯狮身人面雕像，酒店内部还装饰有古埃及雕像和壁画。因为这个缘故，不少人习惯称它为金字塔酒店。拉斯维加斯是建造在沙漠中的一座豪华赌城，阳光特别强烈，酒店客房的窗帘总是拉得严严实实的。进入房间后，我撩开窗帘一角朝外面张望，就看到一座扁平的高层建筑，它和金字塔酒店相挨，只隔一座广场。后来我知道，这就是曼德勒海湾酒店。我们刚到时，找不到金字塔酒店的停车场，女婿就把车停在了曼德勒海湾酒店的停车场。

我在金字塔酒店一楼的赌场到处转悠，足够大的场地中，摆满了老虎机、牌桌等赌具，参与赌博的人和像我一样晃悠的人同样多。令我奇怪的是，走遍赌场，我没有看到一处像电影镜头中展现或者小说故事中描述的那种疯狂场面，没有大喊大叫，没有捶胸顿足，有的人专注于赌博过程，也有的人似乎就在那儿休闲享乐。赌场中灯火通明，五光十色，奢华但并不张狂。既然来到赌城，小小地体验一下也是必需的。我在一台老虎机前坐下，按了几下按钮，也就两三分钟时间，30 美元就被“老虎”吞没了。

拉斯维加斯汇集着全世界最顶尖最精彩的表演，所以有人说没看过演出，就不要对别人说你到过拉斯维加斯。我在拉斯维加斯看了两场演出。一场是太阳马戏团的《KA 秀》，这是拉斯维加斯最著名的演出之一，有不少介绍把它列为首选必看的演出。演出者把各种各样的马戏杂技动作串联在一个故事情节中。故事编得很简单，我根本就没有看明白，但杂技的难度相当高。更令人震撼的是舞台设计，宏大而富于想象，尤其是一块可以任意角度旋转甚至直立起来的巨大平面，让表演有了更多可能，充满奇幻和乐趣。据说这是太阳马戏团的王牌节目，开发就用了四年时间，舞台设计花费了 1.65 亿美元巨资，在米高梅（MGM）酒店的剧院量身打造，到现在已经演出 14 年，巨大的资金投入和时间成本让竞争对手难以复制。另外一场《蓝人秀》，也是拉斯维加斯最顶尖的演出之一，演出场所就在我下榻的金字塔酒店。这是一场没有年龄界限、没有语言界限的幽默表演，据说在美国家喻户晓。三位男主角从头到尾一言不发，但他们精彩的表演和搞笑幽默的动作，常常引得观众会心一笑，或者捧腹大笑。演员还非常注重与观众的互动，所以现场气氛很热烈，结束时台上台下一片掌声和尖叫声，可以说是“嗨翻了”。

因为晓东要 17 日晚到，而洪钢夫妇要 18 日才能到达，所以 17 日这天，我们五人，小叶、小青、二姐、何薇和我，在拉斯维加斯自由活动。拉斯维加斯的作息时间比较特别，从下午到凌晨是活动期，商店营业，特别是满城的赌场彻夜不眠。而上午则是睡觉时间，12 点以后，城市才从沉睡中醒来。入乡随俗，我们也从下午开始，在城中游逛。

拉斯维加斯并不大，它的繁华也就集中在一条南北长街上。绝大部分酒店、商场都在这条街上。我们也去了那几家最著名的酒店，比如威尼斯人酒店、凯撒宫酒店等，观看了著名的音乐喷泉。拉斯维加斯的大酒店也都设有赌场，格局都差不多。听小青说，一些赌场除了我们表面上看到的之外，还有内设的赌室，就像饭店的包厢。那儿专门接待大客户，豪赌的场景常常发生在那里。

大街上人流拥挤，时有穿三点式服装的女郎在街头摆弄姿势，弄不清她们是做什么的，并不像是色情行业，好像就是吸引游客合影，谋取一点报酬。曾见到两个一起的女郎，手中拿一副手铐，嬉笑着追逐游客。也只是打闹，并不强求。至于她们的手铐铐中了某位男士，以后会发生什么就不得而知了。游客们都很友好，我在路上走着，正东张西望，突然一个黑人小年轻拦住我，我朝右闪，他也朝右，我朝左闪，他也朝左，我知道他是闹着玩的，两个回合以后，彼此哈哈大笑，然后各自走路。他向北，我向南。

总而言之，拉斯维加斯给我的印象要比预想的好，直到发生那起枪击案件。我们在美国西部旅行结束，9 月 28 日回到拉斯维加斯还车，再从这儿乘机去波士顿，到东部看海和秋色。几天之后，10 月 1 日晚，拉斯维加斯发生枪击案，58 名无辜者丧生。并且，那个 64 岁名叫史蒂芬·帕多克的美国白人就是从我在金字塔酒店的房间窗口看到的曼德勒海湾酒店 32 层的窗口向楼下观看演唱会的数万观众开枪的。

得知枪击案消息时，我们还在美国东部旅行。整个美国降半旗以致哀，但这并不能挽回那些在一瞬间被吞噬的生命。因为枪击事件在时间和距离上都如此之近，我感觉它与我们只是擦肩而过。那时候，我对拉斯维加斯的好感突然动摇了。是不是我们只看到它的表面，在平静的奢华之下，是不是还隐藏着汹涌的暗流，隐藏着这个世界最深刻的危机？我们所处的这个世界沉溺于物质和享乐中，正在加速腐烂，我们不知道它什么时候会突然崩塌。就像这场枪击事件。

> 假如上帝要选择一座城市模仿天堂
> 那肯定是拉斯维加斯
> 假如上帝要选择一座城市模仿地狱
> 那肯定也是拉斯维加斯

大峡谷

我们是 9 月 18 日从拉斯维加斯前往大峡谷的。

这一天出了两个意外。

一是洪钢夫妇从旧金山飞拉斯维加斯，下午 2：15 抵达，结果人到了，行李没有到。航空公司说是落在下一趟航班上了。之前我就听说过美国的航空服务经常不靠谱，看来所言不虚。因为晓东租车预约时登记的开车人是他自己和洪钢，所以我们在租车点只提到一辆车，另一辆必须洪钢本人办理手续。这样，前往机场接洪钢夫妇的小叶和小青，只得留一人陪洪钢夫人徐真等候行李，另一人和洪钢回来先行接车。取车以后再赴机场接人。

另一个意外是，晓东从亚马逊网上订购的户外用品，包括帐篷、气垫、睡袋等，下单是送到拉斯维加斯他下榻的特朗普酒店的，销售方想当然，把东西寄到晓东的常用地址，他在纽约州的家中了。我们只好前往沃尔玛另行购置，晓东将原购物品作退货处理。

好在这一行人，智商足够高，也都经历过太多的变故，处理事变临危不乱，果断迅捷，这点儿小麻烦自不在话下。浪费了一些时间，上路就晚了些，赶到预订的酒店已经较迟。第二天一早 6：30 即出发，前往大峡谷。

尽管我在来美国之前就已经做过“功课”，查阅过一些资料，还看到不少大峡谷的照片；尽管一路上晓东就在我们留恋沿途景色时反复说那句话，“你们不要兴奋得太早，真正的惊喜还在后面呢”，让我们的想象空间已经预留了一些期望。但是，一见到大峡谷，一走到峡谷边缘朝山谷望去，大家还是禁不住一阵惊叫：“哇——”

记得当时有人对我说，曙白肯定有诗了。我说，没有，写不出。这是真心话。面对那样的壮观，你除了惊叹，除了震撼，已找不出可以匹配的文字。语言已经无能为力。那时候我由衷地羡慕搞摄影的，他们可以用自由拉伸扩展的镜头，把这一切尽收囊中。而我们的手机就只能凑合着用，时时捉襟见肘了。

由于科罗拉多河从峡谷穿流而过，所以大峡谷也称科罗拉多峡谷。大峡谷是科罗拉多河流经高原时反复冲击而形成的，因此，与我在国内见到过的峡谷不同，大峡谷的两岸没有连绵起伏的山岭，而是平整的高原，是一望无际的巨大的平台。所以，科罗拉多高原也称“桌状高地”，或者“桌子山”。

我们就站在这张“桌子”的边缘转换了几个点，从不同的角度俯视峡谷。这儿海拔 2250 米，大峡谷最深的地方距离谷顶 1600 米，我们朝谷底望去，科罗拉多河像一条细细的丝带，它的大部分被山岩遮挡，只有几个小段，浅白色的水光在红棕色和褐色的岩石间晃动。据记载，两边的石壁已经经历 20 亿年的地质变化，雄奇险峻，千姿百态。红色的，褐色的，黑色的，灰色的，由峭壁和突起的山石组成的巨大色块，交错辉映，变幻莫测。谷中和谷底可以看到一些绿色的植物，应当是矮小的灌木和野草。因为我们观测的地点太高，看上去它们更像绿色的地衣紧贴在石块的表面上。

游览大峡谷有好多不同的点，如果有足够的体力还可以下到谷底，沿着科罗拉多河做探险之旅。可惜我们这一行都是已经或正在步入老年之列的玩伴，而且时间安排较紧，只能是点到为止了。

伫立于峡谷之巅，你不能不由衷赞叹大自然的鬼斧神工，而对人类自身的渺小深感绝望，一种无助感油然而生。浩瀚宇宙，我们在这个小小的星球上已经无能为力，人类生存的意义又何在?

一只狭长的口袋　这里是
上帝自己的私人收藏
偶然才向我们这些幸运的人展示

立于峭壁之巅
展开双臂　飞翔或者沉沦
其实都是不错的选择

太浩湖之夜

太浩湖位于美国加利福尼亚州与内华达州之间，是北美最大的高山湖泊，其蓄水量排名全世界第26位。太浩湖湖面海拔1897米，最深处有501米，平均深度也达300米，是美国第二深的湖泊。我们到达太浩湖已是傍晚，但见湖水深蓝深蓝的，湖波浩瀚，起伏荡漾。因为湖面开阔，周围的群山就相形见绌，像侍者一样匍匐于湖岸。太浩湖的英文名是Lake Tahoe，也有直译成“塔霍湖”的，这与“太浩湖”语音上接近又形象地体现出湖水的浩大，可以说是相距甚远。

太浩湖的优美在美国甚至全世界都闻名遐迩。据说1863年时，一位名叫迪克巴特的英国船长来到这儿，看到如此美景就不愿离开了，要在此终老。他雄心勃勃，准备用自己的积蓄在太浩湖边修建一座华丽的教堂和自己的陵墓。这项工程过于浩大，修到第十年时，他不幸在一场暴风雨中丧生，葬身于太浩湖。虽然工程没有完成，但他相伴太浩湖至死的梦想也算是得以实现。从此以后，太浩湖便成为美国人心目中“最美终老之地”。太浩湖还是美国的滑雪胜地，邻近的斯阔谷（Squaw Village）就是1960年冬季奥运会的举办场地。

晚饭后，我、晓东、二姐和何薇，信步朝湖边走去。大约也就十分钟，来到沙滩公园，在一张长木椅上坐下。不一会儿，洪钢夫妇也到了。远山黝黯，湖水静谧，沙滩上为数不多的人像剪影一样移动。月牙挂在半空，它照在湖面的光辉中，鸿雁和野鸭轻捷地浮过。我们六个人坐在湖岸，一边聆听湖水拍打沙岸的响声，一边聊天。我们说话的声音都很轻很轻，好像一提高嗓门，那个夜晚的宁静就会瞬间消失，重归人世间的喧哗与躁动。

风有点儿凉，洪钢说。他们过来时看到一处酒吧，燃烧的火盆足以抵挡湖风的寒凉。我们来到酒吧，接待员是一个热情洋溢的美国女郎，她自身就像是一团火。在美国旅行，好像酒吧的女招待都是热情如火，后来在布雷顿森林的华盛顿大酒店阳台上，给我们服务的女郎也是如此。在酒吧，洪钢夫妇、二姐、何薇要了一瓶巴伐利亚的红葡萄酒，我要了一杯威士忌，晓东陪我，也要了一杯威士忌。

我是头一回喝威士忌。平时在家我也喝点酒，主要是老酒，绍兴产的花雕、加饭，还有我老家的白蒲黄酒，偶尔也喝一点白酒。比起黄酒和白酒讲究的醇厚，威士忌喝起来感觉有各种味道混合在一起，更加复杂，层次更多。这好像也是中国诗歌（主要指古典诗歌）和西方诗歌的区别。中国诗歌讲究意境，往往寥寥数笔，便勾勒出场景、境界，而诗人的情绪、胸怀、心志都蕴含其中，让读者随之受到感染。而西方诗歌则有更多的意象组合，多把诗人对世界的认识隐藏在这些意象中，传达给读者。

我们的邻座是两位美国女士，其中一位看徐真在为大家拍照，特意过来表示，如果我们想集体留影，她可以帮助拍。拍摄中，洪钢和她聊了几句，得知她是一位大学教授，教摄影的，喜欢旅行，每年要徒步 2000 多公里。她已经 60 岁了，但是看上去只有 40 岁上下，结实而匀称。她身边还有一个塞得满满的巨大的旅行袋，就是那种徒步旅行者常常背着的双肩包。看样子，她今天的旅宿还没有落实；或者，就是准备露营了。

我们又聊了很久，围着火盆享受美酒和太浩湖的夜色。

远山在湖的对面
它们已经匍匐了数十万年

它们在聆听
更加悠远的响声

只有大雁和水鸭
分享水面最后的光

南莱克塔霍镇

南莱克塔霍镇（South Lake Tahoe）紧挨太浩湖南端，有时候也翻译成“南太浩湖镇”。我们在太浩湖就住在这座旅游小镇。

太浩湖在加利福尼亚州和内华达州的交界处，南莱克塔霍镇也分属两州管辖，南半边归属加利福尼亚州，北半边归属内华达州。镇上有一条街，就叫州界街。美国各州相对独立，法律也不一样。比如赌博，在加利福尼亚州是禁止的，在内华达州就受法律保护。因此，住宿在南莱克塔霍镇的游客，如果你的酒店在南半边，想要尝试一下小赌的乐趣，就得跨过州界街，到隶属内华达州的镇子北边去寻找赌场。当然，那些上瘾甚至疯狂的赌客，就不会在这儿玩，他们要去不远的雷诺市，或者拉斯维加斯。我们下榻的酒店正在镇子的北半边，附近就有赌场。到达当晚，晚饭刚过，小叶和小青便不见了人影。大家都知道，二人肯定奔赌场而去了。我们此行，过了南莱克塔霍镇就没有进赌场的机会了，他们自然不肯放过。

在太浩湖的第二天上午是自由活动。一早醒来，漱洗以后我便独自一人出酒店，往湖边方向走去。

镇上几乎没有行人，南莱克塔霍镇还在沉睡之中。我顺着昨天晚上的路，来到湖边的沙滩上，但是公园的门紧锁着，大概是还没到开放时间。我就沿着湖岸朝两个方向走了好一阵子，还是找不到去湖边的路，要么是被栅栏挡住，要么是又深又密的树林。有几个路口，还在路旁的树枝上挂着游人止步的木牌子。我的英文早忘得差不多了，但那个醒目的“stop”还是认识的。太阳已经出来了，这几天跟着晓东，也知道一点儿拍照片要赶时间，一早上太阳出来前后是用光的最好时刻的常识。我朝周围看看，终于弄明白要沿大路找到湖边，没有一两个小时是没指望的。所以，也就不管他什么 stop 不 stop 了，进了一个路口，走上一条小路，很快就看到湖水。从两座小木屋之间穿过，便来到湖边。

沿着湖岸有好多小木屋。我左边的这家，门朝湖水，木屋和湖岸之间的小院中放着几把白色的木椅，看来是专门用于观赏湖景山色的。右边那家，宅院更大些，靠水的地方一只十分漂亮的游艇搁在高高的木架上。一条木板搭架的水埠，长长地伸向湖面。再往右边不远，有一个用栅栏围起来的很大的场地，一群一群的鸿雁和水鸭，就从那儿下水，向湖中游去。看上去那儿是这些小动物的栖息保护地。

我在湖边转悠了一会儿，还一直走到水埠的尽头拍了些湖光山影。后来聊天的时候，晓东说，我那是闯入了私人领地，在美国是违法的。在某些州，比如得克萨斯，主人是可以对闯入者开枪的。这美国也是的，好端端的湖山美景，国家不管理，就这么让个人私自占据，一块破木板写个牌子，别人就不得靠近。我们后来在美国东部白山露营地也遇到同样的窘境。安顿下来已是傍晚，晓东觉得还可赶到附近的一片湖水拍摄落日景象。我们明明已经看到湖水，也有通往湖边的小路，但那些房子都是私人领地，你不能从那儿通过。我们只好不停往前赶路，好不容易才走到一个游船码头，但是太阳已经落山了。

在南莱克塔霍镇，还有一处值得记一笔，就是湖南自助中餐馆。那儿的中餐，又好又便宜，是我们在美国期间用餐过的最好的中餐馆。12.5 美元，菜的品种丰富，口味也不错，我们接连两天都在那儿把肚子塞得饱饱的。它叫湖南餐馆，其实并非湖南口味，而是指位置在湖的南面。它也在镇的南半边，属加利福尼亚州。

走在州界路上
从太浩湖吹来的风
有点儿寒意
一弯新月
像筹码一样磨得光亮

在大提顿拍摄雪山

我们一行八人中，擅长摄影的行家超过半数。晓东自不必说，他早在大学时就是学生中最早玩摄影的，这有早年的照片为证。40 年前的那张黑白照片中，他在学校的草坪上给别人拍照片，站在三脚架和相机后面，一副专业摄影师的架势。这个爱好一直没断，近些年他的空闲时间多了，抱着相机满世界跑，更是玩得炉火纯青。我对他的定位是：不是专业胜似专业。何薇的片子没怎么见到，不过看她背着那么重的摄影包跋山涉水，就知道至少也是有段位的。小叶的摄影史不详，据我猜测，绝非一般的爱好。他总有自己独特的眼光，从细微处发现诗意的美。我们之中只有他能够用手机挑战专业相机，并且一招制胜。二姐和徐真都属于机敏类型，善于瞬间捕捉，她们可能还得益于聪明女性所特有的超人直觉。洪钢没怎么看见他出手，他更专注风景本身。反正有徐真在，他们可能有分工。我平常很少摄影，偶尔外出旅行，或者在校园中散步，用手机拍点小景致还算过得去，但一和他们在一起，就相形见绌了。小青比我稍强，我们两个人基本上还是摄影盲。

大提顿的拍摄点是晓东早就选好的。尽管距离我们住宿的小木屋并不远，我们还是早早起床，天没亮就出发了。摄影人总是这样，生怕错过了最佳拍摄时间。到达拍摄地点其实还为时尚早，但已经有五六个摄影爱好者守在那儿等候了，他们选好位置，把三脚架支起，相机也固定好了。有一个人甚至把三脚架支到水里，自己则一脚踩在岸上，一脚踩在水中，全神贯注地朝向西边，等待那个时刻。

大提顿国家公园以雪峰著名。公园内还有许多高山湖泊，尤其是在雪峰脚下的湖泊，高耸入云的雪山倒映在湖水之中，湖光山色，融雄峻与秀丽于一体。晓东告诉我们，美国著名的派拉蒙影业片头是一座巍峨的雪山和环绕山顶转动的五角星，那雪山背景就选自大提顿国家公园。

我们的摄影点是一片湖区的一角。从这儿向西越过湖面，就是著名的大提顿雪峰群。其中最高的大提顿峰海拔 4198 米。要知道在美国本土最高的惠特尼山峰也只有 4418 米，大提顿雪峰已经足够峻拔。

随着天色渐渐明亮，湖边的人越来越多，普通游客的数量开始超过摄影发烧友。不过，天气好像并不照应。尽管东边云层逐渐消失，太阳已经挣扎着露出真面目。但西面，在雪山的方向，依旧云深雾锁，并且，完全看不出消散的迹象。在湖岸，聚集了四五十人，大家都在静静地等待。偶然有人说话，也把声音压得低低的，好像怕吵醒了什么。气氛静穆，甚至有点庄严。

可能是等得太久了，开始有人把镜头转向另外一边，太阳斜照着的东南方向。那儿是一片低矮的树林，从水面升起的雾气，像一条窄窄的纱带，恰到好处地缭绕在树冠以下，而树顶被阳光照射成一抹金色。

“出来了！”等候已久的雪峰终于露出一个小小的尖顶。正当大家重新把注意力集中到西面的雪峰之时，只一会一片云层又飘过来，把它遮得严严实实。不过，就是这倏忽一现，大大增强了大家的信心。谁都知道，今天有戏了，雪山的出现只是迟早的事。

果然，云层越来越淡，并且从完整的一大片变得零零碎碎，像是被什么人撕扯过一样。最高的那座雪峰开始从云层中挣脱，显露出它的惊艳。在人们的一片惊叹声中，晓东说出了后来一直被津津乐道的两个字：“抹胸。”晓东日后解释“抹胸”并描述当时情景，曾有过一段精彩文字：“那天的雪山，忽隐忽现，若即若离。玉体横陈，宛若游龙；云端一瞥，翩若惊鸿。无限美好之想象，就在此抹胸云中。”

此刻的湖岸，按捺已久的相机快门声，在寂静中响成一片。

你一直在向我们隐藏着什么

这雪峰之上的雪峰

星群已经远逝的年代
你在杰克逊湖湖水中的倒影
让所有的加冕
都成为镜花水月

波特兰灯塔

美国东部的缅因州，有两样东西最为著名：龙虾和灯塔。

我们的航班9月28日晚从拉斯维加斯起飞，29日凌晨降落波士顿。因为租房车和在奥特莱斯购物，到达“面向大洋”（Oceanfront）营地已经是晚上了。第二天即30日，便去东海岸的南自由港，品尝了龙虾大餐。每人一只大盘子，里面是一只大龙虾和一穗玉米，还有调料。31日，我们就去看灯塔。

在缅因州的漫长的海岸线上共有60多座灯塔，我们去游览的波特兰灯塔是这些灯塔中历史最悠久也最有名的一座。

波特兰灯塔伫立在一片海湾，塔身呈白色，在塔顶和塔身上端有一圈漆成黑色。灯塔高28米，雄踞在灰黑色的礁石之上，面对深蓝色的海水，见证着大海千百年来的潮起潮落。那些礁石历经沧海桑田，虽经海水反复冲洗刮刷，却依然棱角分明，锯齿状的石头像一页页叠置在一起的刀片，保持着桀骜不驯的锋利。

与高耸的灯塔相对应的，是几座低矮的维多利亚式小房子，棕红色的屋顶，其中一座是出售纪念品的商店。就在我推开门进去，准备买一两件纪念品带回去时，服务人员恰好从屋里朝外走，她告诉我，已经停止营业。他们只在上午营业，现在刚过正午，她下班了。我知道美国人的工作和休息是分得很清的，现在是她的私人时间，我无权打扰，只好立马从屋子里退出。

灯塔旁边朝向大海的地方，有一块石头和一块铜牌。铜牌上记载，美国著名诗人亨利·沃兹沃斯·朗费罗（Henry Wadsworth Longfellow）出生在缅因州的波特兰市，距灯塔不远，他常常散步到这儿，眺望大海，并且和灯塔看守人成了朋友。就是在这儿，他创作了著名的《灯塔》一诗。朗费罗在美国乃至全世界都享有盛名，晓东告诉我，朗费罗的史诗《海华沙之歌》是美国学生的必读书目。我家中有20世纪50年代人民文学出版社出版的《朗费罗诗选》，早在30多年前我就读过。回到杭州后我翻箱倒柜，终于找出那本书，又重读了《灯塔》一诗。在美国时，洪钢给我找到《灯塔》的英文全文。因为篇幅太长，在这里只抄录杨德豫翻译的该诗的前三节：

巉岩远远地窜入大海，
在它的尽头，好儿哩以外，
灯塔耸起它巨大的石身，
夜间是一柱火，白天是一柱云彩。

从这儿我也能望见海潮涌起，
又悄然碎裂在它的脚底，
像无言的愤怒，在苍白的嘴唇
和痉挛的脸颊上，升腾而又平息。

当暝色渐浓，看！好亮呵，
透过暗紫的暮霭，
它蓦然吐射光芒，闪耀着
非尘世的、夺目的异彩！

在灯塔旁边还有一块十分醒目的铜牌，铜牌上列出了从1789至1989年这200年中每一位灯塔看守人的名字，以及他们看守灯塔的年代。其中看守时间最长的一位与这座灯塔相伴长达35年。

除了这两块铜牌，在礁石朝向海岸的一面石壁上，还有几行白色的大字，看上去触目惊心：Annie C. Maguire Shipwrecked Here Christmas Eve 1886。这是纪念1886年圣诞节前夜在此发生的一起海难事故的。我试图查找这次海难的详细信息，但没有找到，只能猜测Annie C. Maguire是遇难者的名字，当年她（或者他）在这儿遇难曾经惊动了波特兰，甚至美国。

诗人、灯塔看守人和遇难者，这些原本完全不相关的人，他们在一处海湾，因为和一座灯塔联系在一起，被人们怀念，并且被其中的一些人记住。凭栏眺望大海，但见波浪起伏，无边无际的蓝涌动而来，又涌动而去。在这个世界上，一些人会因为自己给后人留下了什么而被人们记住，比如诗人朗费罗；也有一些人因为偶然而留名后世，比如灯塔看守人和遇难者。而更多的，是我们这样的芸芸众生，就像大海溅起的浪沫一样，瞬间出现，又瞬间消失。

大海，永远在波动。

此刻　他们定格在这堵墙上
像海边的那些礁石
谦卑　坚硬　面对潮起潮落

而那座白色的灯塔面朝远方
以沉默与时光对峙

草地上的乡村婚礼

我们是在去波特兰海湾的路上邂逅那场乡村婚礼的。我们在停车场停下车，刚打开车门就听到轻快悠扬的音乐声。那乐音就是从海湾的方向顺风传来的。

沿着略微有点向下倾斜的公路走了一小会儿，朝左转入一条乡路，就看到一片茵绿的草坪。乡路和草坪之间有一道栅栏，一些藤蔓和细小的花儿，顺着栅栏攀爬和蔓延。乡村婚礼就在那片草坪进行着。

我们都很好奇，便停下步。隔着栅栏看过去，四五十张白色的椅子排放在草坪上，有些坐着宾客，有些还空着。面对这些椅子，在草坪的东面，也就是靠近栅栏的这一边，是一个临时搭建起来的舞台。

这个下午的主角是一对年轻的黑人。看样子婚礼已经进行到尾声，这对新人手挽着手，新娘还捧着一束鲜花，正缓缓从台上走下来，从乐曲声和不远处海水拍打堤岸的响声中，从亲友们的注目中走过。

这是十月最初的日子，傍晚的阳光斜照下来，温和地洒落在那对新人身上，洒落在草地和那些乳白色的木椅上，甚至也洒落在隔着栅栏远望这场婚礼的我们身上。

在乡路的另外一边就是海湾，我能够看到湛蓝的海水和白色的海鸥。时而也会有几只海鸥飞到草坪的上空，盘旋几圈之后，又飞回海湾。一条石砌的防波堤，从岸边笔直地伸向大海。

大地辽远而宁静。

就在这时候，我注意到不远处，一座同样覆盖着草茵的小山坡上，一个十来岁的女孩子独自坐在那儿，在她右侧身后，是一面美国国旗，一面半垂着的星条旗。它似乎在固执地提醒我，就在昨天，在拉斯维加斯的一次枪击事件中，200 多个无辜者倒在血泊中，其中的 58 人再也不可能面对草坪、大海和蓝天。

婚礼的乐曲还在回荡，那对新人还在草坪上缓缓走向他们的幸福。

生活仍然要继续，我们不能因为一颗腐烂的果实就放弃一整座果园。

隔着那道栅栏，我真诚地祝福这对新人，祝福他们相爱到永远。

我也祝福我们这个总是磕磕绊绊的世界。

只要还有人
这样手牵着手走过绿草地
这个世界
就仍然值得期待

（后五章原载《海燕》2018 年第 8 期，发表时标题为《镜花水月》）

理　发

回家探亲，母亲说，看你的头发，像乱草窝似的，还在大学里工作呢，和捡垃圾的差不多。

第二天就去理发。小区中理发店并不多，家里人告诉我，朝哪儿哪儿走，哪儿哪儿转弯有家理发店。我回说，我晓得，剪个头发还找不到地方吗？果然，我东走西走就看到一家理发的小铺子。铺子里只有一个理发师傅，他还正忙，手头上有一个生意在做着。回到老家本来就闲着无事，我就安下心来等着。

理发师傅高高挑挑的身板儿，着一身飘逸的夏装，脑袋后面还留着一条当年意大利球星罗伯托·巴乔一样的小辫子，那样子完全不像一个小城里的理发个体户，倒像个影视明星似的。师傅显然和那个顾客是熟人，一边理发一边聊天，话是东一句西一句说得不着边际，手上则是不慌不忙的，一副两个闲人聊天的架势。我坐在那儿等着，不知怎的就想起儿时家乡小镇上的阳光，在青瓦的房顶和石板街道上慢慢悠悠地流淌。

理发师傅终于“收拾”完那个熟客的脑袋，轮到我坐上那张旧转椅了。师傅说，你先坐会儿，我抽口烟，说着捧起一只铜烟台，添上水烟，点着火，慢慢儿抽着。过足了烟瘾，又拿起一只大瓷缸，喝了几口茶，才开始“对付”我头顶上的乱草窝。

也是不慌不忙的，先粗理一遍，把头发剪短；然后是洗头，温热的水，一只木爪子在头上轻轻地挠着；然后是细剪；再然后是修面，把转椅平放下来，我躺下，微微闭上眼睛；再然后又坐起来，师傅掏出一套家什，收拾我的耳朵。那套家什有四五件，很随意地夹在师傅左手的无名指和小指中，师傅用剩余的手指捏着我的耳朵；右手则不停地更换家什，清理我耳朵中的“垃圾”。他的动作灵巧、麻利，简直可以说是艺术。我只觉得耳朵里面，先是一只刀片样的东西，在耳壁上一旋，然后是耳勺和其他什么在耳道里轻轻地动，最后是一个毛茸茸的小球，在耳朵里像刷东西一样清扫完里面的碎屑。整个过程，耳朵痒痒的，但是舒服极了。

我离开家乡已近三十年，在一座都市中为生计忙碌奔波，算计时间就像精明的裁缝算计布料一样苛刻。至于理发，那是一项任务，只有到非理不可时才去解决。那儿的理发师傅也是惜时如金，坐上椅子，七八分钟，最多10分钟就搞定了。而这次理发，我估摸，至少有40分钟。

师傅收费10元。花10元钱，买40分钟的享受，值。太值了！

临走时我对师傅说，你的手艺真不错。他回答说，我做生意从来不马虎。我问师傅贵姓，他说姓胡。停了一下又补充说，本来姓王，后随养父，姓胡。

胡师傅的理发铺就在新桥新村，靠近菜场，铺面很小，朝南。窗玻璃上有两行字，我是坐在理发椅子上看见的，从里面看，字是左右颠倒的，但仍认得出。一行字是“工薪消费”，另一行字是“□□享受”。□□这两个字被一台电风扇挡着，我没有看清，估计是“超值”二字。

天井·天水

天　井

老家在一座有着上千年历史的古镇上。镇上几乎家家都有天井。

古镇人家的住宅类似于北京的四合院，当然房屋没有那样讲究，要简朴得多。大致上是进院门之后，便是正对面的主屋，多为三间，中间客厅，两边两间卧房；主屋的两旁是厢房，多做厨房和杂物间。中间围成的空地就是天井。比较富庶的人家有两排主屋，就是常说的两进。当然，天井也就有两方了。所有人家的天井几乎都用青砖铺地，有的人家会在天井中挖一口井，供家用。但绝大多数人家没有，在巷口有公用的水井。

我们家住的房子是租的，比较简陋。进门是一个很窄的过道，旁边是厨房。三间正屋与厨房相连，呈直角形，前面和左面都是别人家的房子。就这样，也围出了一块小小的天井。

如何使用这块天井，那时候父亲和母亲还产生过小小的矛盾。父亲刚从上海调回家乡工作，在高楼大厦中住久了，发现有这么一片天地，欣喜万分，便要在天井中种花。但是母亲反对。母亲喜欢清爽，她说种什么花呀，就这么巴掌大一块地方，夏天还要乘凉呢！再说，花花草草的，生蚊子。后来，达成了一个折中方案，在天井中划出一个角落归父亲种花，而其余的地方给母亲和家人乘凉。

父亲开始经营那个经过不懈斗争得来的角落。父亲要在那儿搭一个花坛，大有整出一个模样给母亲看的架势。不过，父亲一直是靠笔杆子吃饭的，基本上属于手无缚鸡之力一类的，他要搭花坛，我和弟弟当然就是劳动力了。我们先找来一些砖头，和了些泥，砌出尺把高的一段弧线，与墙角一起组成直角扇形，然后就去镇边上的田地里挖土。父亲动嘴，我和弟弟动手，整整忙了一个下午，花坛才搭成。栽花种草的事，我和弟弟都不愿意干，就让父亲一个人慢慢去折腾。

那么点儿大的花坛，父亲种了一大堆东西，那时候我就没有弄清楚是什么，现在就更加记不清了。只记得有藿香和薄荷，夏天我们常常摘它们的叶子泡茶吃；还有马齿苋草，它的生命力极强，很快就越出了母亲和父亲划出的楚河汉界，满天井的石缝里都是它们的影子。父亲还在花坛里种了一棵枇杷树，我们搬离那座房子的时候，枇杷树已经高过前面人家的房檐了，但是，它从来没有结出过一只枇杷。

很显然，父亲既没有种植的天赋，也没有种植的耐心。我们辛辛苦苦搭起来的花坛很快就成为杂草的天下，除马齿苋到天井的砖缝中另外开辟天地外，就是那棵枇杷树油绿肥厚的叶子坚守着阵地。而母亲则不断地清除着乱草和马齿苋，也不断地数落父亲，把好端端的天井弄成乱坟场似的。好在那时候，我们家也快要往城里搬了，要不母亲肯定会下决心把那个花坛彻底扫平。

搬进城里住上楼房以后，就再也没有天井了。许多乐趣也就随着天井的消失而失去了。有时候回想起来，真的不知道现在的生活是好了，还是不好了。

天 水

有了天井，就有了积蓄天水的可能。

所谓的天水，其实就是天然雨水。因为是从天上落下来的，所以称天水。天水以外，还有河水、井水，那时候镇上还没有自来水，自来水是以后才有的。当然，河水和井水也是天上落下来的，但是它们都是先落到地上，再流进河里，或者渗到井里面的，都不算天水。只有直接接到的雨水才是“天水”。

接天水的方法是在屋檐下面按一长条水槽，我们老家那儿称之为“过漏”。做“过漏”的材料有两种，一般人家用一劈两半的毛竹，把中间的竹节打通，挂在屋檐下面，在一端或者两端放上水缸，下雨时雨水就会顺着毛竹水槽流到水缸中。比较讲究的人家，不用毛竹，而用白铁皮敲成的“过漏”，挂在檐下比毛竹轻巧，也比毛竹经久耐用。

接天水的水缸上面总有一块木板盖子，一下雨母亲就会喊：快把天水盖子打开！快把天水盖子打开！她指的是水缸盖子，但喊的时候总是把“水缸”两个字省了。夏天的时候，雷阵雨说来就来，常常是母亲开始喊时，雨已经哗啦哗啦地下了。这时候，我、弟弟和姐姐都会抢着去揭盖子，不为别的，就是为了让大雨浇一下，又凉快又惬意。

天水的主要用途是泡茶。不是它不能做别的用途，而是天水宝贵，天水泡茶是把好钢用在刀刃上。接到水缸里的天水还不能直接饮用，要放上一些明矾，用一根竹棒搅动，这样水中的灰尘杂质就会粘成絮状的团团沉到缸底，上面的水就清净了。用天水烧的开水泡茶，特别醇，特别清澈，比井水和河水好喝多了。

多年之后，我在杭州喝虎跑泉、龙井泉泡的茶，好像也不见得比那时候的天水更好喝。

我们家的天井里有两只大缸，家乡本来就雨水多，两只缸大多时候都存有足够的天水。母亲人缘特别好，总有左邻右舍到我们家讨天水，提着烧水的炊壶来，装满水走的时候总要说谢谢，母亲就说，谢什么呀，水是老天爷送来的，又不是我们家花钱买的。

搬到城里以后，就再也没有天水了。住在钢筋水泥的楼房中，到哪儿去接天水呀？现在的人讲究喝矿泉水、纯净水，且不说那些天花乱坠的广告中言之凿凿的矿物质、纯天然、健康饮品含有多少水分，单是满天飞的塑料瓶子就让人无法把它们和“天然”二字联系在一起。

喝天水的日子怕是再也回不来了。

（原载《粤海散文》2008 年第 1 期）

小学生活琐忆

教室　办公室　老树

我的小学六年都是在白蒲小学读的，从 1955 年到 1961 年。在我的印象中，那六年中白蒲小学几乎没有什么变化。

那时候白蒲小学的教室按年级从南到北依次排列，一年级在最南面。我读（1）班，一（1）、二（1）……一直读到六（1），上课的教室就一年一年向北移，到靠近学校北面的围墙时，也就小学毕业了。在最南面教室时，也就是我读一年级时的班主任是喜爱老师；而在最北面教室时的班主任，也是最后一位小学班主任是钱嗣生老先生。这两位老师当年都以教导学生严格而著名，将近半个世纪了，他们的音容我至今记忆犹新。

白蒲小学的教师办公室和一座称为大礼堂其实只能说是一个比教室大的会议室，并排插列在教室的中间。办公室和大礼堂差不多大小，好像是全校的老师都在那儿办公。六年中，我大概只去过一两次办公室，那时候被老师叫到办公室去，一无例外都是犯了错误。每每从办公室门前经过，看见老师们在里面或伏案批改作业，或训斥学生，就觉得那办公室既神圣又壁垒森严，让人望而生畏。后来在乡下插队时，我曾在一所很简陋的乡间小学当过两年民办教师，许多年之后，我有时还会梦到自己仍在当教师，奇怪的是，在梦中我批改学生的作业本时，总是坐在白蒲小学的那间办公室中，夕阳穿过玻璃窗扇，洒落在办公桌上，课本和作业簿上。这大概是母校办公室留给我的印象太深太深的缘故吧。

在大礼堂前，也就是办公室侧前面，有一棵老树，我说不出树名，可能是槐树或者乌桕吧。现在回想起那棵树来，就是满身的斑痂，虬枝盘结。这么多年过去了，不知道那棵老树是不是还健在。老树的树枝上悬挂着一口钟，上课下课，上学放学，那口钟的钟声就是命令。我曾经不止一次站在老树下面，仰望枝叶间的钟和长长地垂下来的钟绳，让想象飞得很远很远。

朱铁有和朱铁林

朱铁有和朱铁林是我小学时的同班同学。20 世纪 50 年代，可能白蒲镇周围的农村还没有小学，或者靠近白蒲镇没有，总之那时候和我一起读书的有许多是周围农村的孩子，朱铁有和朱铁林的家就在镇东面的乡下。他们都比我年龄大，朱铁有更大一些。那时农村的孩子读书机会比较少，要等到有条件时才能进学校，而不像现在的义务教育，到年龄就入学。我是白蒲镇上的，其实，白蒲镇也就和乡下差不多，出了那几条街巷，就是庄稼起伏的田野，因此，在学校里并没有什么镇上孩子和乡下孩子的区别，大家一起读书，也一起玩耍。

农村的生活要比镇上丰富多彩。记得有一个星期天，我去朱铁有、朱铁林家玩，他们俩好像是叔伯兄弟，住得很近。那是夏天过后不久，我们在一个不大的池塘里洗澡，池塘里种着藕，他们俩就教我如何摘藕。荷叶已经枯烂了，要找到藕先要在池塘底的淤泥中用脚踩摸，发现了目标再钻进水中挖出来，他们称这叫“踩藕”。我跟着他们在池塘中乱踩，看着他们一会儿就从水中捞出一支藕来，羡慕不已。后来我也“踩”到一支，不过怎么摆弄也无法把它挖出来，只好一阵叫喊，让他们来帮忙。我们三个人费了好大劲把那支“藕”弄出水面，一看，都惊呆了，这哪儿是“藕”，是一颗沉在池塘底的大炮弹！那颗炮弹没有爆炸过，可能是当年日本飞机轰炸时恰好扔到池塘里的。

我看着炮弹吓坏了，朱铁有、朱铁林毕竟比我大好几岁，说是丢在哪儿都很危险，要交给政府处理。于是我们三个人，就抬着那颗炮弹小心翼翼地一直送到镇上的派出所。

小时候和农村孩子一起读书和玩耍的经历，白蒲镇和周围乡村的天然联系，让我一直觉得自己其实是属于土地和乡村的。如今，我在都市中生活，始终觉得我在这儿只是局外之人，我的根不在这里。几年前，在一首诗中，我写道：

> 二十年了　在南方
> 这座多雨的城市
> 我只是一位滞留的过客
> 持一柄伞　踯躅于站台
> 等候送我归去的那一趟列车

兴趣——乒乓球

我在小学三年级，也可能更晚一些开始玩乒乓球。我说的是“玩”，没有人指教，更不用说教练了；也没有什么明确的目的，比如说参加比赛，为学校争光，或者锻炼身体，保卫祖国，等等，那时候纯粹就是玩。我打乒乓球喜欢动脑子，因此上手很快，刚学不久，就在一次又像是比赛又像是选拔的活动中赢了几个高年级的学生。

我读小学时，白蒲小学的乒乓球水平是相当高的，一个叫顾振的同学，和我同级，在五年级时他去参加全县的小学生竞赛，一下子就得了冠军。我记得在一次学生大会上，学校领导在表扬顾振后，还颇为自豪地说到他是如何轻松地夺冠，让对手从来没有超过多少分。我和顾振交过手，他当然比我强，可是我也没有输得那样惨。当时我就想，白蒲小学要是挑出十个人来，每个人都能把冠军拿回来。

那时候打乒乓球条件之差，现在的学生可能无法想象。学校里好像只有一张乒乓球球桌，平时根本轮不到我们玩，只好把家中的门板摘下来，搁在条凳上权充球桌。那个年代，中国乒乓球队刚刚在国际大赛中扬眉吐气，乒乓球热席卷全国，在白蒲镇上，放学以后大街小巷，随处都可见到在这种土造球台前玩得兴致勃勃的孩子们。当然，我们也很向往在墨绿色的球桌上打球，镇上除了我们小学之外，还有几处地方有球桌，有时候我们就会偷偷地溜进去玩一阵子，直到被人家发现赶了出来。由此，我还碰到过一桩好玩的事。

那一天，我和几个小朋友钻进区供销社的大厅打球，才玩了一小会儿，就进来一个个子高高的成年人。有意思的是，他没有赶我们走，而是提出来要和我们比赛，输赢是一个乒乓球。也就是说，谁输了，自己的乒乓球就归对方所有。要知道，那时候我们要费多少心机才能从父母那儿弄到买一只乒乓球的钱啊。我看了看他，想起他就是不久前在镇上的乒乓球比赛中获得第三名的那位选手，在供销社工作。我心里一阵发怵，跟他比赛还不是鸡蛋碰石头？但是如果不比，在这儿打球是肯定没戏了。我咬了咬牙，比就比。接下来的比赛其实很简单，我还没有使出浑身解数，他已经稀里哗啦输了。他没有把乒乓球给我，赖了。但是也不好意思赶我们，而是提着球拍，自己走开了。这次赌球比赛让我明白，有时候我们的能力要比自己想象的强得多，只是常常缺乏足够的自信。

将近半个世纪过去了，我现在还玩乒乓球。我在一所著名大学里工作，一不小心就在学校的教职工比赛中拿了第三名、第五名，在一次省里的业余比赛中进入单打前十六名，这些都不重要，重要的是在紧张的工作之余，打一场乒乓球，让身心得到放松，身体得到锻炼。小学时代养成的兴趣爱好，让我终身受益。

我的大学路

白蒲镇

一直到读高中之前，我都生活在一座名叫白蒲的镇上。这个镇位于长江入海口——南通市所属的如皋县（今如皋市），是一座历史悠久的古镇。

白蒲虽然是如皋县的第二大镇，仅次于县城所在的如城镇，其实并不大。镇上最主要的是一条南北大街，石板铺设的路面，街两边是商铺。与大街平行的，西边是一条运河，东边是一条长巷，名叫秀才巷。运河两边和秀才巷两边都是民宅。运河也有名字，叫运盐河，顾名思义，曾经的主要用途是运送海盐。白蒲镇距海边不远，据说早年曾经是海边的村落，蒲草连海接天，得白蒲之名。那时海边多晒盐的盐场，从我们那儿北去不太远，就有一座名为盐城的城市。所以，有一条运盐河穿镇而过，也就很正常。不过，到了我生活的年代，运盐河早就不运盐了，但仍是一条客运和货运的水路干道。我小的时候常常在河边看船，看一叶白帆自远处缓缓而来，又向远处缓缓而去。也有不少时候，无风或者逆风而行，船工要用很粗的竹篙，一头插在水中，一头紧抵在肩胛上，身体和船舷倾斜成很小的角度，才能把吃水很重的船一点点朝前挪移。穿镇而过的河道上，有好几处码头，其中一个是客运码头，其余都是货运码头。小时候，想离开白蒲镇主要就靠乘客轮，很少坐汽车。我们那儿当时不通火车。

南通虽在长江以北，但因地处长江下游冲积平原，江海交汇，一直比较富庶。境内水网密布，土地丰沃，人文习俗等也都更像长江以南地区，所谓“风物近江南”。我在农村插队时，时常听到一个专有名词：农村发展纲要。那里面有条款规定了全国各个地区粮食、棉花的产量标准，以长江为界的江南、江北标准是不一样的，江北要比江南低许多。而地处江北的南通地区，其产量标准按照纲要要求，按江南执行，而非江北。

20 世纪 50 年代的白蒲镇，其格局与风貌完全是一座典型的江南古镇。运河上有三座桥，南、北两座是石拱桥，桥面有石阶，分别称南石桥、北石桥；中间一座是板桥，也是石砌的，只是桥面铺石板，平整宽敞，便于行车，叫中板桥。沿河两岸，从南到北，青瓦粉墙的房舍鳞次栉比。石桥、房舍以及河边的柳树倒映在水中，也是一番景致。可惜自 20 世纪 50 年代后期，古镇不断遭受“改造”，在“建设、发展、现代化”等浪潮下，已面目全非。镇上原来还有不少人文古迹，现在也已湮没。倘若能够保留到今天，老家的古镇不会比江南的周庄、同里、西塘等逊色多少。

白蒲镇南北长四五里，东西就短多了，也就一里左右吧。再往外，就是广阔的农田了，那时一抬腿就到了乡下。我们那儿没有山，一眼望去就是看不到边际的庄稼地，还有错落其间的村舍、河流和树林。尽管我是城市户口，并且一段时间作为城镇青年插队农村“接受贫下中农再教育”，但我始终觉得我是乡下人，不是城里人。一直到现在，我对在城市中生活还是不太适应。

我的小学是在镇上的白蒲小学读的。有许多同学就是来自周围农村的，我和他们常常在一起玩。我还记得有朱铁有、朱铁林兄弟。他们和我同班，农村的孩子读书相对迟一些，他们两人都比我大好几岁。有一次，他们约我到他们家玩，距镇上也就五六里地吧。我们在一座池塘里玩水，他们教我怎样挖水底的藕，先是用双脚在淤泥中探找，不停地踩，找到后再钻进水中取出来，称为“踩藕”。踩着踩着，我踩到一节大“藕”，却怎么也取不上来，就喊他们帮忙。几个人一番折腾，弄出水面一看，傻了，不是藕，是一枚炮弹，大炮弹。大人们说，日本鬼子的飞机曾经轰炸过村子，恐怕是那时落下来没爆炸的炮弹。发现炮弹是不能乱扔的，大人们又说，要交给派出所。于是，我们几个小孩就用绳子把炮弹绑好，抬着它轰轰烈烈地送到镇上的派出所。

“会玩”

读书的时候，从小学到中学，我在同学中人缘都不错。个中原因，一是我的学习好。同学做不出来的题目，问到我这儿基本上都解决了，不必再去麻烦老师。二是我“会玩”。这“会玩”是指我从不参与打架、捣乱和在背后给老师搞恶作剧的把戏，但下棋、打牌、打乒乓球这些活动我总是一学就会，并且很快就能玩得像模像样。我有个邻居是小学老师，姓瞿，他喜欢下象棋，有段时间他每天傍晚都在巷口摆上棋盘和人对弈。我没事的时候就站在一边看，看着看着就知道游戏规则了。在街巷对弈没有“观棋不语”之类清规戒律，我也没大没小，时不时还要插话发表“高见”。有些日子他没有对手，就呼我和他“对杀”。没过几天，我就能赢他了；再过一些时日，他就赢不了我了。瞿老师人特别好，从不和我计较。不管输赢，一如既往和我这个小孩儿玩棋。

容国团在世乒赛上为中国队拿到第一个冠军之后，乒乓球风靡全国。我是在小学二三年级开始学打乒乓球的。那时乒乓球桌很少，打的人又多，我们就把家中的门板卸下来，两扇门板平放在长板凳上，就是球桌了。镇上的街头巷尾，到处是这样的球桌，小孩打，成年人也打，那场面就和现在的街头舞差不多。我才学了不久，一次好不容易在学校的体育房占据了一张球桌，来了几个高年级的学生。他们欺负我们，想把我们这些小学弟赶走，独占球桌。我们当然不让，后来就约定打比赛，谁赢了球桌归谁。我们这帮小孩子推我应战，开始我还胆怯，一交手才发现对方也就是“纸老虎”，稀里哗啦没几下，他们几个接二连三上阵，又接二连三败下阵去，只好不声不响地走人。为了争球桌，我还打赢过当时获得全白蒲镇乒乓球比赛第三名的一位成人高手，大长了一帮小伙伴的志气。打乒乓球，包括后来打篮球，让我明白了我们常常比自己认为的更加强大，于是一些从未做过的事情也敢于壮着胆子去尝试了。

就算是正规的球桌也没有球网。因为球网一安上去，很快就会被人拿走。我们通常都是用两块砖头放在球桌中线的两端，上面搁一根竹竿，就算是球网了。有一回我刚好在“球网”下面捡球，对手不知怎的，就碰到竹竿，砖头倒下来正砸在我的头上。当时鲜血直流，好在医院并不远，我捂着脑袋就朝医院跑。那个伙伴比我高一年级，他家里很穷，平时又是喜欢打架闹事的主儿，这事要让他家里知道了，回去准得挨一顿打。那时我们都讲义气，回到家我就一口咬定，说是我在搭“球网”的时候，不知怎么的砖头掉下来恰好打到脑袋。事也凑巧，那伙伴学习成绩不好，一留级就留到了我们班上，和我成了好朋友。他特别能打架，摔跤一把好手，因为家里穷，一年四季基本不穿鞋，打赤脚。打架的时候，一双大蒲扇一样的脚，吸盘似的吸在地上，别人摔不了他，他摔别人一摔一个准。他成了我的朋友，班级内外就没人敢欺负我了。

“会玩”也带来过麻烦。我们男孩子喜欢玩弹球，就是下跳棋的彩色玻璃球，在地上滚来滚去，或者捏在手上击打对方的球。这游戏是有输赢的，谁的准头好，谁就赢。那一日课间休息，我赢了一堆玻璃球，两个口袋装得满满的。正得意着，有同学告诉我，教导主任找我，让我去教师办公室。白蒲小学的教师办公室是一间很大的大厅，所有老师都在那儿办公，包括教导主任。平时犯错误的同学，比如不守纪律、没交作业之类的，也就是被班主任叫过去批评几句，直接被教导主任“传唤”的极少极少，我肯定是犯大错了。教导主任的位置在办公室的最里面，他把我叫到面前，狠狠地训斥了一顿，大概意思是，我赢人家的玻璃球是赌博行为，是不劳而获的剥削阶级思想等。我一声不吭，被训了整整一节课。

侥幸读到高中

在白蒲小学毕业以后，我没能考上白蒲中学。我小学六年级的班主任，一个由私塾转来教学的老先生告诉我，我考试成绩是全班第一名，没考上就一个原因——“家庭成分不好”。好在镇上除了公办的白蒲中学外，还有一所民办中学，我被民办中学录取了。

关于民办中学，有一句流行语“民中民中，二流子集中；不是地主，就是富农”。可见民办中学就是在教育资源不足的情况下，收那些学习成绩差，或者成绩可以但家庭出身“不好”的学生的。民办中学实际上也是由当地政府办的，教学质量并不差。对我来说，其实就一个差别：口粮。有很长一段时间，因为粮食紧张，全中国的城镇人口是按照一套标准限量供应粮食的。进入白蒲中学的学生，按照规定享受中学生口粮标准，每人每月供应成品粮 31 斤；民办中学的学生则没有这个待遇，只能按没有工作闲散在家的居民标准供应，每人每月 23 斤。那时候粮食可是天大的事，副食品奇缺，猪肉凭票供应，每人每月就几两，蔬菜也很少，全靠粮食填饱肚子。相差 8 斤粮食，如果我们和公办中学的学生吃一样多，一个月就得有 8 天粒米不沾，饿肚子了！母亲为了让日子至少过得去，不得不买黑市粮，不仅价格高上几倍，还得偷偷地买。上初中那会儿，我刚刚迷上打篮球，消耗大，经常打着打着眼前一片黑，只见许多亮亮的小虫子乱飞。饿得两眼冒金花，那是一点儿也不夸张的。

我在白蒲民办中学读了两年半，初三的下学期，也就是初中最后半年，民办中学撤销，全校的学生和部分老师转到白蒲镇附近勇敢公社的勇敢农业中学。勇敢农业中学是“大跃进”时代的产物，成立于 1958 年 3 月，是“全国第三所农业中学”，在江苏省乃至全国教育界轰动一时。因为要保证“面向农业”的办学方针，农业中学的毕业生是不能考普通高中的。因此，合并到农业中学就意味着我上学读书的日子只有半年了。那时我们都很焦虑，也很绝望。但是临近毕业时，出现了转机。上面的说法是我们这一届是从民办中学转过去的，因此破例允许参加高中入学考试。40 多年之后，我才从当年的老师那儿得知，让我们考高中的真正目的并非为我们这些学生“开恩”，而是为勇敢农业中学“接气”，说得更通俗一点，也就是“人工呼吸”“打强心针”。那是 1964 年，办了 6 年的勇敢农业中学已经风光不再，生源成了问题。其实全国的农业中学也大致相似。为了这面“红旗”不倒，就网开一面，还设定了录取人数。这样可以形成“农业中学教学水平还是不错的”的表象，不是像人们所说的那样，学生进去就是劳动生产，学不到什么东西。我们班上参加高中入学考试的有四五十人，据说中考后符合录取条件的有近 30 人，最后只录取了两个半。“半个”是指有一个是备取生。当然，他后来也入学了。之所以不能按条件都录取，还是要保证农业中学的“办学方向”。

两个半考取的学生中，我进了如皋中学；我在中学时最好的同学姜剑国就是那备取的“半个”，他进了白蒲中学；另外一个女同学也进了白蒲中学。就这样我因农业中学的要“接气”，而侥幸得以延续学习生涯。

如皋中学是省重点中学。那时候，重点中学不像现在这样普遍，全南通地区包括 1 市 6 县，只有两所省重点中学，即在南通市内的南通中学和如皋中学。我记得我们学校的学生运动员，运动衣上印的都是“省如中”字样，很是引以为豪。我们班上 40 多个同学，来自 4 个县，个个都是学习尖子，而且，基本上是“家庭成分好”的。我考上如皋中学后，镇上有传言，说是我考了全县第一名。大概是因为像我这样“家庭出身不好”的以前从未有过考进省重点中学的，太出乎大家的意料才如此猜测。不过，那年我也确实考得不错。当时考两门课，数学和语文，考数学时全考场数百名考生，只有我提前交卷。我考得十分顺畅，一片寂静的考场，一个人走出来的感觉至今记忆犹新。后来听说我数学考了满分。

我读完高中二年级时，“文化大革命”爆发。开始的时候是揪斗“牛鬼蛇神”，包括学校的老师，后来才按照中央的部署，纠正方向，把斗争的矛头指向“走资本主义道路的当权派”。学校里纷纷出现批判学校领导的大字报。一日，一张责问校领导的大字报竟然提到我，内容是说 1964 年招生时，为什么像我这样地主家庭出身的得以混进学校，校领导究竟执行的是什么阶级路线云云。确实，那一届我这个班，原定是只招收贫下中农子女，不收“剥削阶级家庭出身”的学生的。看看我们班上，除了我以外，没有一个是“出身不好”的。还有一个同学家里是做医生的，不算剥削阶级，也不算革命阶级，其余全部是贫下中农。“文化大革命”中有一天，我随一帮同学造反造到学校的党支部办公室。正好看到一本会议记录，随手翻翻，有一页是记载支部讨论学生、教师的大字报的，大概是为了针对这些大字报，对革命群众有所交代。关于我的事情，记载中有提及，大致意思是录取我不是学校决定的，是文教局派人专门做过政审调查，才破例录取的。我区区一个普通学生，从没有不良记录，录取高中还要专人外调政审。在读书这件事上，我真的是一张大网中偶然漏出来的小鱼。

入团难

我从未加入过共青团。不是我自己不愿意加入，那个年代的年轻人，谁不以早早入团为光荣？被排除在团组织之外的，基

1966年步行大串连到北京，在人民英雄纪念碑前留影（左起：孙建成、袁俊、李曙白）

本上是“坏孩子”。

记得从初中开始，我就不断地写入团申请书，也不断地得到老师或者团支部书记等人的谆谆教导，大致总是“不要灰心，继续努力，好好表现”之类的话。其实，不让我入团与“表现”毫不相干。我当学生时一向安分守己，从不越雷池一步，从不给老师添麻烦；学习也还算认真，成绩不差。进不了“先进青年组织”，还是因为我“家庭出身不好：地主”，而且母亲头上还顶着一顶“历史反革命”的帽子。我是双料的“黑五类”子女。开始几年我对入团还满怀热情，没被批准难免沮丧。时间久了就麻木了，交入团申请书就成为一种惯例，批不批准也无所谓了。不过，在入团和相关的一些经历中，有些事还是挺有意思的。

我读高中的时候，上的是省重点中学。在我那个班上，四十几个学生，只有少数几人不是团员。我们班的团员组成一个团支部，支部的组织委员是个年龄稍大一点的谢同学，人很实在，发展新团员的工作就由他负责。我感觉他是真心想帮助我这个“黑五类”后代，彻底改造思想，跨进共青团的大门。他时不时找我谈话，鼓励我。那一年，学校放农忙假，家在农村的同学回家参加抢收抢种劳动，我来自城镇，没地方去，他就把我带回他家。那半个月，我就住在他家中，和他，还有他们家的人一起劳动。那是我第一次比较像样地干农活。后来我的入团申请又一次被拒绝，他还专门买了一本书《谈建华日记》送给我。谈建华是那个年月“家庭出身不好”而“被改造好”的青年典型。

高中教室内后面的墙上有一小块壁报。同学们写的文章用带方格的纸抄整齐，贴在那儿。有一回，那儿贴了一篇关于我入团的文章，立场很鲜明，说是我还没有改造好思想，阶级感情有问题。这在那时候可是很严重的问题。写文章的同学举了一个很有说服力的例子。中学时我喜欢打篮球，一天课后我正在打球，一个亲戚从我家里给我带来几个熟鸡蛋。那时候我们都没有运动服，就是穿着平时的衣服玩，我接过鸡蛋随手就放在衣服口袋里。谁知道在又跑又跳中，一个鸡蛋掉了出来，立刻就被众人踩得粉碎。我玩得正酣，把踩烂的鸡蛋随手扔到场外，还说了一句“靠边站，别影响我们”之类的话。那时“文化大革命”刚刚开始不久，正流行让原来的各级领导“靠边站”。于是这件事就成了“出身剥削阶级家庭、没有劳动人民思想感情”的铁证。当然，那年的入团之事也就告吹了。

那年月人为搞出来的“阶级成分”，常常让人哭笑不得。我高中时一位同桌，后来入伍当兵去了。到部队以后，他专门写了一封信回来，说是在我们班上，有“黑五类”子女，专门欺侮、打压贫下中农子女。我们班“出身不好”的就我一个，显然是指我。其实，他说的欺侮、打压，就是他常常和我一起打扑克牌，他结对的两人，总是输给我们。人都到了部队上了，还念念不忘回头告我一状。他一“上纲上线”，我就成了有“阶级立场”问题了。

一直到我高中毕业，我都没能入团。下乡插队后，就没人再管这事了。直到我进入大学，因为在系里承担了一些学生会工作，主要是宣传工作，和系里做学生工作的老师接触稍多一些才又提到了这事。大约是刚进大四时，一日，系领导找我谈话，说我各方面都好，学习和工作都很努力，同学关系也好，就是一点，政治上不要求进步。我才忽然想起，我还不是团员。不过我早已经过了入团年龄，后来就写了入党申请书，在我大学毕业前夕，经支部讨论一致通过。当时我真的非常激动。入党对我来说意义非凡，使我彻底摆脱了在“以阶级斗争为纲”的年代，因为家庭出身问题笼罩在我心头的阴影。

我在浙大化工系读书期间，系里分管学生工作的领导和老师给了我很多信任和帮助，这在我以往的人生经历中是从未有过的。郭承璋老师、吴星义老师、冯时林老师等，当然，还有校团委的陶松锐老师，我一直记着他们。

插队 8 年

江苏省南通地区是典型的江南地貌，河道纵横交错。因此，船便成为最主要的交通和运输工具。我到农村插队，便是由生产队派出的一条小木船把我们接走的。那天，船就停靠在我们家屋后的水埠，弟弟和我一同插队。我们往船上搬了一些简单的行李，就拔篙启程了。

我们那里行船与江南以及其他水乡不一样。我们不用桨，而用篙。一根长长的竹篙，行船人站在船尾，将竹篙插入水中，抵住河床，然后顺势一使劲，船就朝前滑行。因此我们那儿不叫划船，而叫撑船。因为河中心水比较深，所以撑船要贴近河岸，否则竹篙顶不到河床。竹篙的入水也很有讲究。竹篙抵力河床，不仅给船提供动力，而且把握行船的方向，起到舵的作用。要使船在水上平稳地向前，竹篙上使的力必须朝向船的正后方，只有在转弯时稍稍偏转。因此，竹篙入水时要紧贴着船帮。当地人形象地说“靠船下篙”。这四个字也引申到广泛的生活中，成为一句哲言。后来我在乡下学会了撑船技术，可以说是炉火纯青，曾经一天独自行船 60 里水路，满载粮草，从所在生产队运往治理淮河的水利工地。

我们插队的生产队，距离老家的白蒲镇也就十四五里路，水路可能更近一点。全队不到 100 口人，大概七成是劳动力。有耕地约 100 亩，也就是说，平均每人一亩地。那时候农业生产以粮食为纲，生产队一半的地种粮，另一半的地种棉花。我们那儿是重要的棉产区。生产的粮食交过公粮、留下种子之后，就是分给社员（那时是人民公社制，所有农民都称社员）的口粮。

位于平原的乡村，本来就人多地少，生产的粮食原本就不够填饱肚子，我们再插进去，其实就是和他们抢饭吃。不过，那时大家都听从毛主席的号召，知识青年下乡插队是政治任务，社员们倒也不抵触，当然，也谈不上欢迎。

我在农村插队 8 年，在生产队种地 6 年多，最后 1 年多当代课教师和民办教师。生活艰苦，前程无望。现在回头看去，一片茫茫然，好像没有什么值得记录的。

那时候生产队实行集体劳动制，每天分成 3 个劳动时段，早上、上午和下午。去干活叫上工。一早上工以后，全队劳动力在指定地点听队长安排农活，记工员记下人数，劳动结束记工分。到年终的时候，按照工分数分配报酬。一般一个整劳动力，一年干到头，除去分配粮草外，还有一点收入，每年不等，也就二三十元吧。一户人家，劳动力强的，年底能分到几十元；劳动力弱的只能倒挂，靠队里补助。我们队里有几户人家年年倒挂，有人家生四五个孩子，女人就不下地干活了，反正怎么干也得靠救济，干脆拉倒。

人多地少，其实也没那么多农活做。但是上头管得很严，不准农民离开土地去城镇干活，也不准做小买卖，自己种的菜也不能去卖。那些做法统统称为“走资本主义道路”，一旦被发现，轻则批评、批判，重则抓起来判刑坐牢。生产队的地只许种粮食、棉花，种多少亩粮、多少亩棉也是上面安排好的。有一年，我们队在一块角落地里偷偷种了点花生，也就半亩地吧。队长一再嘱咐全队社员，万万不可走漏风声。花生苗长到尺把高时，有一天，大队领导突然来了，还带着其他生产队的队长，只一会儿工夫，就把绿油油的花生苗儿全拔光了，还在田塍上开了一个“割资本主义尾巴”的现场会。土地少，农民又不得离开土地，结果势必是在有限的土地上反复“挖掘潜力”。那时有一个农业生产八字方针，叫“水、肥、土、种、密、保、管、工”，除了一些农业生产的必要条件外，就是要精耕细作，依靠无休无止的劳动增加产量。我们那儿有一句流行语，叫作“像绣花一样种田”。

我印象最深的是拆墙土。那时候化肥还很少，按亩限量供应。为了解决八字方针中的“肥”的问题，可谓“八仙过海，各显神通”。我们那儿家家户户都是土墙草屋，据说土墙的土是可以做肥料的，因此有个不成文的规定，凡是三年以上的墙，都要拆了重建，把旧墙做肥料。我后来想过，土墙怎么会是肥料呢？大概是因为筑墙的土本来就是从地里挖的，垒了三年的墙，也就相当于休耕了三年，总比年年种庄稼的土地强，所以就权充肥料了。我在乡下的那些年，生产队年年都在拆墙垒墙。反正有的是劳动力，旧墙拆了，墙土敲碎以后撒到田里，究竟能有多少肥力只有天知道；然后再挖新土，担进村子，和水，用石夯夯密实，垒成墙。拆墙还是有一定危险的。施工的时候，先要在墙的一侧沿墙脚挖出一条槽，然后大家一齐用力把墙推倒，再敲碎。有一回，挖墙脚挖过了头，没等大家到另一边去推，墙就摇晃了两下，轰然倒塌。我们生产队的队长躲闪不及，一条腿被压在墙下。我插队的 8 年中，我们生产队先后换过 4 任队长，那个队长是我印象中最好的一个。他为人忠厚，一直坚持“干部要带头干”，什么活重他就干什么。从那以后，他就成了瘸子，走路一跛一跛的。

我在乡下的那些年，“农业学大寨”正搞得轰轰烈烈。大寨人在虎头山垒石造梯田，引水上山灌溉，成为全国农村仿效的榜样。我们那儿是大平原，除了在长江边上有几座小山包外，方圆几百里，连高一点儿的土丘都见不到，到哪儿去劈山造田？但是，“战天斗地、改造旧河山”是一定要做的。于是，上级结合水乡特点，提出了“学习大寨、实现河网化”的号召。河网化就是在地图上画上几纵几横的直线，把原来自然形成的河流拉直的拉直，填埋的填埋，重新整成距离相等的横线竖线。于是，我们每年秋收以后都要去水利工地挖河，我们叫“上河工”。凡是男劳动力都要去整整一冬天。“上河工”是农村最艰苦的活，天寒地冻，一锹砸下去，冻土渣四溅。常常要赤着脚在冰水中挖土担土，不少人脚跟都冻得裂开，直淌血。“上河工”也有好处，就是能吃饱肚子。在工地上，生产队实行集体食宿，有专门的食堂，生产队会把积余的粮食用在改善大家的伙食上。我在“上河工”的时候，一顿中饭要吃一斤米饭。

我弟弟比我高，身体也比我强壮。在“上河工”时，常常会比试谁的力气大、挑土的担子重，全大队十几个生产队的劳动力，几乎没人能赢我弟弟。我身体比较弱，挑不了那么重，但一些技术性农活我很快就能学会，比如插秧，我比从小就干活的农民都快。我和弟弟一直安分守己地干活，几年下来已经和当地农民没有什么差别。有一天，生产队的干部在开会时突然对我们严厉起来，言语之间，阶级斗争的矛头直指我们兄弟。我们不知道因为什么，但预感到肯定出事了。那年头，普通百姓是没有任何安全可言的，随时可能被“揪出来”批判或者斗争。回家以后，我和弟弟一商量，把家中可能招致飞来横祸的物件——主要是几本书，在墙角挖了一个坑埋进去。果然，第二天大队开会时，把弟弟抓去了。那时叫进“学习班”，就是大队私设的拘留所。同时，一帮人气势汹汹到我们家搜查抄家。好在我们早有准备，只找到一堆安装收音机的无线电零件，说是“电台”，被没收了。后来才知道，我弟弟不知道从哪儿弄到一本“文化大革命”前出版的《东方红》，上面恰好有颂扬刘少奇的文章。这当然是“大毒草”。偏偏弟弟把这本书借给别的大队的知青，被“革命群众”发现后，顺藤摸瓜就查到我们这儿。弟弟进“学习班”大约一个星期，但什么也没有学习，也没有被审问，就放了出来。毕竟，生产队还需要劳动力。

我在生产队种地的 6 年多中，也有过一些招工机会。但是我们家“出身不好”，又没有什么关系，所以从来就挨不着边。终于有一年，大概是大队里觉得，其他的知青家庭都有过机会了，我们兄弟两个也该回去一个了，在招工回城人员中便有了我的名字。回城的推荐是大队管的，名单上去以后也不知道是哪一级批准。总之，我在大队最初的名单中。此前，他们还特地问过，我和我弟弟，推荐哪一个。就在那个当儿，有一天，我碰到同一个大队的另一个知青，她和我说起招工回城的事，央求我把这一次的机会让给她。这个知青长得很漂亮，在中学时文艺和体育都很出挑，可以算是校花吧。她下乡不久，便成了我们公社书记大公子的媳妇。她和她的哥哥插队在一起，她成为公社书记的儿媳后，她的哥哥便顺理成章招工返城了。她当时也在公社办的一家小厂上班，虽然还是农村户口，但比起在田里干活的绝大部分知青，那已经是很不错的安排了。大概，她也觉得这个要求太过分，说话吞吞吐吐的。她说她不是为自己，是为了孩子。她回城以后，她的孩子自然也就成了城里人。我已经记不清自己是怎样回复的，可能是未置可否吧。我很清楚，只要她想占我这个名额，我怎么努力也没用。我只是希望她这次如愿以偿，下一次就不会再有人和我争了。果然，名单公布出来时，她上了。不过，后来她也没走成，据说县里派一个副县长来审定名单时，抗议的知青把办公室团团围住，迫于民怨只得把她拉了下来。但那次抗议我没去。

还有一次是招考民办教师。那次是公社组织考试的，名额是正式的民办教师。我不知道那一回为什么通知我去参加考试，可能是我已经开始在报刊上发表诗歌，引起了各方注意，也可能是公社的团委书记暗中帮了我。有两回我在公社帮忙做过一点文字工作，他对我印象不错。但是考过之后便杳无音信。我知道有几个知青到公社的各个小学去当老师了，但没有我。也没人告诉我考试结果。过了一个暑假，学校已经开学，突然有一天通知我到一所小学去代课。能得到这样的机会，真是意外的惊喜。那所小学距离我们生产队大约有 10 里地，我在那儿教了一年书后，又调到另一所小学教了将近一年。这两年，可以说是我迄今为止最轻松愉快的两年。当老师吃住都在学校。学校里也就 10 个老师吧，另有一个校工，一天三餐他都包了。校园里有个菜园，蔬菜全有了。我记得，校工不太会烧鱼，但红烧肉是常有的。我当三年级班主任，教语文。另外，学校有“戴帽子的初中”，数学和物理也由我教。那些年“文化大革命”还没有结束，虽然对教育稍稍重视了些，但升学与学习成绩不挂钩，所以教学压力不大。白天上完课，晚上几个老师挑灯打扑克牌。有吃有玩，那日子与在田间劳动相比，简直就是天堂了。

在学校当老师还有一点插曲。我到学校，刚开始给我安排的只是小学课程。在小学当过老师的都知道，教三年级语文是比较难的。因为三年级开始，学生要写作文。语文老师一改作文就头痛，更何况是刚刚开始，学生完全“不上道”，要指导好不容易。我是新到的老师，没有挑课的资格，所以最难的就落到我头上。学校有“戴帽子初中”，教中学课程要挑选“贫下中农”，这是事关阶级路线的原则问题。原来教中学数学、物理的也是一个知青，她被推荐上大学去了，于是一位出身“贫下中农”的老师便认为这副“重担”非他莫属。学校领导也只能让他上。殊不知才教了几天，他就教不下去了。他自己一知半解，学生自然云里雾里。当过教师的人都有体会，如果自己不能把课程讲明白，学生听不懂自然就不能集中注意力，注意力集中不了课堂纪律就没法维持。那个老师一上课学生就起哄，课堂上一团糟。所以，校长来找我，让我去收拾残局。后来我就是小学三年级班主任，教语文，兼教初中数学、物理。

我刚到小学时，那位要上大学的知青老师暂时还没有离开，等着交接工作。那老师还有一个身份：公社书记的二儿媳。和书记的大儿媳一样，她也长得很漂亮。我从来没有见过公社书记的两位公子，公社书记不是当地人，是从外地调来的。那两位公子是不是才华出众或者相貌堂堂（那时候还不讲究有钱）我不知道，但是一个书记的两个儿子都在插队女知青中挑媳妇，这在当时也算不大不小的新闻。两个女知青也各有所得：一个是兄弟早早返城，自己也差一步就脱离“苦海”；另一个则成为万人羡慕的工农兵大学生。

报考大学

1977 年恢复高考，那时候我已经回到城里，在南通市二轻局的一家集体所有制企业——南通市铜材厂当工人。

我在乡下插队了 8 年，前 6 年是地地道道的农民，每天下地劳动，听生产队队长安排农活。在广阔天地接受再教育，除了学会一些耕种技能外，我并没从那片土地上收获什么。离开插队的那个村子以后，我从来没有回去过。

得知恢复高考的消息，我并没有当回事。早几年，大学已经开始恢复办学，我在乡下也时时听到推荐工农兵学员的事。当然，那与我基本无关。只有一年，就是张铁生交白卷的那年，政策有了一点儿变化，大学招生要考试。我和在同一个公社插队的伙伴兴致勃勃地复习了一道，也参加了考试。后来发现，考试与能否进大学毫无关系，最终还是依靠“贫下中农推荐”，说白了，就是看谁有关系，谁有权力。

南通市的高考是自由报名的。我直接到设在市政府的报名处去报名。负责接待的人看了我的资料，很肯定地说我不合格。招考分两大类，文科和理科，我报考的是理科。接待人员说，按照规定，像我这样的“老三届”，需要有特长才能报名。他翻翻我的资料，说我写诗，也发表过一些，这算是特长，可以报考文科；还有我在乡下当过教师，如果一定要报理科，只能报师范院校。我当时第一志愿填的就是浙江大学，那是因为读小学时到过一次杭州，留下了特别美好的印象。后面的志愿多是地质类的院校，还有武汉测绘学院。当时觉得，万一真能上大学，毕业以后的工作能在祖国大地上四处为家，也是很令人向往的生活。接待人员的一番话，让我很受刺激。其实，我本来对考文科还是考理科并没有成见，无所谓。经他这么一说，我倒来劲了。我说我现在在工厂工作，考理工科才是理所当然。他说如果我在工厂有发明创造，或者是技术革新，就算是有特长。我到铜材厂当工人才一年半，还是学徒工，哪来什么发明创造！接待员反复劝说我要慎重，他说报文科，并且报师范类，进大学的把握要大多了。他说的是实话，是为我考虑。可是因为我没把高考当作真的，还以为是像以往几年一样，只是走过场，让我们去考一下，算是给你机会了，“陪太子读书”而已。所以我和那个工作人员一顿纠缠，他还算不错，最后表示先按我的志愿报了，如果审核通不过，就电话通知我再改志愿。最终，他没来电话。我就这样“混”进了高考考场。

南通市的考试分两个阶段。第一阶段是市里的初试，第二阶段是全省统考。初试由南通市自己出题考试。10 年没有举行正式的高考了，报名人数自然是天文数字，所以要设初试淘汰部分考生。初试这一关并不完全按考分取舍，听说当时有“杠杠”，录入“老三届”的考生有个比例，绝大部分被刷掉了，我幸运地过了第一关。而过了第一关能够参加全省统考的“老三届”考生，后来基本上考取了。也是因为没当回事，没想到那是一场决定今后命运的考试，报名之后，我照常每天上班，只在休息日和晚上复习，除了参加考试外，一天假都没有请过。考试结束后，我也没有像大部分考生那样成天盼望着录取通知书。直到有一天我去上班，厂里告诉我有挂号件，打开一看，是浙江大学的录取通知书。其实，录取通知书已被厂里扣了两天。厂领导劝说我不要去上什么大学了，厂里正准备重点培养我。

当然，我没有接受厂领导的好意。我上下班都是骑自行车，那天回家的时候，我特别特别小心，反复叮嘱自己别让汽车撞了，也别撞着别人。口袋里的录取通知书就像一只玻璃瓶子，让我觉得它随时可能破碎。

大学岁月

经历太多的假考核、假考试、假招工、假选拔，我对“公平”两字早已经失去信心。所以当 1977 年的高考来临，说是要通过文化考试“公平”录取时，我并没当真。从拿到录取通知书到进大学，我的内心并不踏实，总想着会不会像此前招工一样，有一天会骤然发生变故，突然有人告诉我，能够上大学的不是我，是另外一个人。进入大学之后好久，我还时不时咬咬舌头，看看自己是不是在梦中。

我们七七级，因为是“文化大革命”后恢复高考招生的第一届，考试在 1977 年下半年，到入学时已是 1978 年春天。一进大学，首先是军训。军训是每个班级编成一个训练排，一个排设三个班。我是其中一个班的副班长。刚进学校，大家都不熟悉，所以排长、班长等都是老师指定的。我从中学毕业下乡插队 8 年，其中包括当了将近两年的小学民办老师，回城之后在工厂做了两年学徒工，整整 10 年，重新回到学校读书，对学习机会真的是非常非常珍惜。不仅是我，我们那一届学生基本如此。我们那时候常常挂在嘴上的一句话就是：“把失去的时间抢回来。”大概是下乡四五年之后，我开始学习写诗。在进大学之前，已经在《解放日报》《新华日报》《江苏文艺》，以及江苏省关于插队知青和农村生活的诗集中发表了一些诗歌，有 20 首左右。那段时间是“文化大革命”后期到“文化大革命”刚结束，全面停办的文艺刊物刚刚恢复，文学作品的发表园地极其有限，我发表的诗歌数量算是比较多的。当然，在当时的大背景下，那些诗的内容要么是歌颂“农业学大寨”的，要么是写知识青年上山下乡“改造思想”“大有作为”的，几乎都是假话、空话。我大学读的是化工系。那时只有一个想法，就是好好学习，将来当个工程师。因此，我是下过决心，不再写诗歌了。

就在军训期间，有一天系里负责学生工作的领导找到我，说是有同学反映，我有文采——那个同学看到过我发表的诗歌。系领导希望我能够发挥特长，在学习之余多做点宣传工作。我一直不知道入学之初，是谁“揭发”了我。军训结束以后，就确定了系和班级的学生干部，我当了系学生会的学习委员。学生会没有宣传方面的干部，只有团委有，但是我不是团员。我努力“表现”了许多年，但仍没有能够入团。团员的标准，对于我是太高、太高了。担任系学生会干部的两年间，我为系里写了一些文章。我印象最深的是，我们化工系在校运动会上成绩优异，男、女都是总分第一，我写了一篇综述文章，登在化工系所在的第四教学楼门前的黑板报上。那一期黑板报被我这篇文章全占满了。

系里的黑板报上还登过我的其他一些文章，现在记不清了。后来才知道，陶松锐老师正是从黑板报上看到我的诗歌，才找到我的。

上大学的时候，我习惯在宿舍自修。那时每个学生宿舍都有两张大大的方桌，放在宿舍里几乎就把整个空间占满了。那两张桌子格局有点像乒乓球桌，当然没有球桌那么大。一个宿舍住六七个同学，大部分同学课后和晚上都在教室自修，也有些同学在宿舍。我住在第八学生宿舍，平常都称八舍。学生宿舍的格局都差不多，不管有多少层，每一层都有一条长长的过道，两旁是排列的宿舍。八舍坐西朝东，我的宿舍在四楼的西边，我在那儿住了 4 年。八舍背靠老和山，我的窗户外面就是一脉茶山，四季常绿。尤其到了春天，细雨蒙蒙之中，采茶女的红袄绿衫与青嫩的茶树相衬，我有时候看着看着就忘了温习功课。

那一天晚上，我正在自修，陶老师推门而入。他的第一句话我至今记忆犹新。“你知道我是谁吗？”我说不知道。“我是团委副书记陶松锐，”他真的是开门见山，“我是来请你出山的。”他说到校团委的《浙大团讯》杂志，说到要把《浙大团讯》改成学生刊物《求是园》等。具体还说了什么我记不清了，只记得当时就他一个人滔滔不绝。我那时觉得，这位老师真是才华横溢，让人佩服。

我已经记不起我在《浙大团讯》或者《求是园》上最早发表的诗歌，只记得有过一首比较长的诗《献给小草》发表在《浙大团讯》上。有一次系里开会，好像是全系学生大会，在学校唯一的室内会场——俱乐部召开。化工系总支书记周文骞老师在讲话中说到我的这首诗。他也是刚刚看到新出刊的《浙大团讯》，即兴讲起的。我记得他是先讲了一下当期《浙大团讯》上发表的王晓东的一篇散文，然后说到我的诗。大概是因为我是化工系的，他讲得比较多，还读了诗的最后几行。这首诗让我在化工系的同学中小有名气。后来，我们班被评为“全国新长征突击队”，《浙江日报》的几个记者在他们采写的长篇报道中，还引用了《献给小草》中的诗句作为结尾。

至于在学校里引起一番风波的学生自办刊物《野草》和

《Star》，我当时一点儿都不知道。还有竞选学生会干部和西湖区人民代表的事，我也只是略有所闻。我住在八舍，距离事件中心的一舍和七舍比较远，我又是个不喜欢抱团、不喜欢热闹的人，和班级以外的同学接触很少。

不过，我也有过和“地下刊物”有关的经历。因为写诗的关系，我还是比较关注当时文学特别是诗歌的走向的。浙江大学是理工科大学，在杭州文科方面最强的是杭州大学。那时杭州大学的学生刊物比较活跃，我有所耳闻。我们班上有几个走读生，在统一招生结束后扩招的，都是杭州市人。所谓走读就是不住学校的学生宿舍，仍住自己家中，每天来校上课，其余都和其他同学一样。这期走读生好像只走读一个学期，为了保证他们的学习，就安插到各个学生宿舍去了。与我同宿舍的一个走读生陈征平时就比较活跃，和杭州大学的文科生来往密切。我请他弄来一些杭州大学的学生刊物，主要是诗歌，记得是张德强主编的。

关于陶老师以组建《求是园》的方式，收编“地下刊物”，发挥大家特长的事，当时我只是隐隐约约听到。我加入《浙大团讯》以后，陶老师让我负责诗歌，任诗歌组组长。主编当然是陶老师，晓东是副主编。他们两人是领导，我的直接上司。

在校学习期间，我在《诗刊》《雨花》《青春》等发表了少量诗歌作品。当然更多的是在校内，配合形势和一些事件写了不少诗歌，在校刊上发的比在《浙大团讯》和《求是园》上发的更多。他们会时不时交给我一些任务。比如，在刘少奇访问浙大22周年时，让我去查看当年刘少奇到浙大的档案，包括谈话记录。据此我写了《阳台，你可记得》和《读少奇同志在浙大的谈话记录》；在审判“四人帮”时，写了《人民的审判》组诗三首。因为学习紧张，这些诗都是急就成章的，但确实表达了自己的心声。

除了诗歌方面的选稿、编稿外，我不太参加《求是园》的活动，基本上是独来独往。七七、七八级的同人，我和王晓东有过一些接触。印象中龚辉宏和叶健勇特别有才气，孙小青主要是画插图的，很有女人缘。丁仲礼和我除了《求是园》外，还常常在校刊的副刊上发表诗歌，我们可以说是“两栖”作者。老丁有首写山的诗，气势磅礴，我印象比较深。

我参加的活动，有印象的是去青岛。那次活动是校团委组织的校优秀学生干部夏令营。《求是园》当时是校团委的一块“金字招牌”，因此有了不少名额。我们从杭州乘火车到上海，再从上海码头乘海轮北上。那是我第一次乘海上轮船，感觉特别美好。深夜时我到甲板上踱步，大海风平浪静，月亮斜挂着，银白色的月光在海面上铺出一条光带，有一种如梦如幻的感觉，好像月亮也伴随我们一同航行。那次旅行我写了一组短诗《短笛吹大海》，其中一首《海上摇篮曲》就是写那个晚上的感受。

那一次王晓东也在，和他一起的还有他们同班（好像也是同寝室）的一个同学，年龄比较小，胖乎乎的，名字我忘了，姑且称他“小胖子”吧。青岛的游玩结束之后，夏令营就地解散，有些同学回杭州，有些同学则从青岛直接回家。有四个同学——王晓东、小胖子、我，还有我们系的一个学生干部，商量了一下，决定乘火车南下杭州，并且顺路游玩曲阜和泰山。那天我们四个人在火车站前的广场上席地而坐，准备去买车票。我想起来，有一张学校开出的实习返杭证明。因为前一年，我们班级在浙江衢州化工厂实习，结束时恰好是寒假。大学生乘火车享受半价优待，但是只限于开学和放假，凭学生证购票。每张学生证最后都有一页，上面写明购火车票的起讫地点，那时候没有实名制，购过学生票车站会在学生证上盖个戳子，防止为别人代购。离开学校到外地实习的学生，学校就会给一张证明，这样就可以凭证明从实习所在地购半票回学校，或者回家。我实习时领了那张证明，却没用上，就随手夹在学生证里了。那天在车站前，我们正在煞费苦心，想着有什么法子能买到回杭州的半价车票，我在翻学生证时，正好翻到那张小纸片。纸片上没有起讫站名，也没有名字，只要填上姓名，就可以购买从所在地到杭州的半票。于是，我们把四个人的名字填上去。但是谁都不敢去买票，最后还是王晓东自告奋勇，拿着盖有浙江大学大印的小纸片和四张学生证朝售票窗口走去。其实，那是有破绽的，学生证上是有所读专业一栏的，我们四人不是一个专业，哪可能正好都在青岛实习？好在售票员没多注意，我们如愿买到车票。我们都是穷学生，一半车票钱可是不小的数目呢。

乘火车有个很大的优点，就是在车票有效期之内，随便哪个站都可以下车，再持证上车继续旅行。我们那回就在曲阜下车，玩了孔林、孔庙，又在泰安下车，登泰山看日出。四个人结伴而行，玩得尽兴痛快。王晓东回杭后写了不少散文，有《伏苹集》，还有一篇登泰山的，我印象比较深。

《求是园》中的同人，我也就和王晓东接触稍多。有一回，我们班上一位杭州同学突然问我认不认识王晓东。他知道我平时写些诗歌，可能和当时鼎鼎大名的王晓东有交往。我告诉他认识。原来是杭州某女的父母，闻知浙大王晓东其人，想揽为乘龙快婿。受人所托，我也正儿八经和王晓东说了，谁知早已有人捷足先登。王晓东和我说了情况，好像是笔墨文章牵线的远距离恋情。我一直未知究竟。至于看中王晓东的杭州人是谁，我也没问过。

浙江大学的《求是园》杂志，影响还是不小的。不独在校内，在全国高校，甚至中学都声名远播。陶老师借助校团委的渠道，将杂志寄往各著名高校交流，也有些流传到中学校园。我留校工作后，就有来自北京的新生专门找到编辑部，带着习作自荐担任《求是园》编辑。他说，之所以报考浙江大学就是冲着《求是园》来的。在他们中学，这份大学生刊物深受学生喜爱。对于有着文学梦的理工科学生，有一个这样的园地，确实是很诱人的。

我们班

我进浙江大学时读的是化工系化学工程专业，我们班也简称"化工七七班"。浙江大学化工系创办于 1927 年，是我国高校中第一个化工系，创办人是在美国伊利诺伊大学获得博士学位后回国的著名化工教育家李寿恒。我进校后就听老师说过，全国最好的化工系有 4 处，分别在清华大学、天津大学、华东化工学院和浙江大学。就在 2016 年，我看到过一份国内高校各学科专业的排名，在化工学科，排第一名的是浙江大学。

七七级是恢复高考后的第一届，化工系招了 6 个专业——石油化工、高分子化工、化工机械、化工自动化、化学工程和硅酸盐，后来学校调整系科设置，硅酸盐从化工系划出，和其他一些专业重新组建了材料系。我们"化工七七班"一开始是 31 个同学，后又扩招，就是从落选的考生中第二次录取，我们班增加了

4 名走读生，都是杭州人，不住校。另外，北京化工学院从录取的新生中选派了 3 个同学到我们班一起学习，为他们学院培养后备师资。这样，我们班一共有 38 个同学。

浙江大学“化工七七班”合影

因为是“文化大革命”后第一届高考招收的大学生，和大多数班级一样，我们班的同学年龄跨度也很大，有应届高中生，也就十六七岁，有“老三届”学生，已 30 岁左右。进校那年我 29 岁，在班上排行老三。我们班年龄最大的是班长胡望民，杭州人。他没有下过乡，高中毕业那会儿，本应当是“一刀切”全部去广阔天地接受贫下中农再教育的，但杭州市留了一手，挑选一小批人留下准备充实中小学师资队伍，老胡便是其中之一。可见，他一定是品学兼优的高才生。老胡留城以后没有安排当教师，他是从万里化工厂考进浙大化工系的，算是专业对口。老胡还是我们班上两三个带工资读书的同学之一。老胡不仅学习好，而且为人温厚谦和，善解人意，在班上就是一老大哥形象。我夜里打呼噜，弄得同宿舍的一位同学睡不好觉，后来是老胡主动和他调换床位。1981 年，我们班被评为“全国新长征突击队”，老胡代表我们班级去北京开会领奖。

我们班的体育特别好。我一直觉得，在学校，体育最能体现一个班级的精神面貌，体现凝聚力。我们班后来成为全系、学校，乃至全国的先进典型，第一炮就是体育打响的。我们七七级是 1978 年 3 月初进校的，5 月学校开过一次运动会，是以小班为单位的。在我记忆中，按小班计分的运动会只此一次，后来都是以系为单位。我们班的体育委员唐孝华，江西赣州人，曾经是放排工，沿赣江放木排顺流而下，路遥滩险，练出一副好身板和顽强的毅力。唐孝华和我同寝室，因为都喜欢篮球而成挚友。在他把漂亮的副班长“掠”为女朋友之前，我们的饭菜票是合在一起享用的。那次运动会我们班上做了充分的准备，首先当然是把所有有运动天分的同学“挖”出来；其次，是动员全班同学参与，没有比赛项目的都到运动场为参赛运动员加油。班里还特意给每位参赛同学安排了一个专属“后勤”，负责给参赛的同学拿开水、抱衣服。结果我们班拿到三项冠军，还有好几项亚军、第三名、第四名，总分 37 分，列全校第二。化工系设有三面流动红旗，分别是体育、学习和象征全面发展的“学雷锋优胜”班级，我们班入学伊始就把体育红旗扛了回来。排球也是我们班的强项，论队员条件并不突出，个子不够高，网口比较吃亏，但大家团结一致，肯拼搏，韧劲十足。排球比赛是五局三胜，在系里流传一句话：和“化工七七班”比赛绝不能打到第五局，打到第五局必败无疑。在化工系的排球小班赛中，我们班曾拿到过第一名。

我那时喜欢篮球。身高只有一米六三的我，在“长人运动”的篮球场上受到局限太多。我的特长是投篮准，偶尔也作为班上球队的一员上场比赛。那年在衢州化工厂实习，我们以一班之力，对阵当地职工大学的球队，打得难分难解之时，正是靠我在最后时刻连续命中，使我们班实现大逆转以一分险胜对手。

经过十几年的积累，我们那一届同学中藏龙卧虎，有不少人杰。我们班的黄海同学，六七届高中毕业，比我大一岁，父亲是南京大学的数学教授。他在初中时就读完了高中的数学和物理，在高中时已经自学完大学课程“高等数学”。因此，他入学后，高等数学是免修的。进校后他买一只闹钟，时间固定在早晨4点半，起床后先到操场跑2000米，然后在校园的路灯下背英语，每天如此。黄海一开始当我们班的班长，不久硅酸盐从化工系划出，原来的系学生会副主席陈中甲随之离开，黄海便当了学生会副主席。大学毕业那年，他考取了公费留学法国，获得博士学位后回国。后不幸罹患骨癌，在腿和生命之间只能选择后者。为了能让他配上进口假肢，我们班同学曾经发起捐款。后来他给大家发了一段用假肢在北京家中练习行走的视频，看后我一阵心酸。我写了一首诗，为他的顽强毅力加油，也满以为他很快就会重新回到生活与事业的强者行列，然而几年之后，他还是离开了我们。老天爷真的太不公了。他读书时我们都认为，假如我们班未来能出一位院士，肯定就是黄海。而今天才知勤奋的黄海已经逝去多年。记得我们化工系还有一个天才卢启文，印象中是石油化工的，后来也早早离世了。“被上上下下的脚步 / 踩踏得发出光亮的石级上 / 站满我们这些忙碌但却无望的庸常之辈 / 而天才们的身影已然远逝。”（《石阶》）这是我写的一首小诗。

我们班学习委员范镇，江苏扬州人，一口扬州普通话。他戴眼镜。那时候戴眼镜的人不多，不像现在，我到学生食堂吃饭，想找不戴眼镜的学生，还得东看看西看看，一番挑拣。范镇平时笑眯眯的，他看人时，镜片后面的目光有一种看似不在意的专注，特别有神，一看就是个绝顶聪明的人。我们那一届学生，原来的基础差距较大，学习能力也就参差不齐。有的同学学得轻轻松松，有的同学则步履维艰；有的同学某些课程应对自如，而另外一些课程连入门都很困难。这种状况，给老师的授课也带来不小的难度。为此，我们班想了不少办法。记得当初有学习壁报，一些基础好的同学将自己对课程的理解和学习方法，包括一些特别难学的课程考试前的要点分析总结出来，贴在宿舍外面的墙上。班里还组织学习交流会，常常在午饭后或者傍晚，在宿舍的走廊上由同学自己讲解难题，大家自由参加。还有自愿组成一对一，相互帮助提高的。在这方面范镇做了不少工作，他想了不少点子，帮助全班同学一起克服学习困难。那时我是系学生会的学习委员，发现系里和学校，学生基础不一、教学不平衡的现象普遍存在，学校也很重视怎么解决。有一次我参加校团委召开的各系学习委员会议，在会上介绍了我们班的做法。当时的校团委书记陈忠德听后很是兴奋，还号召各系推广我们班的做法。

我们那时的学生都有很强的集体荣誉感，事关班级荣誉，无论是竞赛，还是工作学习的评比，大家都十二分地尽力。有一次系里搞演讲比赛，每个班出一个人参加，我们班胡振民自告奋勇。他准备得特别充分，比赛时发挥得也相当好，但是演讲超时了一分多钟。我作为系学生会干部，担任比赛评委。讨论的时候众口一词，说是不得参加名次评比。只有我力争，并且放下狠话，倘如此的话，以后这样的活动我就不参加了。争执到最后，还是他们让步，给了胡振民二等奖。一等奖一名，被化工机械七七级的张学健夺得。其实，我那时候晓得，是我蛮不讲理，因为比赛前就定下规则，超过时间就取消名次。但这件事从一个侧面反映了我们当时为班级荣誉争强好胜的心态。

大概是 1981 年春季开学不久，《浙江日报》的几位记者到我们班采访，连续两天在头版头条刊载了关于浙江大学化工七七班的长篇通讯，还专门配发了评论员文章。共青团浙江省委也发出号召，向我们班学习。不久，我们班级就被评为“全国新长征突击队”。这是很高的荣誉。我们班成为先进典型，固然有特殊的时代背景，有一定的政治因素，但我们班确实是一个非常团结，并且积极向上的集体。直到现在，每一个同学都还为曾经是这个集体的一员而感到幸运和自豪。

写　诗

我写诗比较早，20 世纪 70 年代初就开始乱写。那时我已经下乡插队，插队的地方离家不远，十四五里地，因此可以时不时回家。我父亲是诗人，我的有利条件是可以读到许多诗歌作品。那时“文化大革命”还没有结束，以前出版的书籍基本上作为“封、资、修”在“文化大革命”中遭到“扫荡”，就是图书馆的书也烧的烧、封的封。我父亲因为从上海调回南通工作不久，他一贯低调，幸运地既够不上“反动学术权威”，又不是“走资本主义道路的当权派”，因此只是作为普通干部下放到“五七干校”劳动，并没有受到太大的冲击，他的大量书刊也得以完整保留。我那时候读了许多诗集，还有父亲积累多年的《诗刊》杂志。从艾青、臧克家、李季、贺敬之、郭小川、田间、闻捷、张志民、柯岩，到雁翼、饶阶巴桑、汪承栋、张万舒、严阵、傅仇等，这些在 1949 年到“文化大革命”前出版过诗集或在《诗刊》上比较活跃的诗人，他们的主要作品我基本上都熟悉。那时也读过一些外国诗歌，但面比较窄，主要就是俄罗斯的普希金、莱蒙托夫，苏联的马雅可夫斯基，英国的雪莱、拜伦的诗集。歌德的《浮士德》和但丁的《神曲》也是那时候读的。我进入诗歌领域比较早，受影响较深。因此，朦胧诗兴起之后，对新潮流的接受和对自身创作的改变就比较迟钝。加上浙大是完全的理工科大学，虽然有一批志同道合的同学在一起，但毕竟不如文科，特别是中文系学生在创作中可以更多地交流和探索，也更能够和校园以外的创作潮流保持同步。

我在大学期间创作的诗歌，总体来说，中规中矩，缺少与时俱进的探索性。而那个时候，正是朦胧诗兴起、诗歌创作发生突变的时代。在学校和毕业之后，我在恶补现当代西方诗歌的同时，对创作做了比较快的调整，写出了组诗《山、谣曲及其他》，立意上着重对“文化大革命”进行反思。当然，这种反思还比较肤浅。这组诗写于 1982—1983 年年初，1984 年 1 月在上海《萌芽》发表。《萌芽》是一份以扶持青年作家为己任的严肃的文学刊物，在全国有很大的影响。《山、谣曲及其他》后来获得《萌芽》年度作品奖和首届杭州市文学奖。那段时间，我相继在《诗刊》《星星》等重要的诗歌刊物上发表作品，并出版了第一部诗集《走过雨季》。

20 世纪 90 年代以后，在创作上我刻意更多地继承中国古典诗歌的传统，摆脱朦胧诗的影响。1999 年 6 月，《诗刊》头条在“佳作力荐”栏目中发表了我的组诗《大野》。《诗刊》副主编、已故著名诗人李小雨在推荐语中说：“极短小的诗，却写出了大气魄。5000 年都把握在双手之中。一字字滴落如石子、如水珠，空灵寂静，诗意浓郁。这是中国人面对宇宙和自然的生命状态，是自然山水与诗人内心感受的互换。细微和强大，短暂与永恒，都包容在这些充满画面感的思辨之中。”这组诗在当时产生了一定影响，其中几首被收入《20 世纪汉语诗选》一书。

2002 年，著名物理学家霍金到浙大访问，在邵逸夫体育馆做了题为“膜的新奇世界”的演讲，我有幸听了。后来写了一首较长的诗《斯蒂芬·霍金》，发表在《诗刊》上。这也是我比较满意的作品。没有理工的背景，一般诗人可能没有我那样的感受，也写不出那样的诗歌。后来，编选《浙大诗选》时，主编向我要了一些诗作，我特意叮嘱，其他的作品都可以不收入，但《斯蒂芬·霍金》一定要放进去。有人曾经问过我，在这个世界上我最崇拜谁。我略想了一下，告诉他：霍金。

2004 年，《诗刊》向我约稿，希望能写一首关于邓小平的诗，中国作协在邓小平诞辰 100 周年之际，要举行诗歌朗诵活动。邓小平的改革开放，尤其是恢复高考制度，可以说是彻底改变了我的命运。我写的《在餐桌上说起小平》，当时确实是有感而发。后来，诗歌被选入朗诵会，并且在《诗刊》上发表，还被收入纪念邓小平百年诞辰的诗歌摄影集《中国出了个邓小平》。5 年之后，2009 年在北京国家大剧院举行的国庆 60 周年“祖国万岁”大型音乐朗诵会上，这首诗由中央人民广播电台的播音员朗诵演出。2010 年 12 月，在深圳特区成立 30 周年之际，第 11 届深圳读书月的重点活动“向梦想致敬”经典诗文朗诵会上，著名电影演员宋春丽又一次朗诵了这首诗歌。

我是个比较懒散的人，写得并不多，至今为止出版过三本诗集——《走过雨季》《大野》《夜行列车》。

（原收入《绝代回眸——七七、七八级大学生八人行》，合著者：丁仲礼、王晓东、叶健勇、孙小青、李立新、陈大柔、洪钢，浙江人民出版社 2018 年版）

泣别圣明师

2011 年 5 月，由徐有智、我和单泠合作采写的《亲历回归与合并——张浚生访谈录》，历时将近三年，经由张老师反复审改，终于就要付梓出版了，有智嘱我拟一篇后记。《后记》的开头我是这样写的：“早在上世纪 70 年代末 80 年代初，我们三人刚在浙江大学工作时，张浚生书记就是我们的师长和领导。许多年来，不管当面还是背后，我们一直习惯称呼他为张老师。在一所大学，不以其职务而以老师相称，我们以为是一种更为尊重的体现。”我的这段话是由衷的。

我是 1977 年恢复高考后第一届考进浙江大学的，所学专业是化学工程。七七、七八级是非常特殊的两届大学生，一方面，“文革”多年来累积的历届生加应届生共 13 届，一齐涌入高考考场，竞争空前激烈，只有特别出类拔萃的才能有幸进入大学校门。因此，入学以后，同学们格外珍惜来之不易的学习机会，满怀强烈的社会责任感和历史使命感，刻苦学习，求知若渴。另一方面，学生中一大批经历过社会大舞台历练的青年，他们勇于思考和实践，也给大学带来前所未有的生机和活力。

当时，以《光明日报》刊登的《实践是检验真理的唯一标准》一文拉开思想解放运动的序幕，民间自发的文化启蒙，也乘此东风蓬勃展开。在浙江大学，以热物理系一帮学生为主体创办的学生刊物《Star》聚集了一批满腔热血的有志青年，政论、散文、诗歌、小说，言辞犀利，文采斐然，很快在同学中传播开来。不久，从北京“西单墙”的取缔开始，全国上下清理非法刊物。《Star》停办，各地追查“地下刊物”的消息不断传来，在浙江大学，参与办刊的一些同学忐忑不安，不得不为自己的前程担忧。就在这时候，刚刚担任浙江大学党委副书记的张浚生老师和校团委副书记陶松锐老师，顶着巨大的压力，为这些学生陈情力辩。后来校团委把他们接收到团委的一份刊物《浙大团讯》中，让大家发挥自己的特长，在延续自己的兴趣的同时，也以这种方式保护了学生。

我那时并没有参与《Star》的办刊，但是在《浙大团讯》扩大队伍过程中，也被陶松锐老师吸纳进去。《浙大团讯》后来发展成为在全国高校中颇有影响的学生刊物《求是园》，由陶松锐老师任主编，参与过创办《Star》的医仪专业七七级学生王晓东任副主编，我是诗歌组组长。张浚生老师对《求是园》一直十分关注和爱护。他专门写过一篇短文《祝求是园内百花盛开》，刊登在创刊号上，给予支持和鼓励。文中说：“我们的时代是人才辈出的时代，我们的学校是精英群集的学校，学生的学习、生活是灿烂多姿的，让我们通过这个刊物，用各种表现形式，使学生的生活增加更加绚丽的色彩。”“祝《求是园》内百花盛开！祝《求是园》成为祖国可爱土地上一块小小的，但令人赏心悦目的美丽的园地！”

1982 年 1 月，我毕业后留校，在校团委工作。陶松锐老师便把《求是园》的具体工作交由我负责。我在校团委大约一年时间，其间除负责宣传和组织工作外，大部分时间是用在《求是园》的组稿编辑上。一年中刊物出版了三期，是《浙大团讯》改版为《求是园》的第 3、4、5 期。那时候每期刊物都要送学校领导，我也不知道，校领导们是不是都看了。记得有一天，是第 5

期《求是园》出版之后，可能是1983年初，我在学校第七宿舍西边的路上遇到张老师，他那时候还是校党委副书记，不久就调杭州市委担任副书记了。我在学校工作不久，很少接触学校领导，见到张老师招呼一下就打算过去。令我意外的是他却把我叫住，就在路边和我说起了《求是园》的工作。很显然，他是认真读过这一期的文章的，而且记得很清楚。他说了其中几篇文章，对学生作者的才华赞叹有加。我们就在七舍边上聊了有20多分钟，最后他还特意叮嘱，说是《求是园》是一份学生刊物，不宜只发表文学作品，要兼顾其他，特别是报道学生生活、反映学生风貌和追求的文章，要占有一定的分量。我那时候热衷于文学，所以在办刊上有些偏颇。只可惜我很快就离开了团委，调到校刊工作，没能自己纠正过来。好在后来的办刊者比我把握得更加全面，《求是园》也越办越好。

我们结缘《求是园》，特别是参与自发创办学生刊物的一帮同学，都对学校当年放学生一马，不予追究、因势利导的做法，怀有一份感激之情。热物理系七八级的洪钢同学当年在《Star》创刊号发表《社会主义三十年》一文在全校引起轰动，后来又参加西湖区人大代表竞选，闹得沸沸扬扬。当这些风潮过去，社会上开始整肃之际，他的母亲得知以后忧心如焚，非常担心学校会给予处分，特地从北京赶到杭州了解情况。洪钢后来回忆说，正是张浚生书记代表学校找他谈话，帮助他放下包袱，还鼓励他端正思想，发扬热心为学生服务的一面，为学校工作献计献策。后来，洪钢在校学生会选举中担任了副主席，做了许多有益的工作。三十多年之后，洪钢见到老张书记，在敬酒时还不忘调侃一句：“多谢当年‘不杀’之恩！”

实际上，当年看似有激进之言行的这些同学，也是爱国心切，有理想与激情，可以说是学生中勇于思考和行动的佼佼者。毕业后的这数十年，大家都在各自领域做出了突出贡献，在改革开放的大潮流中，成为出类拔萃的弄潮儿。可以这样说，他们没有辜负学校的培养，没有辜负当年师长的庇佑和期望。

2016年夏天，当年参与《Star》《浙大团讯》《求是园》编辑的几位同学在浙大相聚，大家提出来，应该写点什么回顾那段生活，作为青春记忆。正好第二年2017年，既是母校的120周年校庆，又是恢复高考制度40周年，也算是我们的一份献礼吧。后来几经周折，一直到2017年11月才完成了八位同学的定稿并落实了出版社，书名则商定为《绝代回眸——七七、七八级大学生八人行》。这八位同学是地质七八级丁仲礼、医仪七七级王晓东、低温七八级叶健勇和李立新、机械七八级孙小青、电机七八级陈大柔、内燃七八级洪钢、化工七七级李曙白。早在各自撰稿期间，我们就讨论过序和后记的问题，大家一致认为，我们这本书最好是请老张书记写序，而后记则当年《求是园》主编、校团委书记陶松锐老师最为合适。

请张浚生老师写序的事由丁仲礼出面，我人在学校，联络事宜自是义不容辞。老丁写了一封信，说明出书原委，因不明通信地址，便寄浙大出版社徐有智老师转交。老张书记接信后慨然应允，因为他太忙，便约定由我先写一份序言初稿，他在此基础上修改增删。我当时正在老家南通照看父母，便将编辑好的书稿打印后寄徐老师，由他转交张老师。20多天后，我从老家刚回到杭州，徐老师告诉我，老张书记约我们去一下。我那时已经写好一份序言初稿，便打印了两份带去。

老张书记从书记岗位上退下来后，仍然忙于学校的工作，他在玉泉校区老行政楼有一间办公室。那天早上大约八点半，我和徐老师到他办公室。老张书记看上去有点疲惫，他告诉我们，他因为肺炎引发并发症，在浙江医院住院治疗，刚刚出院不久。就在住院期间，他把我们八个人的文章都仔细读过，并且写好了序言的初稿。老张书记的序言稿是手写的，共计 A4 纸四页半，题为《咀嚼历史　体味人生》。前四页是正文，后半页是补充说明，意思是要将丁仲礼和我两人的诗歌在序言合适的地方提及。序言高屋建瓴，从人类文明史形成的角度，高度肯定了我们这本书出版的意义，文中还多处引用了我们各自文章中的内容，稿纸上有涂涂画画的痕迹，看得出文稿是经过深思熟虑、反复修改了的。我知道，一般请名人写序，就是作者自己准备好稿，让写序者过过目而已。而老张书记抱病读完我们超过 25 万字的文稿，并且如此慎重地写出序稿，令我十分感动。

看到老张书记的序稿，我本不想再拿出自己的稿的，但徐有智老师告诉老张书记，我也准备了一份，老张书记要看，我只好拿给他。他看得很认真，看过以后说，我关于恢复高考制度和七七、七八级大学生特点的部分，写得比他全面、准确，他让我把他的稿和我的稿整合一下，再给他看。我们八个作者，为了联系方便建了一个临时微信群。回到家，我便把老张书记抱病读稿写序的事在群中说了，大家都很感动。几天以后，我把整合好的序给张老师送去。那天《解放日报》的记者要采访他，我知道老张书记都是八点半到办公室，所以特意早点过去，想在记者采访之前把稿交给他。我敲开门，发现记者们已经到了，老张书记让他们等一会儿，一边收下我的稿，一边还不忘向记者们介绍，说我是著名诗人，也是他那本传记的作者之一，是为七七、七八级大学生的一本书请他写序的。我放下序稿，转达了我们八个作者的谢意，便匆匆离开了。过了两天，老张书记请徐有智转告我，序稿整合得很好，他没有任何修改。

从老张书记写序到我整合两稿请他审阅，是在 2017 年 12 月上旬到中旬的事，我去送整合后的稿是 12 月 11 日，星期一，那天他在接待记者，精神显然比我前次去好多了。我完全没有料到，那天的匆匆几分钟，竟成永诀。得到老张书记与世长辞的消息时，我正好又回老家南通照看都已耄耋之年的双亲。我们《绝代回眸》的八位作者在群中议定，以八位学生的名义，联合送一花圈，表达我们的一份心意。我先草拟了一副挽联："弄潮香江　功垂青史　神州留英名；践行求是　学子有幸　泣血别恩师。"因不够对仗，后由丁仲礼修改，定为："香江弄潮　名满当代　青史长记经纶手；杭城求是　功垂千秋　学子泣别圣明师。"

《绝代回眸》的序《咀嚼历史　体味人生》成稿于 2017 年 12 月中旬，我不知道这是不是老张书记生前撰写的最后的序言和文稿，如果不是，也肯定是最后几篇之一。老张书记离去之后，我曾反复捧读，在序言的字里行间，流动着的是他对我们这些学生一如既往的关切和期望，是他的坦诚与超乎常人的亲和力。

令我万分抱憾的是，他抱病替我们写序的《绝代回眸》一书，还在出版社按程序审稿，待到面世之日，老张书记，我到哪儿给您送书哇？

"学子泣别圣明师"，张老师，您一路走好！

（原收入《他年堪笑慰　霞彩满天红——张浚生同志纪念文集》，纪念文集编辑组编，浙江大学出版社 2018 年版）

关于紫金港校区名及道路、湖泊、学园名的由来

大约两年前，李五一老师通过微信问过我一些当年紫金港校区建成后，校区名以及道路、湖泊、学园等名称确定的经过，我根据记忆大致回复了他。五一曾经建议将这一事件用文字记录下来，以给后人一个交代；另一方面，也从这些名称的确定过程中，进一步理解浙江大学的历史传承与优良学风。当时我确实觉得这是一件值得做的事，但三拖两拖，一场大病让我和死神打了个照面，手术与化疗则使我精疲力竭，至今才稍稍缓过气来。日前，在旧电脑中偶然看到一份《浙江大学新校区征名初评纪要》，是 2002 年 6 月新校区尚在建设时，召开的一次征名评选会讨论结果的汇总。这份纪要由时任党委宣传部副部长的徐有智略作修改后，上报给学校领导，提供给校党委作为决策的参考。不过，这次讨论会提交的方案和后来学校的决定，还是有比较大的出入。

浙江大学新校区自 2001 年 9 月全面开工建设。为了在第二年秋季开学时接纳 2002 级新生入住，那样巨大的工程系统，在差不多一年时间内完成，组织人员和施工队伍夜以继日，备尝艰辛，进展之快可以说是创造了一项奇迹。随着新校区的建设的快速推进，校区建成后的区名等名称也提上学校的议事日程。作为学校开展知校爱校荣校教育活动的一项内容，学校决定公开向社会各界征集新校区区名、新校区道路名和湖名，由党委宣传部

具体负责实施。徐有智老师查阅工作笔记回顾，2002 年 3 月 25 日宣传部召开科以上干部会议开始布置此项工作，4 月 3 日新校区指挥部李五一到宣传部与部领导商量活动的具体内容，拟定在全校师生中公开征集新校区名字以及主要楼宇、道路、湖的命名事宜，并在校报和求是新闻网上发布征名启事，同时在省内外媒体上进行宣传报道。现查到，在发布的新闻中表示“欢迎在校师生、海内外校友及社会各界踊跃参与，在浙江大学新的发展蓝图上留下你的精彩一笔”。

那时我在校报即《浙江大学报》工作，具体负责副刊的编辑。征集工作的应征材料则汇总在校报编辑部，因此编辑部主任彭凤仪和我一直参与了征名工作的全过程。征集开始，反响并不强烈，来稿寥寥无几。当时的党委宣传部部长陈仰光召集彭凤仪和我一起商量，决定我们自己先想一些名称，加上已经收到的极少资料，作为第一批征集的名称在校报副刊刊出，以发动更多人参与，推动征集活动，算是抛砖引玉吧。宣传部和校报编辑部当时设在玉泉校区的行政办公楼，在校报刊登征集启事前，我曾经去新校区建设指挥部讨过一份设计图纸，和征名启事同时刊登，提供给应征者。记得我是骑自行车过去的，那时在校区之间办事，基本上是骑车。新校区因正在建设中，到处都在施工，尘沙弥漫。指挥部在一排简陋的临时板房中，给我图纸的就是李五一。他当时的具体职务我记不清了，反正就是协助卜凡孝副校长在工地上坐镇，很辛苦。我拿到图纸自然先看了一遍，当时就注意到一个名字：紫金港。其实在图纸上就是校区最北边一个小小的河汊，但我确实眼前一亮，就有了用它做校区名的念头。我的这一想法，在校报编辑部，包括彭凤仪和其他同事中，都获得一致赞同。大家认为浙大的各校区名中，有泉、有溪、有池、有湖，再有一个大港既有诗意又有气势。所以在陈部长召集我们商量时，我就提出这个名字。另外，我记得很清楚的是，那一次我还提出了用浙大在抗战时期西迁办学地建德、吉安、泰和、宜山、遵义、湄潭、永兴等的地名来命名新校区东西向道路的方案。因为在 1985 年看过以浙大西迁历史为原型的电影《流亡大学》后，我就对这段校史抱有浓厚的兴趣，并且在我主持的校报副刊上，征稿和发表过许多有关这段历史的回忆文章。由此也引发我对浙江大学整个历史的兴趣，并参与了一些相关工作。这是另一个话题了。碰头会时，陈仰光和彭凤仪也提出了一些方案，因为时间太久，我已经记不清了。

在校报刊登第一批征集的校区名和路名、湖名之后，征集活动果然活跃了许多。同时，学校的多个部门也给予了大力支持，我记得校工会的领导魏仲权老师特别热心，广泛发动教师，包括离退休人员参与，收集到大量征稿，有不少都很有创意。另外，浙江大学的海内外校友和社会人士也有不少来稿。后来统计这次征名活动共收到上千份建议，社会影响很大，整个活动成为向师生、校友，包括社会各界广泛介绍新校区、宣传四校合并后的新浙大的良机，实现了学校征名的初衷。

征名活动原定 6 月 30 日截止。那时的高考日期还是在 7 月上旬，可能是考虑到新生录取通知中，必须告知报到校区名和地址，因此校区名的确定便迫在眉睫。于是，在 6 月 28 日上午，由校党委宣传部牵头，召集了人文学院、校工会、校团委、新校区建设指挥部和宣传部自身的有关专家和人员对已经收到的征名进行评审。评审会议是在玉泉校区学校办公楼中宣传部的一间会议室进行的。由于会议室比较小，参加评审的人坐得满满的。记得当时人文学院的常务副院长廖可斌老师、副院长陈振濂老师都参加了。还有一位姓阙的老师，大概叫阙维民，也是人文学院教授，当时介绍他是地名学的专家。因为这个姓比较少见，而杭州有一位叫阙维杭的诗人，所以我就记住了阙老师。评审活动是非常认真的，也有非常激烈的争论。校区名是讨论的重点，那时呼声最高的是“海纳”，因浙江大学校歌的第一句便是“大不自多，海纳江河”。而“海”字带水，与原来的玉泉、西溪、华家池、湖滨、之江等一样，都与水相关。但是在讨论中，阙老师提出了校区名原则上应与所在地的自然地理相符，以及在命名中的一些规则和惯例。经过激烈争辩，无法达成一致，大家决定选两个赞同意见最多的方案，交学校领导审定。在讨论“紫金港”这一方案时，我记得赞同最坚决的是陈振濂老师，他作为艺术家，从绘画的角度，表示紫金这个名字带有非常强烈的积极向上的色彩，很特别，很适合做校区名。但是在讨论中，这一方案并未获得大多数人的认可。

评审整整进行了半天。中途还有个插曲，时任校党委副书记的童芍素刚好从会议室外经过，宣传部这一块正好是她分管的，可能是在走廊上听到室内的吵嚷声，她推门进来看看。

知道我们在讨论校区的名称，便问有什么结果。有老师告诉她准备用“塘河”校区，并且表示校区名称有无内涵并不重要，就是一个符号而已，牛津大学的牛津就是牛饮水的河，也没有什么意义。童书记说，你浙大有牛津大学那么大的名气吗？如果有，就取塘河。那个老师就愣住了。

评审会议还讨论了征集的湖名和校区中的道路名。当时学园名并不在征集范围内，不过会议上也进行了讨论，提出了建议。这次评审会最终得出的方案主要是：校区名两个——塘河校区和求是校区，供学校领导决策。湖名——渐湖。道路名——纵向，即在湖两侧通过教学区的两条大道分别为求是路和育英路，中间沿湖的为湖滨路；横向，即东西走向的道路有两套方案，一是玉泉、西溪、华家池、之江，二是以西迁办学时的地址，从建德、吉安、泰和、宜山、遵义、湄潭、永兴中选择有代表性的地名命名道路。当时还没有明确提出学生宿舍的学园制管理，还称学生社区。评审会也提出两套建议，其中之一是以清末杭州六所书院，即敷文、崇文、紫阳、学海、诂经、东城命名。

评审会结束后，便要将方案送交学校领导。陈仰光部长也参加了讨论，对结果并不满意，预感在校领导层面上无法通过。所以会后，他特意让我留下再商量。在校区名上，他赞同我的意见，认为还是“紫金港”比较好。因此，在上报校领导的材料中，由我执笔，经陈部长同意，夹进了一些“私货”。我们不能改变评审的结论，只能委婉地增加了以下文字：

与会部分人员认为以下校区名也可供选择：

紫金港校区（或金港校区） 新校区址原有紫金港地名，紧邻校区西侧有紫金港路，符合以地理位置命名原则，且带水；金港，金色的港湾，一代一代学子从这里启航，驶向未来广阔的海洋，富含寓意和浪漫色彩；名字有现代感。

星海校区 以“海”命名是许多人的心愿，“星海”寓意浙大培养各方面的人才，如满天星辰，璀璨夺目。

智海校区、学海校区 都带“海”字，且与大学功能密切联系。

很显然，“紫金港”校区名是我们的“阳谋”所在，而“星海”“智海”只是做个陪衬而已。

7月1日由我负责起草的《浙江大学新校区征名初评纪要》稿送宣传部领导审阅后呈报学校领导。7月2日有关征集活动的初评结果上网征求师生和社会人士意见。2002年7月4日，浙江大学党委常委会会议讨论决定，浙大新校区定名为“紫金港校区”。不久，道路名和学园名也确定了。横向，即东西向的道路，选取了我最早提出的以西迁办学地命名的方案，有泰和路、吉安路、宜山路、遵义路等。纵向，即南北向两条大道为迪臣路和藕舫路，分别是浙江大学前身求是书院创始人林启和学校历史上最著名校长竺可桢的字。这两条路的路名可能出自时任宣传部副部长的徐有智老师。他当时也十分关注新校区的征名活动，并且参加了那次评审会。徐有智曾主持过校史的重新编撰，虽出于种种原因未能如愿出版，但因为熟悉浙江大学的历史，他在征名中的意见和看法，往往比较中肯。纵向还有一条沿湖的路，定名为飘萍路，是纪念浙大著名校友邵飘萍的。我几乎可以肯定，这出自徐有智之手。同为新闻人的徐有智，当年就常常提起这位为追求真理而献身的浙大前辈，只言片语间充满景仰。因此，能提出飘萍路的也只有他了。

这里需要着重提一笔关于那两条纵向大道的定名。在评审会讨论中，用“求是”和“育英”命名这两条路的意见占据上风。提出这一方案的理由：一是与浙大校风和高等教育的功能相符；二是求是书院和育英书院，都是浙大的前身，是浙江大学的两个源头。我作为参与评审的成员和会议记录，在整理汇报材料时也如实做了反映。后来徐有智告诉我，这一点遭到校党委书记张浚生老师的严厉批评。一方面，育英书院虽然是原杭州大学组建过程中的一脉，但把它作为合并后的浙江大学的源头之一并不合适；另一方面，浙江大学的四校合并，其成功的基础之一就是“同根同源”，这个根和源就是20世纪50年代初院系调整之前的浙江大学，就是自求是书院创办以来，一直延续血脉的浙江大学。育英书院只和原杭州大学有渊源关系，与其他三校并没有，强调育英也是浙江大学的源头，会对组建不久的新浙江大学的融合带来负面影响，甚至干扰。当我知道老张书记的看法后，深感其看问题的透彻和高瞻远瞩。后来我在应邀参与校史的一些工作，比如校史馆的方案确定、《浙江大学图史》的编撰等时，都特别注意这一点，将其作为一条铁定的原则。

学园的名称，原不在征名之列。因为学校提出了要求，在征名评审中也有了初步方案。也不知道怎么弄的，后来具体工作便落实到我身上。我选取了以古代书院名称命名学园名的方案，但觉得评审中提出的清末杭州书院并非最好的选择。一是局限于杭州，二是不成系列。为此，我去浙江图书馆查了一天半的资料。那时候，有关古代书院的书籍资料，浙图是不外借的，只能在图书馆中查阅。我排除了那些最耳熟能详的书院，比如白鹿洞书院、岳麓书院等，反复斟酌，选取了比较有名，名字富有特色，且能构成系列的书院名。就是现在采用的青溪、碧峰、紫云、丹阳、白沙和蓝田。每一个都是两个字，第一字是色彩，第二字是自然景观。当时，要找到这些名称的书院，而且色彩和景物都不重复，还是花费了我不少时间和精力的。紫金港校区初建时就6个学园，几年之后才又新建了一个，起名为翠柏学园。听说是卜凡孝副校长提的名，也不知道是否与古代书院挂钩。其实，我在查阅资料时，还保留着一个备用的名称：丽泽。丽泽书院是南宋时位于浙江金华的著名书院。泽的本义是指水或水草积聚的低洼地，丽虽不是一个单独的色彩，但可以理解为众多色彩的组合，作为学园系列也还可用，所以我留着备选。如果翠柏学园建成时有人告诉我，我会建议用“丽泽”这个名称的。学园名确定时曾有过说法，要在每个学园的门墙上做一块小小的铭牌，说明名称的出处，对入住学园的学生既是一种传统文化的熏陶，也是学习的激励。很可惜此事最终没能落实。

校区名、道路名和学园名都尘埃落定后，就剩下那片湖的名字了。很显然，学校领导层面对评审中提出的“浙湖”并不满意，我自己也觉得有些勉强，但也没有好的创意想法。为写这篇回忆，在查阅资料时看到一则《钱江晚报》2002 年 7 月 10 日的报道，其中说到浙江大学新校区经过征名，校区名已定为“紫金港”，两条主干道路名也已经确定，报道中还特别说道：“据介绍，新校园有一个占地 23 公顷的内湖，但要找出一个美丽的湖名，还真不容易，据说地名专家、人文教授已是多方探讨，至今还是‘难产’。”那几天，湖名的“难产”一直困扰着我，一日在家中忽然想起校歌歌词中的“昔言求是，实启尔求真”，就把“启真”二字取出，觉得作为湖水的名称挺合适的。第二天一早上班，在办公室的走廊上见到任少波，他当时是校党委办公室主任，我便告诉他用“启真”做湖名的想法，他当即表示赞同，认为肯定可行。现在，启真湖早已经为大家熟知，“启真”二字也已经超越了一片湖水的概念，启真人才学院、启真海外名师大讲堂、启真青年论坛、启真科创班……甚至有浙大启真酒店、浙大启真文化旅游发展公司等等，“启真”俨然成了浙大的一张名片。

也是为了撰写此文，我在互联网上查阅资料时，看到一段文字。在“百度百科”中“浙江大学紫金港校区”的条目，关于启真湖一段是这样写的：浙大校区多置水景，因其最初是杭州西面的一个大沼泽……在当年修建紫金港校区之时，曾向全校师生征集此大型人工湖的名称。据传，其中最被广泛接受的是“杭州西湖浙大分湖”。而今，惨遭改名“启真湖”。我是当年直接参与征名全过程的，对于这个“最被广泛接受”的名称一点印象都没有，也不知道词条编辑是怎么弄来的，经过考查核实没有。不说别的，“杭州西湖浙大分湖”就令人哭笑不得。其实“启真”二字，无论字形还是音韵，都静雅而大气，还富蕴内涵，很适宜做湖泊的名称。更何况它还脱胎于浙江大学校歌，与浙大的求是校风完美吻合。

紫金港校区建设竣工后，学校出了一本影集，编者让我写一句话，我写的大概是：“从这里起锚的都是明天的太阳。”因为是记忆，可能具体文字上有出入，大意应当是这样的。我曾经建议将这本影集给每个参与征名的投稿者赠送一本，作为纪念。但当时陈仰光部长刚刚离开宣传部，此事便不了了之。对于那些参与紫金港校区征名的热心老师、学生和校友们始终都没有过交代，这让我一直心中不安。

我现在定居在港湾家园，时不时就越过那道铁栅栏门，到紫金港校区中散步。每每走在启真湖畔，看湖光柳色，四时花景，回想当初为这片湖水的名称寝食不安，从校歌中将“启”和“真”拈出来放在一起，也就是灵光一现。若没有那道灵光，恐怕永远不会有“启真湖”这个名字。想到不管到什么时候，只要这片湖水还在，我所取的名字就还在，“启真”就还在，不免有些小小的满足，小小的得意。

紫金港校区的征名和定名已经近 20 年了。当年有许多人热心参与，出谋划策，我因为具体操办，一些资料信息最先得到，因此建议提得比别人早些，比如校区名、道路名，而学园名则花费了一些心血，至于湖名“启真”，则得益于常年业余写诗的灵感。

2021 年 10 月 4 日初稿

2021 年 10 月 12 日二稿

2021 年 11 月 10 日三稿

（原载《浙大校友》2022 年第 1 期）

在西迁办学中崛起

抗日战争全面爆发后，在中华民族面临生死存亡的紧急关头，为了坚持办学和保存文脉，浙江大学毅然做出了举校迁徙、流亡办学的选择。

从1937年11月11日开始，竺可桢校长率领全校师生员工及部分家属，携带大批图书资料和仪器设备，开始西迁，历尽艰辛，先后经过四次大的搬迁，行程2600余公里，足迹遍及浙、赣、湘、桂、闽、粤、黔七省，于1940年1月到达贵州，在遵义、湄潭、永兴等地坚持办学，直至抗战胜利后，于1946年9月返回杭州。

在艰难困苦的历史条件下，浙江大学西迁办学历时近9年，弦歌不辍，励志创新，为中华民族保留和培养了一批科学文化精英，因成果卓著而被称誉为“东方剑桥”；同时，在沿途城乡一路上播撒现代文明的种子，留下了深远的影响。学校发展成为一所著名的全国性大学，谱写了中外高等教育史上“文军长征”的辉煌篇章。

一、初迁浙江天目山、建德

1937年8月13日，日本重兵进攻上海。8月14日，日军首次轰炸杭州。南京、上海、杭州沿线敌机肆虐，战争空气弥漫东南各省。

为应对战时紧急情况，浙江大学成立了“特种教育执行委员会”，竺可桢校长担任主席。委员会下设总务、警卫、消防、救护、工程、防毒、研究、宣传、课程等 9 个股，全体学生必须参加其中一项工作；同时成立战时后方服务队，规定学生必须参加，并须严守纪律、服从命令。另外开办警卫、消防、救护、防毒等训练班，由特种教育执行委员会所属各股分别负责。

浙大师生本着“读书不忘爱国”的精神，课余开展了各种抗战活动，如联合杭州市各教育单位出版《抗敌导报》；文学院教师主编《国命旬刊》，撰文宣传抗战意义；学生出版《每日壁报》、《抗敌三日刊》和《浙大学生战时特刊》，并组织了多次募捐、救济、慰劳、义演、宣传等活动，进行得热烈而有成效。同时，迫于战事，在特种教育执行委员会的主持下，学校积极筹划西迁事宜。

浙江大学要搬迁，首先要解决的问题是搬迁到何地去。竺可桢校长和他的同事们认为，浙大不能搬迁到大城市去，以免造成内迁大学过于集中在大城市的局面，而要搬迁到那些从未有过大学的城镇，甚至僻静的农村，既使学校获得相对安定的办学环境，又使大学的内迁与内地的开发相结合。后来浙大的西迁历史证明，这一决策是非常有远见的。

为了使一年级新生能安心学习，经过竺可桢校长亲赴临安联系接洽，学校于 1937 年 9 月起租借临安西天目山禅源寺余屋，作为新生的教学和生活用房。9 月 21 日，一年级新生开始迁至天目山，27 日起上课。虽然因陋就简，又地处深山，远离城市，但师生朝夕相处，授课答疑极为便利，教师对学生道德品行的陶冶也更为有利。学校计划多时的导师制首先在这里推行起来，在国内教育界开了试行导师制的先河。随后，学校又决定把附设的代办浙江省立杭州高级工业职业学校（简称“高工”）和代办浙江省立杭州高级农业职业学校（简称“高农”）两校迁往萧山湘湖，其余各年级仍在杭州校本部坚持教学活动。

在杭州，虽然敌机侵袭，警报不断，但师生在日机狂轰滥炸的间隙，警报一解除，仍然照常上课。到 11 月 5 日，敌寇在浙江、江苏两省间的金山卫、全公亭登陆，离杭州已不远，约 120 公里，学校于是决定举校迁到建德县。从 11 月 11 日开始，浙大教师和学生分三批出发，在江干码头乘船，于 15 日全部到达建德。同时，凡是可以搬运的图书仪器，几乎全部搬离杭州，运抵建德。11 月下旬，浙西形势危急，西天目山中的一年级新生，有陷入绝境的危险，于是学校决定搬迁。11 月底，这部分师生经五天奔波，也全部到达建德。稍事休整，立即复课。

建德在杭州西南约 120 公里，古称严州。浙江大学迁至建德后，办公室、教室、宿舍等都分散在城内各处，总办公室设在总府前方宅，教室分设在林场、天主堂、孔庙等处，宿舍则在中心小学、万源当、东门街一带民房。浙大师生员工加上家属不下千余人，建德本来就不大，加上其他迁来的学校，一时成了学校城。

11 月 20 日，苏州陷落，日寇南侵，逼近嘉兴，建德也不是安居之地。学校考虑再次搬迁，派人到浙江南部和安徽、江西等地考察。12 月 2 日，接到教育部来电，同意浙大迁移浙江或江西南部。竺校长又亲赴江西，经多日奔波联系，江西省政府同意拨吉安县青原山及泰和县大原书院旧址给浙大。竺校长返杭后立即召集特种教育执行委员会研究讨论。本来学校打算寒假中南迁，这样学生课业可以没有影响，而且江西吉安方面的办学房屋也可从容预备，但考虑到南京失落以后，日军有侵入杭州的趋势，杭州如失守，则公路必断，浙赣道路不通，所以学校不得不决定提早动迁，马上派人赴江西玉山接洽车辆，做好停课搬迁准备。

浙江省政府迁到浙江南部后，11 月 26 日，省教育厅宣布省立学校疏散，从此浙大附设高工、高农两校失去经费来源，竺校长只得忍痛遣散这两校师生。之后，浙大就再没有高工、高农了。

二、继迁江西吉安、泰和

12 月 24 日，在浙大迁往建德一个多月之后，学校又开始撤离，师生们走上了极其困难的赴赣历程。这一天，正好是杭州沦陷之日。

浙大这次从建德向江西吉安搬迁，不像离杭时那样匆促、忙乱，而是更有组织、更有秩序。学生分若干队，每队都由导师一二人率领。学校还在沿途设立了接待站。学生和教职工及眷属分三批依次在建德上民船，到兰溪后，有的步行，有的换乘小船，经梅溪抵达金华。

12 月 26 日，浙江金华遭到日寇三架重型轰炸机的狂轰滥炸，浙大的大批师生恰在金华，虽身经其险，均安然无恙。竺校长于次日到达金华，也遭遇日机的轰炸，落弹点离他所在的地方不远，幸未受伤。金华连遭日寇轰炸，日军越钱塘江而直指金华的消息不胫而走。此时，浙赣铁路因军运，客货车都已停开，难民如潮，拥挤在车站。浙大部分教职员工和学生滞留金华，柴米难得，饥肠辘辘，时值寒冬，冻坐终夜。在这种情况下，浙大师生没有消沉，有的交涉兵车以附行，有的沿铁路“安步当车”，有的攀上煤车、敞篷车、难民车西行，饱受风雨，尝尽饥寒。当时，浙大有700多箱图书仪器，分载在30多艘民船中，停泊在金华铁路车站西面不远的河面上。危难时刻，负责押运的教师、职工，四处奔波设法，并亲自动手，将物件分装到兵车、煤车和货车上，直到1938年1月6日夜间，才将所有校产运离秩序混乱的金华。

稍后出发的部分师生，在途中听到金华被炸的消息，便改道乘船溯水路直放衢县，转到常山，再设法往江西。

几经周折，水陆交替，浙大师生终于分批抵达江西玉山。玉山是当时浙赣铁路总局所在地，但是，此时要找到火车运送浙大师生到吉安附近的樟树镇，却十分困难。为此，竺可桢从12月28日起在玉山停留了11天，在小雪断续、北风劲吹的寒冬里四处奔波，托人求情，联系车辆，直到1月7日铁路局才同意拨10余节车皮给浙大使用。两天之后，总算在贵溪联系到车头，才将部分浙大师生和图书仪器运往江西樟树镇。但此时乘坐另外一列客车的师生，却不知下落。经竺校长再三查询，方知该车厢竟被甩在江西向塘乡间，这些师生饱尝困顿一星期后，才重新乘坐列车抵达樟树镇。竺校长为浙大师生安全而奋不顾身、辛勤操劳，深深感动了浙大师生，也增强了大家团结一致、克服艰难的勇气和信心。

从1937年12月24日到次年1月20日，浙大师生从浙江建德出发，经金华、玉山、樟树，终于转抵江西吉安，行程752公里，平均每天前进30公里，虽历尽磨难，幸而人员、物资都无损失，平安到达目的地。

这次迁校的目的地本是泰和，由于战局发展迅速，浙大提前撤离建德，泰和的房舍来不及准备就绪，而吉安恰有乡村师范和吉安中学两所学校正在放寒假，就暂借这些校舍作为过渡。

吉安在江西中部，位于赣江及其支流禾水汇合处。这里是宋代著名文学家欧阳修和民族英雄文天祥的故乡。中国第一个农村革命根据地井冈山，就在吉安地区。浙大迁到吉安后，教职员住在乡村师范，眷属租用当地民房，学生则全部住入白鹭洲上的吉安中学。

吉安白鹭洲是城东赣江之中一个长 1.5 公里、宽 0.5 公里的江中小岛，有一浮桥与江岸相连。学生们居住的吉安中学，是原江西四大书院之一白鹭洲书院的遗址。浙大师生都感到这是一个清幽的绝佳的读书之处，以致后来学校离去时，许多师生深憾留住此地时间太短。

学校借用乡村师范和吉安中学上课两周，接着进行期末考试，结束了这一学期时断时续的课程。2 月中旬，吉安中学与乡村师范的寒假已告期满。于是，浙大师生告别吉安，由赣江和赣粤国道，分水陆两路南行 40 余公里，于 2 月 18 日迁移到泰和。浙大离去后不久，白鹭洲便遭到日寇飞机的轰炸。

泰和又名白下，千里赣江自南往北穿越而去，赣粤国道沿江而行。浙江大学临时校址就在泰和城西 2.5 公里的上田村。该村古时有两座书院，即大原书院（又名千秋书院）和华阳书院，还有趣园和遐观楼（藏书楼），长年来远道学子负笈来学，文风之盛，可与白鹭洲书院相当。

浙大师生抵达泰和后，稍事安顿，便继续教学与科研活动。

为了补足搬迁期间所受到的影响，课程和实验都比以前有所增多。教职工和学生的工作时间和学习时间都自觉延长。学生黎明即起，在朝阳之下，漫山遍野，朗诵默读；夜晚三更灯火，埋头苦读。学校在天目山开始实行的导师制在这里也继续贯彻，偏居乡野，不像在城市楼群之间有钢筋水泥的阻隔，师生之间朝夕相处，更利于导师与学生之间交流，相互切磋砥砺，关系也更为亲密。大局势纷乱急迫，这里的小环境却如此有条不紊。当时教育部派人到全国各地巡视，认为浙大是所有流亡迁徙大学中教学秩序和教学质量坚持得最好的学校之一。

搬迁中的浙大师生时刻关注着国家的命运。战乱之时，人们更加关注时局的发展，但当时建德、泰和等地没有日报，也无法及时看到其他报刊，消息闭塞使大家心急如焚。为此，浙大组织了情报委员会，从建德起就出版《浙大日报》。利用自备的无线电收音机，夜间收听记录新闻消息，予以摘编，用壁报形式张贴，在建德铅印 20 多期。到泰和后，由于没有铅印条件，改为油印发行。《浙大日报》还公开发售，颇受当地群众欢迎。5 月 19 日，在《浙大日报》出刊一百期之时，竺校长特意为《浙大日报》增刊撰写了《百期纪念感言》。

浙大师生开展了许多抗日活动，竺可桢校长不仅给予鼓励和支持，而且亲自参与，以身作则。如学生自治会发起给前方将士捐献棉背心，竺可桢特意拨出两间房子作为缝制场所，并带头捐款作为制作费用，夫人张侠魂更是多次到现场指导。学生自治会发起募捐活动，竺可桢夫妇率先捐献了他们的结婚戒指。张侠魂还在 1938 年 7 月 7 日发起举行“七七卢沟桥抗战一周年纪念”活动，并亲自撰文以志纪念。

浙大师生还先后多次进行救亡宣传，演出了《卢沟桥》《汉奸的末路》《中华民族子孙》等话剧，十几里外的村民都赶来观看。浙大学生到泰和、吉安乃至赣州宣传演出，募集救护伤兵的捐款。浙大教授组织前线慰劳队，到汉口转赴前线慰劳，节约自己的膳食费作为捐款。师生影响所及，当地民众和小学生们也热烈响应，同仇敌忾之气，一时激荡在赣江上游各地。

浙江大学在建德时，诸（暨）嵊（县）新（昌）宁（海）游击总队曾派人来到浙大，请学生自治会帮助物色学生参加游击队。浙大学子踊跃报名，以电机系刘奎斗为首的12名学生投笔从戎，他们分别是电机系的刘奎斗、洪鲲、汤兰九、程羽翔、王家珍、虞承藻，化工系的黄宗麟，土木系的丁而昌、吉上宾、陈家振，化学系的李建奎，数学系的程民德。1937年12月9日，学校派校车将他们送回杭州城，向游击总队报到。这批学生入伍以后一律被委以上尉政训员，他们先是在杭州经过短暂训练之后，参加了爆炸钱塘江大桥和渡轮码头以延缓日军南下的任务，然后赴游击总队所属各中队，对游击队的官兵进行抗日救国、军民团结等方面的教育训练。后来，刘奎斗、程羽翔、吉上宾三人投考陆军机械化学校技术学员队，续写抗日杀敌的新篇章。丁而昌则在游击队执行公务时不幸溺水身亡，他是浙江大学在抗战中为国捐躯的第一人。其他学生，一年之后大多数回母校复学。1940年8月，刘奎斗在经历昆仑关血战洗礼后，经竺校长同意，回母校复学。1942年毕业后，他又重上前线，参加中国驻印远征军装甲部队，远赴印度、缅甸作战，在缅北瓦鲁班战役中英勇作战，荣获六等云麾勋章。刘奎斗特地用缴获的日军第18师团印鉴盖了一张印模，寄给了他所崇敬的竺可桢校长。竺校长当即让工作人员将信和印模张贴在学校的布告栏中。这一喜讯给身处黔北艰难办学的浙大师生以极大的鼓舞。

1938 年 6 月 26 日，浙江大学在抗战中的第一批毕业生即将离开学校。竺校长在毕业典礼上发表了题为“大学毕业生应有的认识与努力”的讲话。他勉励学生要日日新，又日新，以天下为己任，使中华民族成为不可灭亡的民族。他希望同学们“不求地位之高，不谋报酬之厚，不惮地方的遥远和困苦，凡是吾人分内所应该做的事就得去做”。竺校长在讲话结束时语重心长地说：“现在救国的责任，已在诸君身上，希望大家能担当起来。”竺校长的讲话充满激情，富有哲理，使大家深受鼓舞。

时局多变，正当浙大在江西泰和的教学、科研工作有条不紊地进行时，6 月下旬至 7 月初，江西北部的马当、彭泽相继失守，泰和已不是安全之地。按照战局的分析，日军不一定会很快深入江西中部和南部，但是，一旦南昌陷落，浙赣路中断，浙江大学的迁校将面临难以想象的困难。因此，浙大不得不又一次筹划内迁。学校再次组成迁校委员会，竺校长亲赴当时国民政府所在地武汉，找到教育部部长陈立夫商议迁校事宜。陈立夫同意必要时浙大可再次迁校，并建议迁往贵州安顺。

返校途中，竺校长经长沙赴广西，寻找合适的迁校地点。7 月 23 日，竺校长在桂林接到学校催他回去的电报，并告知他的夫人张侠魂身患痢疾。7 月 25 日，竺可桢匆忙回到泰和，在河边长堤上见到家人，听到次子竺衡病逝的消息，顿时眼泪簌簌流下。早两天在途中，他曾听学校里来人提及竺衡生病，以为不过是小病，万万没有想到竟会夺去一个十四岁孩子的生命。他赶紧回家，看到张侠魂因患痢疾卧病在床，身体已十分衰弱。虽经多方设法，终究无法挽救，侠魂夫人于8月3日上午不幸逝世。竺夫人和竺衡所患痢疾，本不是大病，可惜当时医疗条件太差，又逢战乱，在泰和乡间更是缺医少药。半月之内，竺可桢接连失子丧妻，精神上遭到了沉重的打击。但是，形势所迫，责任所在，竺可桢强忍心中的创痛，仍然坚持工作，谋划浙江大学的再次搬迁。

张侠魂女士在促成竺可桢入主浙大中起过重要作用。她关心学生，曾经慷慨解囊资助贫困学生，支持和参加学生组织的抗日爱国募捐，不仅是竺校长的挚爱，而且深受浙大师生的广泛爱戴，不幸病殁在浙大西迁途中，令全校师生痛心不已！8月10日，浙大师生为张侠魂举行追悼会，教职工和学生300余人到会，全场呜咽。9月15日，张侠魂和竺衡母子葬于泰和松山。

三、再迁广西宜山

由于战事影响，1938年7月25日起，浙大在泰和已经无法上课。教育部曾指令浙大“遇必要时可迁贵州安顺”。但经竺校长实地勘察，从江西泰和到贵州安顺，陆路须西行经湖南茶陵、湖南衡阳、广西桂林到达广西宜山；而水路则须南下赣州，从南雄绕道广东三水等地，也到达广西宜山，然后进入贵州境内。而自广西宜山至贵州安顺一段，只能靠汽车运输，成千名人员，几千箱图书仪器，要到达安顺，费时要半年以上，何况车辆还很难找到，这对学校的教学影响太大。因此，讨论再三，竺校长决定先迁往广西宜山，尽快恢复教学活动，以后的行止视形势变化再定。迁校委员会原则上确定了入桂路线：图书仪器沿赣粤间水路入桂，这样比较安全，同时节省运费；师生则循赣湘公路、湘桂铁路西行去宜山，这条路线在时间上比较经济。迁校委员会还议决：学生每人发20元路费津贴；教职工中月工资在30元以下有眷属的发津贴40元；押运图书仪器的师生路费由学校支付，每天还补贴膳宿费1.5元。由于路远，学校在赣州、大庾、南雄、曲江、茶陵、衡阳、桂林设立运输站。对于人员分组、出发日期、图书仪器运输、车船调度、房屋准备，以及医疗保健等，事先都详细地规划并明确分工，切实执行，做到紧迫中有条不紊，患难中同舟共济。

1938年8月13日，首批教职员先遣队离开了生活半年的江西泰和，出发前往广西宜山；8月19日，图书仪器装船起运；8月30日，教职员启程；9月15日，首批女生出发。学校的3辆校车分批轮流运送师生，西至茶陵，南达赣州，自此往后的路程，师生们都自行前往。9月17日，竺可桢带子女竺梅、竺安和竺宁至松山张侠魂墓前告别。次日，全家离泰和西去。9月8日，首批教职员到达广西宜山。至10月底，所有教职员和师生，除押运图书仪器等尚在途中的以外，全部安抵宜山。学校于11月1日开学上课。

学校从泰和迁宜山时，有20名学生，为了锻炼自己的毅力和与广大民众更多接触，且能在沿途采访和宣传抗日，自动组织了步行团。竺校长向步行团赠送了地图和指南针，以资鼓励。这个步行团以鲁迅的名著《呐喊》命名，称为呐喊步行团。同学们分成两队，取道茶陵、攸县、衡山、南岳，直达衡阳，于10月底安然抵达宜山，历时40多天，行程千里。途中所经之处，除了采访收集各地民风习俗，还时常开展抗日宣传演出。

战乱时期举校迁徙，常常会因战局突变带来难以预料的困难，图书仪器和行李的运输尤其艰难。当时有学生行李434件，于10月20日自韶关南下，因战事滞留在三水西北的四会，进退维谷，直到第二年春天才设法取回。集结在韶关、大庾两地的图书仪器也欲进不能，只得将在韶关的图书仪器水运至乐昌坪石，改由粤汉铁路运至衡阳，将在大庾的图书仪器，原船运回泰和，寄放樟树，后改由浙赣、粤汉两铁路转运至衡阳。直到12月12日，这两批图书仪器及行李2000件，才由衡阳启运，经湘桂铁路抵桂林，再改由水路于1939年1月12日运到阳朔，经多方联系，借得西南运输处卡车4辆，加上浙大自己的校车，由阳朔运到柳州，再由龙江水运至宜山。真是费尽周折!

迁校途中，首批图书仪器26吨和行李300余件，由学校指派职员和19名学生负责押运。船只沿赣江逆流而上，由于上游水浅，行驶了两个月，才到达广东曲江。10月23日，广州突告陷落，当时学校已经和负责押运的学生取得联系，嘱咐他们立即改变路线，转走衡阳，沿湘江入桂，但押运的学生认为走衡阳要退回一段路程，仍冒险经三水沿西江入桂。三水距广州很近，10月25日，浙大船只到达时，当地已是一片混乱，日寇军舰骚扰，枪声四起，并有黑衣人向船只蹿来，晨雾之中，押运的学生以为是敌人来了，即有两个学生跳入江中逃生，其他学生为避空袭，给了船户15元托其照看船上物资后便弃船而走。幸好恰有浙大职员赶到，找到船只，并迅速联系有关方面，将浙大所有船只系在我国兵舰尾部，上驶到肇庆，才得以脱险。其情形之危急，可见一斑。这一批图书仪器，自肇庆运到象县时因船触礁，只得再全数搬上岸，改由汽车运往柳州，再由货船转运，一路颠沛，最后总算安全抵达宜山。而负责押运的同学们辗转多日，才到达宜山。

听到押运学生弃船而走的报告，竺可桢校长非常气愤。1938年11月11日，在宜山举行的一次纪念周集会上，他严肃批评了这些学生。他说："事先已知三水危急而贸然前往，是为不智；临危急而又各鸟兽散，是为不勇；眼见同学落水而不视其至安全地点各自分跑，无恻隐之心，是为不仁。此十九人乃你们所公推，是全体学生之样本，十九个学生之不负责乃是全体学生之大辱，亦是全校职工之奇耻，以后你们得常自省问，若是再逢这种机会，是否能见危授命，能不逃避而身当其冲？"平时，竺可桢是位严于律己、宽以待人的长者，很少疾言厉色地斥责别人，但这件事关系到学生的责任感和今后是否有勇气承担拯救国家危亡的大任，所以才予严厉批评。

浙大这段西迁历程，人员众多，家属中有老有小，图书仪器行李有200多吨，计2000多箱，由于师生员工的紧密团结，互相关心，共同分担任务，不论是教授还是职工、学生，同样打前站、当押运、任留守，做到有始有终，顺利完成了搬迁任务。在迁校过程中，绝大部分仪器都无损坏、散失，物理系甚至连玻璃仪器以至米尺都没有损坏或丢失一件。

在学校搬迁中，不少教授、学者于危难之时挺身而出，分担了竺可桢校长肩上的重担。时任文理学院院长的胡刚复，与竺可桢是哈佛同学，竺可桢任浙大校长，便竭力邀他一同来浙大。学校西迁，胡刚复被委以特种教育执行委员会常委，负责迁校的具体工作。学校西迁大军的行止、沿途交通、沿站和目的地的房屋、物品、供应、安全等，以及全校图书、仪器、设备的搬运，大都由他先行提出方案；一经学校讨论通过，他还要承担打前哨、找房子、探路、定舟车等工作。这些工作相当烦琐，然而对于学校的安全迁徙、保证教学研究却十分重要。胡刚复事先量过自己两臂伸展后的长度，在考察迁校地址时，就凭这根“天然直尺”，他很快就能丈量出一间房屋的面积，然后估算出某地可供现成利用的房屋有多少，修缮后可以使用的有多少，什么地方可以做集会场所，什么地方可以做图书馆，能不能保证浙大的教学和住宿；当地的商贸情况、物资来源，粮油和木材的年供应量，他都调查清楚，并且列出具体数据。学校搬迁中，图书资料、仪器设备在那样纷乱的环境中，每次都能安然无恙，也是与胡刚复的缜密安排分不开的。胡刚复是学物理的，他以科学家的严谨踏实作风对待西迁工作。当时浙大不设副校长，胡刚复成为竺可桢校长西迁中的得力助手。

浙江大学在1938年10月迁到宜山后，以原工读学校为总办公室，以文庙、湖广会馆为礼堂、教室，并在东门外的标营搭盖草屋作为临时教室和学生宿舍。教师们分散居住在城内各处，竺校长一家也租用一处民房居住。

宜山以前有所谓“蛮烟瘴雨”的说法，浙江大学师生到达宜山之后，首先遇到的是疾病的威胁，其中最严重的是疟疾。竺可桢校长在日记中曾经记载：“……浙大学生自来此后患疟者已达三分之一，其数可惊人。”由于患者人数太多，学校所带药品很快用完，教职员工私人所带药品都被借来应急救治，而柳州、桂林都买不到疟疾用药，只好派人冒着炮火危险，远赴已经沦陷的杭州、广州购买。

宜山虽地处西南山区，也常遭日军飞机的空袭。自从广州失陷，广西的桂林、柳州和贵州的贵阳成为日机轰炸的重点城市，宜山也整日处在警报声中。日寇对军事目标以外的建筑也残酷破坏，以学校和其他文化机关为目标的轰炸愈来愈疯狂。1939年2月5日，日寇出动18架飞机，先袭击了西门汽车站一带，而后对浙大标营进行猛烈轰炸。

标营原是清代军队的营房，几经演迁，到浙大搬至宜山时，仅留下一座四合院式的房宅，让给浙大办学。浙大以标营为学校总部，在周围兴建了临时草屋。标营一带除学校办公房之外，还有二、三、四年级的教室、学生宿舍和礼堂，并开辟了学校操场和实验农场。

2月5日，恰好是星期天。旧历新年刚过，南方的气候已经转暖，阳光明媚，不少学生都趁假日外出，也有部分学生在教室补课和补考。上午11点左右，警报忽然响起，只见18架日军重型轰炸机排成队形，直扑标营而来。飞机飞过头顶时，就听得刺耳的尖啸声，十分恐怖。敌机来回轰炸3次，在标营投下燃烧弹、爆裂弹118枚之多，炸毁标营浙大东宿舍8间、大礼堂1幢、新教室3幢计14间，其余如导师办公室、体育室、事务课办公室、阅报室、厨房、储藏室、饭厅及杂室等亦被毁。浙大迁校时带去的唯一一架钢琴也被炸毁。因学校平时防空教育得法，大家躲避及时，师生及家属中仅有2名学生、1名校工轻伤。

在这次轰炸中，二年级全体学生的行李被焚，损失巨大，除随身衣服之外，已一无所有。学校教职工和未遭受损失的学生于当晚迅速征集被服供受灾同学使用。学校拨款2000元救助学生，校务会议征得教师同意后，决定以教职员月薪的十分之一作为捐助（月薪50元以下者自由捐献），分配给受灾同学。竺校长还亲自捐赠丝绵袍一件，衫裤一套，小衫裤两套。全校师生患难与共，风雨同舟。

浙大师生在宜山，除疟疾和空袭的威胁外，衣、食、住、行也都非常困难。学校的教室除了借用县城里的文庙以外，就是用竹子搭的一些大草棚。一位校友回忆道："开初，我们的'教室'只是在草棚里挂上块黑板，同学们都是站着听课，肩膀上用鸡肠带斜挂上一块木板记笔记。学生寝室也是大草棚，夜间自修没有课桌，我们常常站在板凳上，在双层床的上层床板上，就着一盏小小的油灯做习题。"吃的方面，"饭，好像是够吃的，只是菜，少得可怜，不够分配。食量大点的同学，到最后只有吃白饭。女同学吃东西比较斯文，大家客客气气，普遍都心照不宣，实行'蜻蜓点水'和'逢六进一'制，菜勉强可以应付。所谓'蜻蜓点水'，就是夹菜时，不能大块大块地夹，要像蜻蜓点水那样点到即是，譬如吃豆腐乳，只能用筷头沾一点点即可。所谓'逢六进一'，就是吃六口饭才进一口菜"。学生们生活如此，教授们也好不到哪儿去。生物系主任贝时璋教授，一家四口住在宜山白崖乡，泥墙草屋，晚间只能用一盏油灯、几根灯草，贝时璋要备课，夫人要借光纳鞋，孩子们又要在灯下做功课，一家数口挤在一盏灯下，其窘迫之情可见一斑。

但是，师生们都以苦为乐，情绪高昂，勤奋教学。各年级的课时安排，都按原定计划完成。据统计，当时各学期的实际上课日数，超过了教育部的规定要求。各项实验也绝不放松。同时，由于宜山的地质、气候、风物、人情、经济、疾病都具有特殊性，史地、化学、教育、园艺、农经等系师生，在所从事的学科领域，结合实际进行科学探讨与研究。各系的学术讨论会每周举行一两次，每个系的教师和高年级学生都必须出席，各人轮流做报告。由于敌机经常来轰炸，讨论会一般安排在晚上举行。各位教授，包括系主任、校长，经常被邀请做学术报告，竺校长每学期至少被邀请两次。这些研究和探讨成果均陆续以文字或实际成果表现出来，带动了地方经济、文化的发展。

浙大师生们读书不忘救国，各种抗日爱国活动也十分活跃。学校数次举行义卖活动，把义卖所得，捐献抗日。对此竺校长都热情支持，竺校长将夫人所藏的汕头绣花台布、闽漆花瓶、网球、日记本、寒暑表等物品捐献义卖。校学生自治会组织战地服务团，竺校长亲自为战地服务团授旗，同学们到前线慰问服务，参与救护伤员、宣传抗日等；学生们还排演了《自由魂》等戏剧，以义演所得，作为抗日宣传之用。

在1938年至1939年两年动荡岁月里，浙大的规模还有一定的发展。1938年8月，经教育部批准，学校增设师范学院，设教育、国文、史地、英语、数学、理化6个学系。1939年夏，文理学院一分为二，成为文学院和理学院；农学院农艺系的农业化学组成为农业化学系；文学院增设中国文学系。至此，浙大已有文、理、工、农、师范5个学院。

在此期间，竺校长先后邀请了柳诒徵、佘坤珊、郦承铨、陈立、王师羲、侯家煦、丰子恺、蔡邦华、吴耕民、张肇骞、蒋芸生等一批名师到浙大任教或讲学。1939年秋，学校人事也做了较大变动：原教务长郑晓沧留在浙东龙泉分校，张绍忠继任教务长；文、理学院分开后，梅光迪为文学院院长，胡刚复为理学院院长；王琎为新设师范学院院长；原工学院院长李寿恒辞职，由李熙谋继任；原农学院院长卢守耕辞职，由蔡邦华继任；陈训慈任龙泉分校主任；等等。

遭敌机袭击后，学生人心惶惶，多次集会并派代表向竺校长要求再次迁校。在宜山标营被炸后的第三天，即2月7日，学校即讨论在宜山境内另觅新址疏散上课的问题。2月10日，竺校长带领8位教职员冒雨探觅新校址。经过几次踏勘，2月17日，竺校长召开校务会议，决定迁校至小龙乡的莫村和坝头村一带，并安排人员进行房舍设计和实地测量，开始着手建设新校舍。这些校舍基本建成后还没来得及入住，学校就因战事紧迫迁离宜山，这些校舍让给了宜山国民中学。1944年日军占领宜山，房架被日军拆走，房屋毁尽。坝头村当年浙大建造校舍的那片坡地，此后被当地人称为“浙江岭”，一直传名至今。

1939年11月起，广西形势日渐紧张。11月25日，广西南宁陷落。在宜山的浙大已不安全，学校在派人去贵州遵义和云南建水等地勘察新校址后，最终决定迁到贵州遵义、湄潭。

在迁离宜山之前，学校特地在文庙《宜山县城池图》碑旁，新立了一块《国立浙江大学宜山学舍记》石碑，以留作永久纪念。于是，1939年底，在外侮严重、国家危难之时，竺校长率领他的同事和学生们，告别生活了14个月的广西宜山，向着历史名城贵州遵义，又进发了！

国立浙江大学宜山学舍记

将欲抗顽虏、复失壤、兴旧邦，其必由学乎？丁丑之秋，倭大入寇，北自冀察，南抵闽粤，十余省之地，三年之间，莫不被其毒。惟吾将士暴露于野者气益勇，民庶流离于道者志益坚。其学校师生义不污贼，则走西南数千里外边徼之地，讲诵不辍。上下兢兢，以必胜自矢。噫，此岂非公私义利之辨，夷夏内外之防，载在圣贤之籍，讲于师儒之口，而入于人人之心者，涵煦深厚，一遇事变，遂大作于外欤？当军兴之四月，国立浙江大学以杭县且危，尽其所有以迁建德；逾二月，桐庐告急，徙泰和；二十七年七月，虏犯九江，复之宜山而校焉。宜山之为县，当黔桂之孔道，其长吏若民，多通材达识，喜多士之至也，划县中之文庙，东郊之标营，暨工读学校以与焉。乃鸠工庀材，修其蔽坏，涤其黝污，取蔽风雨，务绝华靡，故工不劳而集，费不侈而完。又择隙地，结茅架竹，为屋数十椽以益之。凡讲艺之堂，栖士之舍，图书仪器之馆，校长百执事之室，以至庖湢之所，电工之厂，游息树艺之场，莫不备具。于是五院之师生千有余人，皆得以时讲贯于其中。应变以常，处困以亨，荡丑虏之积秽，扬大汉之天声，用缵邦命于无穷，其惟吾校诸君子是望乎？

中华民国二十八年八月校长竺可桢撰

四、定居贵州遵义、湄潭、永兴

1940 年 1 月 9 日，教育部部长陈立夫同意浙大迁移贵州，于是浙大正式全面迁校。在此之前，浙大的动迁已先期行动，1939 年 12 月 13 日，第一批仪器和图书分水陆两路启运，至 12 月 23 日，已有 405 箱图书仪器运走。搬迁时正值隆冬，到处雪凇冰凌，桂黔之间，山峦重叠，又缺车辆，浙大师生一路顶风冒雨，协助搬运图书仪器，经过艰苦的努力，学校顺利迁到贵州。

浙大此次搬迁定址为贵州遵义，以及遵义所辖湄潭县城和湄潭县的永兴场。遵义地区位于贵州北部，当时辖 12 个县。遵义地处黔北交通要道，北通重庆，有娄山关屏障；南接贵阳市，有乌江天险。名山胜水，雄踞要冲，总面积3万多平方公里，当年全地区有人口240万，遵义县城人口5万，也是行署所在地，区内雨量丰沛，冬暖夏凉，有黔北粮仓之称，也是黔北的物资集散地。1935年1月，中国工农红军长征到达这里，召开了举世闻名的遵义会议，从此确立了毛泽东在中国共产党内的领导地位，成为中国革命历史的伟大转折点。时隔五年，1940年2月，浙江大学这支文化教育队伍，经历千辛万苦，也长途跋涉来到这里，这真是历史的因缘际会。

浙大到达遵义之后，首先是解决校舍问题。由于遵义到湄潭等地的公路当时尚未竣工，而且湄潭、永兴的校舍尚须增建，所以学校决定，一年级学生暂时在贵阳南面30多公里的青岩居住和上课，称为青岩分校，其余师生集中在遵义县城。2月9日，青岩分校一年级和先修班学生开始上课。2月22日，二、三、四年级学生在遵义开始上课。同年5月，湄潭分部校舍初步完工；10月，永兴分部也可接纳学生。至1941年初，浙大校址基本稳定，校舍总体布局为：文学院、工学院和师范学院的文科系设在遵义；理学院、农学院和师范学院的理科系设在湄潭；一年级设在永兴；另在浙东龙泉设有分校。学校各项教学科研活动正常开展。

在遵义，校本部办公室设在子弹库，图书馆设在江公祠。学校借用遵义师范学校的一部分房屋作为男生宿舍和学生食堂，租用杨柳街民房作为女教职员和女生宿舍，柿花园、石家堡等为单身教师和教授宿舍。在东门城墙内外新建草房和瓦房数十间，作为工学院各系的实验室。还在湘江东边开辟了游泳场。

湄潭在遵义以东 75 公里，浙大在湄潭县城新建了植物病虫害系楼、物理系楼等教学用房，以及大礼堂（也是饭厅）和四幢男生宿舍、一幢女生宿舍等生活用房，还有一所子弟小学、大操场、游泳场等。在城外辟地 200 余亩作为浙大农场，分布着农艺、园艺和蚕桑等系的试验场地。当地原来有一所湄潭中学，经扩建成为浙大附中，由浙大管理。

永兴距湄潭县城 15 公里，浙大借用当地“江馆”（江西会馆）、“楚馆”（湖南、湖北会馆）作为一年级分部，租用一些祠堂、民房作为实验室。第一批新生，即 1940 年入学的新生，计 652 名，于 10 月 18 日开始在永兴报到注册。原在青岩分校的学生于 10 月中旬结束一年级学业，转遵义、湄潭读二年级，青岩分校撤销。因当时车辆缺乏，青岩分校学生 400 余人步行至遵义，历时六天。全校教职工的住房大多在三地分散租用民房，竺可桢校长也如此。

遵义地区作为战时大后方，是沦陷区同胞在黔的避难之地。陆军大学、军官外语班和步兵学校在浙大之前就已经陆续迁入，加上浙大师生和逃难的民众，城镇人口成倍增长，物资奇缺，生活困难。浙大学生老家在沦陷区的多，经济来源断绝，大多靠公费、贷金和工读维持生计。教师和员工虽有薪给，但大多一家数口，积蓄少，开支大，度日艰难。

教授们租住民房，一家人住一两间屋，瓦木结构，没有电灯和自来水，冬冷夏热，桌几床铺将就借用，天雨时泥泞屋漏，也是司空见惯的事。著名生物学家罗宗洛当时声望很高，他从中央大学来到湄潭浙大，找不到居所，一家 8 口人安置在一所名为朝贺寺的旧庙中。寺内已经住满了浙大的师生，只好委屈了门厅里的弥陀佛和两侧厢房中的四大金刚，暂且将其搬出，再把寺门大厅修缮一番，改成几间小屋子，罗宗洛和苏步青两家各占“半壁江山”，算是对他们子女众多的“特殊照顾”。上课教室远，要走几条街，没有任何交通工具。教学和实验用品也很简陋，光线很差，学生又必须仔细做笔记，用的是土纸和化工系自制的墨水。室内是泥地，雨天一到，室内外一片泥泞。学生们住在大宿舍里，双人上下铺，自习只能坐在床上，用桐油灯照明。灯油不多，为了能够增加一点自习时间，常常两人合点一盏灯以节约用油，三更灯火中大家的鼻孔都被烟熏黑了。为了改善学生的自修照明，当时兼任学校训导长的费巩教授，自己动手设计了一种用白铁罐加玻璃灯罩的油灯，分配给同学们，同学们亲切地称之为“费巩灯”。

费巩（1905—1945），政治经济学教授。江苏吴江人。早年曾留学英国。为人正直，在师生中有很高的威望。1940年，竺校长不顾教育部关于训导长必须由国民党员担任的规定，聘请非国民党员的费巩教授担任训导长。担任训导长期间，他建立学生言论自由制度，在为学生自治会主办的《生活壁报》“发刊词”中阐明：允许学生在壁报上发表对国事校政的主张，不同意见，可以开展讨论，稿件由学生自治会出版股负责张贴，作者可用笔名，出版股对作者真名有责任绝对保密。《生活壁报》成为此后推动浙大爱国学生运动最重要的舆论阵地。他还为改善学生学习和生活条件，以及发扬爱国民主精神等，做了大量工作，深受学生爱戴。但是，他的主张和工作为国民党所不容，成为国民党特务监视的重点对象，1941年被迫辞去训导长一职。1945年2月，在重庆学术休假期间，他在郭沫若起草的呼唤实现民主、取消党化教育的《文化界对时局进言》上签名，被列入国民党当局黑名单。3月5日，在重庆千厮门码头突遭绑架失踪。后来调查表明，费巩遭绑架后不久，被害于歌乐山监狱，年仅40岁。他是国民党统治时期为争取民主自由而不惜牺牲的知识分子杰出代表之一。

在穿的方面，教授们经过迁校的长途转徙，随身携带的衣服旧的旧了，破的破了，有些已经丢了，要添置新衣都很困难；孩子多的还要将旧衣服改改，给孩子们将就着穿，一新、二旧、三破、四补，在当时的教授中十分普遍。苏步青教授就常常穿着打满补丁的衣服去上课，当他转身在黑板上画几何图形时，学生们就会对着苏步青的背影指指点点："苏先生的衣服上有三角形、梯形、正方形呢！""瞧，还有螺旋曲线！"生活困难的老师还要典卖部分衣物来补贴家用，有的教授拉不下面子，也怕去典当衣物影响学校的形象，经常把衣物包裹好了，请一位学生去典卖。当时浙大教授大都是旧衣一袭，长袍短褂不拘，从不考虑穿着。学生们衣服本来不多，战乱中被敌机炸过，毁坏丢失，有的还是师生员工捐赠的，穿得真是五花八门，大多是破旧长衫。同学们冬天寒衣薄被，除了上课和实验尽可能少出门，用棉被围在身上自修。穿皮鞋的很少见，大多穿布鞋、胶鞋，甚至草鞋。少数在后方有接济的学生，穿着较为整齐，但也十分朴素。有些学生在中、小学兼课，为了注意仪容，常有两三人共置一件较好的外衣，上课时轮流穿出去。尽管浙大师生衣着俭朴，但注意清洁卫生，质朴而不寒酸，典雅大方中自有书卷之气。浙大师生的简朴之风对当地社会民风也产生了很好的影响。

教授们都很清苦，不少教授为此戒掉了几十年抽香烟的习惯；陈建功教授借学校的钱无力偿还，只能以自己所藏书籍抵债；苏步青教授子女多，一家人靠番薯干蘸盐巴度日。公费、贷金的学生们吃的是“大锅饭”，大部分时间每桌一菜一汤，8人同吃。物价持续高涨后，食堂无钱买菜，开饭钟声响后，饭厅上只见饭桶不见菜，也不再8人同桌了，学生们八仙过海，盐水、辣椒粉、泡菜，各人自备，扒上两碗饭，照常上课。这种“箪食瓢饮”的生活，过去只是书本上写的，而在当时却是真切的现实。

诺贝尔物理学奖获得者李政道教授后来回忆说：“我在浙大学习时的条件十分艰苦，物理实验是在破庙里做的，教室和宿舍就在两个会馆里，白天到茶馆里看书、做习题，泡一杯茶，目的是买个座位，看一天书，茶馆里再闹也不管。”

艰苦的衣食住行没有难倒浙大师生。师生们除教学活动之外，早锻炼、晚散步，闲时还打桥牌，生活很充实。这里名胜古迹很多，遵义有湘山寺、石佛洞、纯阳阁、南泉寺、金顶山等，湄潭有观音洞、水硐沟、百鸟归林、风水联保等，永兴有黄菊山、三岔河等，时常可见浙大师生的游踪。教授们工作之余结社吟诗，论学谈道，清茶淡酒，自得其乐。学生们课余有多种多样的文艺活动，如剧团、京剧社、文艺社、歌咏队等，举行义演、写作出刊、学术讨论等，还有群众联欢、前线劳军等，忙忙碌碌的生活过得很充实。

当年，浙大的教授多有以诗歌感怀人生、咏怀心境的习惯，教授们相互之间时有唱和。1943年2月，在钱宝琮、苏步青等人倡导下，成立了“湄江吟社”。湄江吟社初创时，有成员7人，他们是数学系系主任苏步青、师范学院院长兼化学系系主任王琎、中文系教授祝廉先和胡哲敷、数学系教授钱宝琮、农学院助教兼农场技师张鸿谟，以及江希明教授的父亲、著名教育家江问渔。后来，又增加了农学院教授兼任中央茶场场长刘淦芝和从龙泉分校回来的郑晓沧教授。湄江吟社在湄潭举行过八次聚会，由成员轮流主持，主要为诗词唱和。湄江吟社留下了100余首感人的诗篇，或歌颂贵州山川的壮丽，或表达忧国忧民的情怀，或反映科研成功的喜悦，内容丰富，词句典雅，既是个人情感的抒发，也是当年浙大历史和时代的记录，实现了吟社“记存一段文字因缘，借为他日雪泥之证”的初意。1946年秋，浙大复员回杭，吟社解散。湄江吟社的诗篇后来汇集成册，题名《湄江吟社诗存》。

即使在如此艰苦的条件下，浙江大学的体育活动也开展得有声有色。竺校长本来就十分重视学生的体育培养，他对旧中国国民被外国人侮为“东亚病夫”痛心疾首，大声疾呼“望吾国之教育家、体育家之急起而谋”，大力提倡德、智、体、美四育并重的教育思想。浙大最先在中国大学中推行体育课不及格不得毕业的制度。竺校长聘请毕业于美国斯普林菲尔德学院体育系的舒鸿担任浙大体育教授，主持全校的体育教学和体育活动。舒鸿教授刚到宜山不久，就在组织学院篮球联赛基础上，选拔优秀队员组建了学校篮球队，并任主教练。在敌机骚扰下，校篮球队训练不辍。此后，无论是在宜山，还是在遵义，浙江大学校篮球队一直战绩辉煌，名扬四方。他多次陪同竺可桢校长踏勘澄江、湘江和湄江，为师生开辟天然游泳场，并亲自指导学生，因地制宜，开展群众性游泳活动。

舒鸿（1894—1964），字厚信，浙江慈溪人。著名体育教育家。早年留学美国。1936年第11届柏林奥运会篮球决赛于8月

14 日下午举行，决赛双方是加拿大队和美国队，舒鸿是赛场上唯一的裁判。他在赛场上沉着冷静，勤于奔跑，目光锐利，机智敏捷，依法裁决，一口流利的英语不时发出判罚指令。随着一声长长的哨音，比赛顺利结束，美国队获得奥运会首届篮球冠军。舒鸿成功执法奥运会篮球决赛的消息传到国内，当天下午上海各大报纸纷纷出版《号外》，“舒鸿为国争光”六个醒目的大字，让国人有了一种挺起腰杆的感觉。舒鸿教授载誉归来，浙大师生到杭州车站欢迎，并在学校健身房举行盛大欢迎会，竺可桢校长亲自到会致辞。

困难时期，师生关系更加亲密。老师和师母对待学生像自己的孩子，平时关心他们的功课和身体，推荐困难学生刻蜡纸、代课等兼职，为毕业生筹划就业出路，临别时借给路费、衣物。外文系一位姓周的学生得了重病，为了不耽误治疗，竺校长让学校唯一的一辆小汽车送她到贵阳就医，而他自己却去挤“黄鱼车”赴重庆公干。有一次竺校长有事去贵阳，回遵义时需在中途过夜，就先预订了旅馆的客房，当时恰有浙大两个女学生也去该地，但旅馆都已客满，连地铺也没有，竺校长得知以后，就把自己预订的客房让给这两位女学生住，自己则蜷曲着身子，在小汽车里过了一夜。

在遵义办学期间，学校规模得到了进一步发展。1941 年 8 月，学校设立工科研究所化工学部。1942 年 7 月，成立研究院。1942 年 8 月，增设理科研究所生物学部、农科研究所经济学部。1944 年秋，理学院增设药学系。1944 年 8 月，工学院增设航空系。1945 年 8 月，增设法学院，设法律系。1946 年 8 月，增设医学院。

截至1946年秋复员返杭时，浙江大学共有文、理、工、农、师范、法、医7个学院，27个学系，1个研究院，4个研究所，5个学部，1个研究室，1所龙泉分校，2个先修班及1所附属中学。另有工场11所，农场有地300余亩。

在西迁过程中，学生人数也有所增长。1936年时，浙大有学生512人。1937年10月统计，浙大有学生633人，随校西迁的学生有460人。1944年，全校学生达1658人。至1946年复员返杭时，在校学生已增至2171人。浙江大学在遵义时期历年毕业生共有1857人。

在校教职员人数由于抗战时期经费缩减，增加不多，但教授人数大为增加。1936年浙大有教授、副教授70人；1946年已增加到201人，几近3倍。据统计，1941年6月，浙大有教师210人，职员165人，合计375人。至1944年，教授、副教授144人，讲师38人，助教110人，职员128人，合计420人。总人数增加45人，职员人数有所减少，其中教师增加82人，职员减少37人。在学生人数大幅度增加的同时，教职员总数增加很少，可见办学效益比战前有很大提高。

五、龙泉分校

浙大西迁桂、黔后，浙江、福建、安徽、江西、上海等周边地区的青年学生，由于交通或经济关系，不能去内地大学升学者越来越多。1939年1月，浙大请示教育部在浙东设先修班，并派教务长郑晓沧教授、史地系陈训慈教授赴浙考察筹建。同年4月，教育部电复，批准浙大在浙赣闽之间设立分校，专招各系一年级新生并设置大学先修班，其他学校来浙大借读的学生也由浙大登记收读。学校经过勘察，决定以浙江丽水的龙泉县坊下村为校址，成立浙江大学浙东分校，后改名龙泉分校。分校招收文、理、工、农四院一年级新生，并设置大学先修班。分校创办初期仅设一年级，就读学生从二年级开始升入遵义总校继续学业。分校第一任主任为陈训慈，继之为郑晓沧，最后由路季讷担任。

1939 年 7 月，龙泉分校在永康招生，录取正取生 120 名，备取生 30 名。1939 年 10 月 1 日开学，11 日正式上课。1940 年分校参加统一招生，共计录取新生报到者 160 人和先修班 23 人。1941 年 8 月，增设二年级。1942 年 9 月，增设师范学院初级部国文科、数学科两班，每班 40 人。师范学院学生由浙江省教育厅保送 20 名，江苏、安徽两省各保送 20 名，不足之数由分校自行招生补足；师范学院 11 月正式开学上课。1944 年，师范学院设五年制国文、外文两系，并将师范学院初级部改称师范专修科。

分校开设之初，租用龙泉坊下村民房为校舍。1941 年起因学生人数增多，于是在离坊下村 1 公里的石坑垅村建师范学院教室及教职员和学生简易宿舍、大膳厅等房舍共八座。此后校舍即分为两部：一部在坊下，为行政各办公室及理、工、农三院学生学习与住宿之处；二部在石坑垅，为文、师两院及师范专修科学生宿舍及教室、膳厅等。

龙泉分校设分校主任一人，下设教务、总务、训导三处及会计室、军训总队。教务处设注册、出版两组及图书馆；总务处设文书、出纳、庶务三组；训导处设医务、体育卫生、生活指导三组。分校成立校务委员会，并设立招生、物价查报、贷金审查、经济审查、物资审查、应变等委员会。全分校设五个学院，文学院设中文系、外文系；理学院设数理系；工学院设机电系、化工系、土木系；农学院设农艺系、农经系；师范学院设五年制国文系、外语系及专科国文科、数学科。分校实施导师制，学生以 10 ~ 13 人为一组，每组有一位导师。

1941 年之前，在龙泉分校读书的学生读完一年级便须赴遵义读二年级；1941 年夏分校增设二年级后，则在第三年赴遵义学习。在战火纷乱的年代，学生们从浙东远赴贵州并非易事，仅路途费用压力就很大，1940 年学生入黔每人约需 400 至 600 元，学校补助 200 元；1942 年龙泉学生共 80 人分两批赴遵义，其中一批 37 人途经福建建瓯时遭遇盗匪抢劫，损失 10 万余元，部分学生箱笼棉被尽失，学校不得不紧急给予救助。

1942 年夏，日寇窜扰浙东，金华、衢州相继失陷。龙泉分校受到严重威胁，只得从 8 月 1 日开始暂迁至福建北部山区松溪县郊弥陀寺。当时闽北鼠疫流行，学校多名职员及教职工家属染疫而亡。好在丽水之敌不久就退去，分校于同年秋季返回龙泉复课。

龙泉地处浙闽边陲，山高溪窄，交通阻塞，土地贫瘠，加上当局的横征暴敛，当地人民生活十分贫苦，学校稀少。龙泉分校成立后，不久在坊下设立附属小学一所。小学除招收分校教职工子弟外，附近农民子弟入学读书的也很多，有的农民虽离坊下村较远，也慕名送子女来校入学。

龙泉坊下，因该村古时候有一座叶氏节孝牌坊而得名。在 1941 年的一次全校师生集会上，时任浙大龙泉分部主任的郑晓沧教授目睹学校四周芳草碧绿，耳闻坊下村里鸡犬之声，感受着异常浓郁的田园风味，触景生情，提出将坊下改作芳野，取芳草遍野之意。郑晓沧教授是浙江海宁人，海宁语音中“坊下”和

"芳野"同音。从此之后，芳野之名就沿用下来。如今的龙泉就只有"芳野"这个山村，而无"坊下"这个地名了。郑晓沧教授改村名的故事，也成为当地的美谈。

六、"求是"校训与校歌

1938年11月19日，在学校迁到广西宜山之后不久，竺可桢校长主持召开新学期第一次校务会议，会议决定以"求是"为校训，并请马一浮撰制校歌歌词。"求是"校训的确定和浙大校歌的创制，对于学校进一步弘扬求是精神、形成优良学风，具有深远的影响。

关于"求是"校训内涵，竺校长多次作过阐述。1939年2月，他在对一年级新生作题为"求是精神与牺牲精神"的讲演中说："浙大从求是书院时代起到现在可说已经有了四十三年的历史。到如今'求是'已定为我们的校训。何谓求是？英文是Faith of Truth。美国最老的大学哈佛大学的校训，亦意为求是，可谓不约而同。……所谓求是，不仅限为埋头读书或是实验室做实验。求是的路径，《中庸》说得最好，就是'博学之，审问之，慎思之，明辨之，笃行之'。单是博学审问还不够，必须深思熟虑，自出心裁，独著只眼，来研辨是非得失。既能把是非得失了然于心，然后尽吾力以行之，诸葛武侯所谓'鞠躬尽瘁，死而后已，成败利钝，非所逆睹'。"竺校长还在《科学之方法与精神》一文中进一步阐述求是精神的含义："近代科学的目标是什么？就是探求真理。科学方法可以随时随地而改换，这科学目标，蕲求真理，也就是科学的精神，是永远不改变的。了解得科学精神是在蕲求真理，吾人也可悬揣科学家应该取的态度了。据吾人的理想，科学家应取的态度应该是:（1）不盲从，不附和，一以理智为依归。如遇横逆之境遇，则不屈不挠，不畏强御，只问是非，不计利害。（2）虚怀若谷，不武断，不蛮横。（3）专心一志，实事求是，不作无病之呻吟，严谨整饬毫不苟且。”竺校长还在题为“壮哉求是精神”的讲话中勉励浙大学生勇于实践求是精神：“校训为‘求是’。实事求是，自易了然，然而言易行难，一旦利害冲突，甚难实行‘求是’精神。近世科学始祖首推哥白尼、伽利略以及布鲁诺三氏，除前一人著书外，后二人一秉求是精神，历险如夷，视死如归，以身殉科学。……壮哉求是精神！此固非有血气毅力大勇者不足与言。深冀诸位效之！”浙大从其前身求是书院创办时提倡的“务求实学，存是去非”，到竺可桢主持确立“求是”校训，一脉相承的求是精神贯穿在浙江大学一百多年的办学史中，成为学校文化精神的灵魂所在。

在确定了求是校训之后，校歌创制工作也随即展开。马一浮接受学校撰制校歌之托后，经过精心考虑和仔细斟酌，在20天之内向学校提交了所拟浙江大学校歌歌词，为便于对校歌词义的理解，马一浮还应学校要求对校歌歌词作了一篇说明。

12月8日，学校召开第二次校务会议，第一项议程便是讨论校歌问题。会议决定将马一浮所撰歌词请国内音乐家制谱。但是，校歌歌词的谱曲工作后来延宕了一年多，主要原因是没有找到合适的谱曲者。1941年6月，竺校长致函著名音乐家、歌唱家、国立音乐学院应尚能教授，请其试为歌词谱曲。8月7日，应尚能教授完成谱曲的工作，并寄给浙大。8月10日，在湄潭浙大附中礼堂，由“回声”歌咏队员演唱校歌歌曲。这是校歌的第一次正式演唱。

为了理解和宣传校歌，11 月 10 日，在遵义举行“总理纪念周”时，竺校长请中文系主任郭斌龢教授讲解校歌歌词。郭教授作了本校校歌释义的见解，这是校方对校歌歌词的第一次阐释。郭教授首先就有人对校歌歌词的异议做了极有说服力的解说：“对于校歌之意见，据个人所闻，大都赞成。偶有表示异议，感觉美中不足者，不外三点。一以为校歌太庄严，二以为校歌太难懂，三以为训诲意味太浓厚。其实国立大学之校歌，应当庄严肃穆，于纪念周开学典礼、毕业典礼及因特故开大会时唱之，令人感发兴起，油然生其敬爱之心。如遇球技比赛，欢呼踊跃，情绪激昂，自可仿照外国大学之例，于正式校歌外，另备一种校歌，并行不悖，相得益彰。至第二点，校歌本身，并不甚难，实因吾人对于经籍太不注意，故觉其难。歌词取材于《易经》《书经》《礼记》诸书，为先哲嘉言，有至理存乎其间，一经解释便觉豁然贯通。至第三点，此歌与箴诗为近，如韩愈《五箴》，虽称尔汝，实乃自责，师生彼此以最高理想互相勖勉，互相告诫，而非任何个人，训诲其他任何个人也。”接着，郭教授又简明扼要地概括了校歌的段落主旨：“此歌分三章。首章说明国立大学之精神。次章说明国立浙江大学之精神、发挥校训求是二字之真谛。末章说明国立浙江大学现在之地位，及其将来之使命。”

11 月 17 日，在郭斌龢教授讲解校歌一周之后，竺可桢校长在湄潭举行的“总理纪念周”上，亲自对校歌作了一次宣讲。据《国立浙江大学校刊》复刊第 102 期《总理纪念周·竺校长训话》一文记载：“十一月十七日，竺校长因公在湄，当主持该日湄潭本校第一次总理纪念周，并即席训话。略谓本校渴望有校歌者，积四年之久，后得马一浮先生制词，以陈义过高，更请其另作校歌释词一篇。然词高难谱，直至今春始获国立音乐院代制歌谱焉。考校歌为一校精神之所附丽，其有严肃性可知，故学生必善歌之，即至卒业离校、二三校友晤对时，亦可于引吭唱和中，依稀前事，永忆弗谖也。”

此后，学校在“总理纪念周”等场合经常演唱校歌。每年的新生始业教育，由老生教新生学唱校歌成为惯例，校歌就这样逐渐传播开来。许许多多海内外求是学子熟唱校歌、钟情校歌、践行校歌，校歌的影响力和感召力与日俱增。

浙江大学校歌歌词及白话译文

大不自多，海纳江河。	大海浩瀚而不自满，所以能容纳千江万河。
惟学无际，际于天地。	大学学问广阔无际，延伸到整个宇宙天地。
形上谓道兮，形下谓器。	超越形体的称为道，有具体形貌的称为器。
礼主别异兮，乐主和同。	礼制区别人们差异，音乐使民众和谐相处。
知其不二兮，尔听斯聪。	明白它们的统一关系，就会更加聪慧明智。
国有成均，在浙之滨。	有一所国立大学，在中国东南的浙水之滨。
昔言求是，实启尔求真。	它以求是为宗旨，其实就是启迪大家求真。
习坎示教，始见经纶。	学校教育循序渐进，方能培育出治国才俊。

无曰已是，无曰遂真。	莫言已把握事物本质，更莫言已穷尽真理。
靡革匪因，靡故匪新。	没有变革不需因袭，没有旧事物不需更新。
何以新之？开物前民。	怎样改革创新？探究事物，做大众的先导。
嗟尔髦士，尚其有闻。	诸位年轻的英才，应当明了这些重要道理。
念哉典学，思睿观通。	要专注于学业，力求思想深刻、识解通明。
有文有质，有农有工。	我们有人文、科学、农业、技术多种学科。
兼总条贯，知至知终。	要融会贯通，掌握知识的源流和实践运用。
成章乃达，若金之在熔。	日后成才成功，犹如真金经过熔炉的冶炼。
尚亨于野，无吝于宗。	要胸襟宽广，不偏守门户之见、宗派之私。
树我邦国，天下来同。	努力振兴祖国，使世界各国人民和谐共处。

七、科学研究成绩斐然

浙江大学在西迁过程的艰难日子里，仍然十分重视教学科研。尽管处于战时环境，浙大学术氛围浓厚，科学研究活跃。迁校中每到一地，教师稍事安顿就上课，尽力弥补迁徙中损失的时间，缩短寒暑假也要补足课时，考试也十分严格，绝不马虎从事。全校员工和教学人员一样，加班加点，支持教学。各学科还十分重视生产实践和科学实验。各系都有资料室和实验室，师生养成勤于实验之风，仪器不够时，白天晚上分班做实验。在遵、湄时期，学校的实验室、研究室达 62 个，还有实习工场和农场。当时，印刷和纸张都十分困难，但学校还是尽力保证各种定期和不定期学术刊物的出版，其中定期的有《国立浙江大学季刊》《科学报告》《工程季刊》《文学院季刊》《师范学院季刊》等 10 种，不定期的有《机械工程》《电子工程》《化学工程》《土木工程》《化工通讯》等 21 种，另外还出版《浙江大学校刊》等其他刊物 4 种，为师生提供了发表论著的广阔园地，并且流传于国内外学术界，真实地记录了浙大当年科研领域之广、成果之多、水平之高。学校以这些刊物与其他单位交换了不少有价值的书刊。这些刊物是用土纸和石印印刷的，中英文都凭手写，但印制十分精细。在黔北高原的破庙茅屋中，浙大教师的科学研究工作进行得有声有色，硕果累累。在当时中央研究院的科研记录中，浙大的学术论文甚多，名列前茅。

1944 年，英国的科学史专家、皇家学会会员、剑桥大学生物学家李约瑟博士（Joseph Needham）曾先后两次访问浙大。当时，李约瑟还担任英国驻华文化与科学协作代表团团长，这使他有机会到为躲避战乱而在中国内地办学的各所大学参观访问。

李约瑟第一次访问浙大是 1944 年 4 月 10 日，他从重庆赴贵阳，途经遵义，在浙大作题为“战时及平时之国际科学合作”的演讲。演讲结束后，由工学院院长王国松陪同参观了工学院实验室。晚上，与浙大师生进行座谈，整个行程只停留了不到一天。

李约瑟再次访问浙大是1944年10月，他应竺可桢校长邀请来到浙大，一是参加中国科学社成立30周年的纪念活动，二是参观考察浙江大学的科学研究情况。10月22日，李约瑟与妻子李大斐、剑桥大学动物学教师毕丹田及翻译到达遵义。李约瑟是中国科学社的名誉社员，科学社的纪念活动在湄潭浙大举行，因此李约瑟一行第二天即由竺校长陪同前往湄潭。李约瑟在湄潭期间，参加了中国科学社的庆祝纪念会，听取了浙大教授的论文报告，先后作了“中国科学史与西方之比较研究”“中国之科学与文化”等专题演讲，参观了化学、生物、数学、物理、农化等系，召开了数次座谈讨论会，还与一些浙大教授进行了单独探讨。李约瑟返回遵义后，仍然兴致不减，利用下午不多的时间参观了设在遵义的文学院史地系。李约瑟原定在浙大逗留三天，后来他认为可参观的东西和可看的论文实在太多，不得不一再延后，结果李约瑟夫妇等直到29日才离校。李约瑟对浙大在非常艰苦条件下的学术氛围之浓、师生科研水平之高，十分惊叹。他回国后，在1945年10月27日出版的《自然》周刊上发表的《贵州和广西的科学》一文中，对浙大的科研工作高度赞扬。他是这样记述的：“浙江大学位于重庆和贵阳间的遵义，是中国四个最好的大学之一。校舍大部分是借用年久失修的庙宇；又因为遵义空屋不够容纳全部，所以理学院和农学院就设在向东约75公里的一个秀丽的县城——湄潭。……浙大起初虽有三辆卡车和一辆小汽车维持交通，但已经破旧得无法修理，也无新车补充。年高望重的学者和院长们，往来遵义湄潭之间，须得攀上满载的军用卡车，途经人烟稀少的郊野，有时竟需历两天之久。……在湄潭，研究工作是很活跃的。生物系正在进行着腔肠动物生殖作用的诱导现象和昆虫的内分泌素等研究。这里关于甲虫类瓢虫所有奇异的色彩因素的遗传方面的工作，在美国已引起很大兴趣。较有名的工作有磺胺类药剂的衍化物的研究（有几种业经证明具有促进植物生长的功效）。在物理方面，因为限于仪器，工作侧重于理论的研究，如原子核物理学、几何光学等，水平显然是很高的。这里还有一个杰出的数学研究所。……具有广大试验场地的农科研究所，也正进行着很多工作。该所发现本地所产的一种野蔷薇的果实（即刺梨）里，含有多量维生素 C，并在枣子里找到维生素 P。该所又在研究贵州著名的茅台酒所用的酒曲。这种酒曲除酵母菌之外，还包含特地配入的药材不下 28 种之多。……这一点甚至有军事上的重要性，因为一部分供盟国军用卡车在中国路面上应用的动力酒精，是从传统方法制成的烧酒送到中央蒸酒厂蒸馏而得的。土壤方面，进行着氢离子浓度的研究和土中微量元素如镍、锌等的研究。特别注重研究茶、豆、蔬菜等作物的关系。”

其实，李约瑟所看到的科研成果和艰苦情况，还仅仅是一部分。浙大的各个院系，包括遵义、湄潭两处的许多研究工作都处于当时的科学前沿。

李约瑟在参观浙大时的谈话中盛赞当时由清华、北大、南开大学在云南昆明联合办学的西南联大是“东方的牛津”，而浙大是“东方的剑桥”。他在回国后的一次演讲中，又称浙大、西南联大可与牛津大学、剑桥大学、哈佛大学相媲美。从此之后，浙江大学“东方剑桥”的称誉不胫而走。李约瑟博士称赞浙大为“东方剑桥”，这固然从一个侧面反映出当时浙大教学、科研的成就和水平，然而，客观地讲，浙江大学的整体学术水平与世界顶尖大学还是有相当的差距。李约瑟来到战乱中国大后方，看到在西南边陲的小县城有这样一所高水平的大学，云集如此多的知名学者，产生这样多的高水平论文成果，其惊讶、惊喜，乃至惊叹，这是很自然的。他对浙大的盛赞，更多应当理解为这位著名科学家对浙大在艰难困苦中办学，始终坚持科学精神和纯正学风，与西方最具盛名的大学有相通之处，而抒发的敬佩之情。

文学院的学术成果也很多，包括对遵义地区的地理和历史进行的研究，开展的考古和地质野外考察。张其昀主编的《遵义新志》，谭其骧的中国历史地理学研究和《播州杨保考》，竺可桢的《二十八宿起源考》，张荫麟的《中国史纲》，刘之远的《遵义锰矿》，任美锷与施雅风的《遵义地形》，缪钺的《诗词散论》，夏承焘的《词学》，王季思的《中国古典词曲研究》，费巩的《政治经济学研究》，丰子恺的中国画论，叶良辅的《地理学研究法》，以及师生合作对贵阳、遵义、湄潭的气候、地形、地面发育、地理环境与人生关系等专题的研究论文，都是极有价值的研究成果。

理学院的科研成果尤其突出，如苏步青的微分几何学研究，陈建功的三角函数论研究，钱宝琮的《金元之际数学的传授》，王淦昌的中微子研究以及《中子与反质子》和《五维空间场》（与程开甲等合著）等论文，束星北的相对论研究，卢鹤绂与王谟显的量子力学研究，周厚复的原子理论研究，何增禄的光学研究，朱福炘的应力研究，贝时璋的细胞重建研究，罗宗洛的植物生理学中微量元素研究，谈家桢的遗传学研究，张肇骞的植物分类学研究，王琎对中国化学史的研究和古钱币的分析研究，王葆仁对氨基苯磺胺衍生物的合成的研究，张其楷对有机药物合成的研究等，都取得了科学前沿的重大成果，有的还被认定为世界性的重大发现。1941年冬，为祝贺贝时璋教授任教浙大12年，在湄潭举行了以贝时璋教授研究课题“性因子、性遗传”为主题的盛大学术报告会。会上，竺可桢、罗宗洛、谈家桢、张孟闻、江希明等教授都作了学术报告。1942—1945年，中国物理学会贵州区年会先后四次在湄潭召开，宣读论文50余篇，其中一部分论文由李约瑟夫妇带回，在英、美等国发表。

工学院王国松的电工数学研究，李寿恒中国煤炭的研究，钱令希的悬索桥理论和余能定理的应用研究，钱钟韩的工业自动化研究，苏元复的萃取理论和工艺的改进，侯毓汾的活性染料研究，丁绪淮的化工原理研究等，都取得了高水平的研究成果。

农学院的成果则更多因地制宜，密切结合当地农业生产。如卢守耕的水稻育种和胡麻杂交，孙逢吉的油菜变种研究，吴耕民的甘薯、西瓜、洋葱等蔬菜瓜果新品种在湄潭的试植和推广及胡桃、李梨的研究，熊同和的植物无性繁殖，林汝瑶的观赏植物研究，杨守珍的豆薯各部的杀虫研究，彭谦与朱祖祥的土壤酸度试剂，蔡邦华与唐觉的五倍子研究，陈锡臣的小麦研究，过兴先的玉米和棉花研究，储椒生的榨菜研究，罗登义的营养学研究，陈鸿逵与杨新美的白木耳栽培研究，葛起新的茶树病虫害研究，祝汝佐的中国桑虫研究，杨新美的贵州食用蕈人工栽培，蔡邦华的西南各省蝗虫、马铃薯蛀虫、稻苞虫研究，夏振铎的柞蚕寄生蝇研究，王福山的上蔟吐丝中蚕儿绢丝物质之增长现象研究，郑蘅的柞蚕卵物理性状等研究，都结合生产实际取得了高水平的研究成果。

师范学院郑晓沧的教育论著与译作，黄翼的物理心理学研究，陈立的智力测试与人格测试的研究，都是当时的新兴学科研究成果，在国内外备受关注。

王淦昌教授一直从事核物理的研究，尤其擅长实验物理。早在柏林大学时，王淦昌就有一次与诺贝尔奖擦肩而过的经历。当时，他师从被爱因斯坦称誉为“柏林大学的居里夫人”的著名女物理学家迈特内教授，他曾经一再向迈特内教授提出用云雾室代替探测器来重复玻特的一个实验，对 γ 辐射的性质进行深入探索。王淦昌意识到，这有可能产生重大发现。遗憾的是这个创想没有被采纳。两年之后，另一位物理学家查德威克正是采用了王淦昌提出的实验手段——用高压电离室、计数器和云雾室——来重复玻特的实验，证实了一种新粒子的存在，并计算出这种粒子的质量，后来这一粒子被称为中子。1935 年，查德威克因发现中子而获得诺贝尔物理学奖。在湄潭期间，王淦昌又把目光投向当时的另一个热点，即中微子存在的研究。经过深思熟虑，他把自己的想法写成论文《关于探测中微子的建议》，于 1941 年 10 月 13 日寄往美国，《物理评论》以最快的速度，于 1942 年 1 月在第 61 卷 97 期刊出。这个成果在国际学术界具有划时代的意义。仅仅过了 5 个月，美国物理学家艾伦就在 1942 年 6 月的《物理评论》上发表了《一个中微子存在实验证据》的实验报告。在报告的引言中，艾伦明确表示，他是按照王淦昌的论文所提出的建议完成这一实验的。后来，由王淦昌首先提出，艾伦实验室最先开展实验的这一探测中微子的方法，就被物理学界称为“王淦昌 - 艾伦实验”。尽管在遵义艰苦的学术条件下，王淦昌并没有能够实现自己亲手证实中微子存在的梦想，但他所做出的重大贡献得到国际物理学界的公认。

当时，浙大的数学系和生物系在全国有很高声誉，部聘教授是高校教授中的翘楚，数学学科部聘教授全国只有 3 人，而浙大陈建功和苏步青为其中 2 人。物理系、化学系、化工系、史地系、电机系等也很有名。浙大的学生在全国学业竞赛和公费出国留学生选拔中常常名列前茅。浙大的声誉日隆，成为当时全国少数最好的大学之一。

这些成果都是在破庙陋室中取得的，没有电灯照明，没有电炉加温，没有温室和冰箱等设备，条件十分艰苦，甚至有时还不得不冒人身安全风险。生物、农业各系显微镜不多，师生轮流使用，实验一直要做到深夜。物理、化学等系自制暗室和感光胶，用人力摇机器，自己动手吹制玻璃用具，用皮老虎鼓风，用酒精蒸气代替煤气，用汽车引擎来发电，用酒精和木炭代替汽油，甚至要在烈日下工作，利用阳光做实验。生物系和农学院各系用油纸代替玻璃建造温室，用竹竿做导管，用木桶过滤取得自来水，用废信封做育种袋，用竹签代替回形针，用瓦盆做蒸发皿，等等，真是人人有主意，个个想办法，克服种种困难去完成科学实验。正是爱国、求是、献身的精神，激励着浙大师生克服重重困难，在科学道路上不断奋进，为祖国的教育科技事业做出重要贡献。

八、浙大西迁办学的深远影响

首先是对我国教育、科技事业的贡献。

浙江大学的西迁办学，对学校自身的发展有着深远的影响。同时，也对中华民族的文化科技发展做出了重要贡献。

一是提供了一个在当时情况下适合中国国情的发展高等教

育的成功范例。多年来，一大批有志、有识之士都在探索发展中国高等教育的最佳途径，但往往未能取得良好的结果。在中国的高等学校中，像浙大那样，在战乱中学校整体经历四次大的辗转迁徙，跋涉数千里而弦歌不辍的并不多见；像浙大那样，在极端艰难困苦中没有被削弱反而崛起的更加难得。竺可桢校长和他的同事们，正是在万难之中，根据当时的时势、地利、实情，摸索出发展高等学校的有益经验，探索出了大量的办学实践规律性，不仅丰富了中国高等教育史，同时也为中国高等教育的日后发展提供了很有价值的经验。

二是集聚和保护了一大批重要的科学家和著名学者，也培育了数量可观的优秀青年知识分子。在外敌入侵、家园破碎的境况下，浙江大学的西迁使一批不愿做亡国奴的爱国知识分子有了落脚安身之地，他们虽然跋涉数千里，却始终能在相对安定的环境中从事教学和学术研究活动，尤其在定居遵义、湄潭之后，更是获得近七年的宝贵时间。据不完全统计，当时在浙大任教而日后当选为中国科学院学部委员及院士的有王淦昌、王序、王葆仁、贝时璋、卢鹤绂、刘恢先、冯新德、向达、朱祖祥、任美锷、苏元复、苏步青、吴征铠、吴浩青、陈建功、张肇骞、罗宗洛、竺可桢、涂长望、徐芝纶、谈家桢、钱令希、钱钟韩、梁守槃、黄秉维、谭其骧、蔡邦华、蔡金涛等28位；当时在浙大学习或毕业的学生日后当选为中国科学院院士和工程院院士的有毛汉礼、叶笃正、池志强、杜庆华、谷超豪、张友尚、张直中、陈吉余、陈述彭、陈耀祖、施教耐、施雅风、施履吉、胡济民、郭可信、侯虞钧、姚鑫、徐僖、徐承恩、钱人元、黄文虎、程开甲、程民德、谢义炳、谢学锦、戴立信等26位。还有当时曾在浙大物理系学习的李政道日后获得诺贝尔物理学奖，为中国科学院外籍院士。

在西迁时期浙大工作过的颇有声望的教授还有：丁绪贤、丁履德、么枕生、王庸、王琎、王国松、王驾吾、丰子恺、方重、田德望、叶良辅、孙宗彭、束星北、何增禄、朱庭祜、刘宝善、刘潇然、萧璋、陈立、陈嘉、陈乐素、陈鸿逵、李春芬、李寿恒、李浩培、李熙谋、吴耕民、吴钟伟、佘坤珊、沈思岩、孟宪承、罗登义、郑晓沧、范绪箕、杨耀德、周厚复、张德庆、张荫麟、张其昀、胡刚复、贺昌群、柯元恒、费巩、俞子夷、夏鼐、钱穆、钱宝琮、徐震锷、郭斌和、黄翼、黄尊生、梁庆椿、梅光迪、储润科、舒鸿、缪钺、蔡堡、潘承圻、潘渊等。

参加过西迁，日后在我国的科技文化教育事业及其他各项事业中做出贡献的人才就更多。正如地质学家叶良辅教授对学生所说："我们教导诸位，是否成功，要看诸位毕业之后，做人做事的成绩如何。诸位的成绩，远在若干年后，方可明白。所以我们是否成功，亦须等到若干年后，才见分晓。"现在，半个世纪过去了，从浙大毕业生所取得的成就，更可以证明浙大当年培育人才是成功的。

以史地系地学组为例，单史地系地学组就培养出众多的优秀人才，可见培养质量是很高的，对社会的贡献是很大的。学术界对浙大在遵义时的地质地貌学评论道，当年的遵义是"我国地貌学的温床，许多地貌学的分支学科就是那时期播下的种子。到了解放以后，发芽成长，逐步茁壮"，如河流地貌学、冰川学、河口海岸学、第四纪地质、遥感科学、地貌制图，以及地貌学在工程地质和矿产地质中的应用等。在遵、湄时代，叶良辅教授直接指导的研究生有 9 名，他们专攻地貌学或地质学某个方面。解放以后，这些研究生都在发展新中国的地质科技事业中起到骨干作用，并开拓了若干新领域。如严钦尚的第四纪沉积研究与地貌教育，沈玉昌的河流地貌学研究，杨怀仁的第四纪地质、环境变化研究与地貌教育，陈述彭的遥感应用、地理信息的地貌制图研究，施雅风的冰川研究，陈吉余的河口与海岸研究与教育，丁锡祉的区域地貌研究与教育，蔡钟瑞的水利水电工程地质研究和应用，李治孝的浙江地质矿产的研究应用和教育，均卓有成就。在地学方面，知名度较高的学者有地理学家赵松乔、谢觉民、杨利普等，海洋学家毛汉礼，气象学家叶笃正、谢义炳、姚宜民、张镜湖等多人。其中叶笃正、谢义炳、施雅风、陈述彭、毛汉礼、陈吉余均为中国科学院院士；谢觉民任美国匹兹堡大学终身教授；姚宜民曾获美国政府金质奖；张镜湖长期任美国夏威夷大学教授，后任中国文化大学董事长。其他担任研究员、教授、高级工程师、大学校长和厅局级领导工作的更不乏其人。

叶笃正（1916—2013），天津人。本科毕业于西南联大，1940 年考取浙江大学攻读研究生，师从浙大著名地理气象学家涂长望教授。他的导师希望他在大气电学领域为中国的气象事业做出成就，便介绍他在著名物理学家王淦昌指导下，开展“湄潭近地层大气电位的观测研究”这一课题。叶笃正后来回忆说：“我的一篇可供发表的论文，也就是我的硕士论文，就是王先生手把手教出来的。……我后来的一生中，能在科学上有点成就，王先生对我启蒙式的指导是有功劳的。”在浙江大学完成研究生学业后，叶笃正赴美国留学，获得芝加哥大学博士学位。1950 年回国，历任中国科学院地球物理研究所研究员、室主任，大气物理研究所研究员、所长，中国科学院副院长等职。叶笃正因在建立青藏高原气象学、发现大气环流的突变、提出大气能量频散理论、倡导与可持续发展相联系的全球变化研究和人类有序活动对全球变化影响的适应等方面的突出贡献，被授予中国 2005 年度国家最高科技奖。

物理系在王淦昌、束星北等教授指导下，也培养出了一批杰出的科学家。诺贝尔奖获得者李政道曾在浙大求学，从王淦昌、束星北等教授那里得到物理学的启迪；另外还培养出了胡济民、邹国兴、程开甲、冯平贯、忻贤杰、汪容、吕敏等物理学家和生物物理学家梅镇安。

李政道，1926 年出生于上海。1943 年到 1944 年就读于浙江大学。在浙大读书时，原先是学化学的，在束星北、王淦昌等老师的影响下，才对物理产生兴趣，转读物理系。1944 年秋天，李政道萌生中断学业、投笔从戎的想法，又是束星北和王淦昌珍惜他在物理学方面超人的天赋，极力劝阻，王淦昌还把当时遭遇车祸受伤的李政道接到自己家中，一方面养伤，一方面防止他鲁莽从军。李政道在回顾他的一生时，总是把在浙大求学的那一段生涯，看作他人生一次非同寻常的起点。“我在浙大读书虽然只有一年，但追寻西迁的浙大却用了三个年头，青春岁月中的四个年头我是与浙大紧密相连的，以此为起点，物理成了我的生活方式。一年‘求是’校训的熏陶，发端了几十年来我细推物理之乐。母校百年，我在一年，百中之一，已得益匪浅。”

化学系培养了物理化学和高分子物理学家钱人元、有机化学家戴立信、生物化学家王道裕、药物化学家郑家骏等。

生物系谈家桢教授在湄潭时期培养的研究生盛祖嘉，1946

年到美国攻读博士学位，从事红色面包霉遗传学研究，现已成为我国著名的微生物遗传学家。施履吉在湄潭跟随谈教授从事植物细胞遗传学研究，在染色体行为、染色体精细结构方面颇有创新，1946 年去美进修，从事细胞生物和发育生物的研究，现为著名的分子生物学家、中国科学院院士。刘祖洞解放前夕去美攻读博士学位，开始从事哺乳动物遗传学研究，后专攻人类遗传学，在动物和人类遗传方面成绩显著，为开拓和发展我国人类和医学遗传学做出很大贡献。徐道觉在湄潭从事植物和果蝇的细胞遗传学研究，抗战胜利后去美攻读博士，从事果蝇种系演化的研究，后从事人体染色体的研究，由他发明的特殊技术，首先修正人类染色体数量为 23 对、46 条，一改以往学术界认为的人类染色体数量为 48 条的结论，这一成果作为人类遗传学发展中的一大突破，在国际上享有很高的评价。

在数学系，陈建功、苏步青教授指导的学生中，谷超豪是中国科学院院士，张素诚是中国科学院数学研究所研究员，白正国是浙江大学数学系教授，吴祖基是郑州大学数学系教授，熊全治任美国理海大学数学系教授。他们都在数学的相关领域取得了突出成就。

浙大西迁时期共有八届毕业生，加上离开贵州时还是一、二、三年级的学生，又加上在附中求读的学生，有 4000 多名学生经历过西迁。他们毕业之后，在各自岗位上，均以求是学人自勉，勤奋踏实，为中华民族的富强昌盛做出了应有的贡献。

其次是对地方科技文化和经济发展的贡献。

浙江大学迁驻遵义不久，竺校长曾在日记中写道，浙江大学抗战时期“在贵州更有特殊之使命。昔阳明先生贬窜龙场，遂成知难行易之学说。在黔不到二年，而闻风兴起，贵州文化为之振兴。阳明先生一人之力尚能如此，吾辈虽不及阳明，但以一千余师生竭尽知能，当可有裨于黔省”。实际上，在西迁过程中，竺校长一直要求浙大师生“竭尽知能”，为地方做出贡献。这种强烈的使命感和责任感一直鞭策和激励着浙大的每个教师和学生，浙大师生也确实为当地人民做了许多有益的工作。

一是在闭塞落后的山区输入了东南滨海地区相对现代的文明和科技文化气息。浙江大学所迁居的地方，基本上是较为偏远的山区，交通不便，经济落后，现代文明和科技文化知识触及有限。浙大每到一处，都给所在地区带来一股新鲜的空气，甚至对当地的民风习俗产生长久的影响。直到现在，泰和、宜山、遵义、湄潭等地的干部都能切身体会到，他们那儿的群众，就是最普通的农民，也比周围别的地区的更加开放，更加容易接受新事物。浙江大学当年播下的现代文明种子，已经深深植根于当地民众的土壤中。

浙江大学在遵义、湄潭时间最长，这种影响也最为明显。黔北在贵州省虽属开明的地区，但是出于历史的原因，在 40 年代还处于封闭式的自然经济状态，浙大有工、农、文、理、师范诸多学科，对社会生活的很多方面都发生影响。

浙大在遵义就开展过多种形式的科普宣传。当时，遵义百姓还不知“电”为何物，“引擎”何等模样。工学院利用 6 月 6 日“工程师节”，在遵义东门外举办展览，供当地乡亲参观。展出的有飞机残骸及电话、电灯、柴油机、发电机、电焊等，都使当地老百姓为之耳目一新。土木方面，拉力、压力等多种试验，也引起人们的浓厚兴趣。化工系的肥皂厂采用当地的原料，通过恰当配比，用简单的操作便生产出肥皂，更是让群众惊讶不已。这样的展览，都起到了启发民智、普及现代科学知识的良好作用。

二是推动了中小学教育，并以良好的学风长远地影响着当地的教学风气。浙江大学迁驻江西泰和时创设的澄江学校，由浙大推选四位教授组成校董会，由热心教学的大学生兼任教师，从而改变了原来乡村小学师资程度低下、教学设备缺乏等状况，使得农村儿童和搬迁中的浙大教职工子弟得到比较良好的教育。后来这所学校改称县立上田村小学，以后又为省立实验小学接办，对当地教育事业的发展起到了推动作用。

遵义原来只有一所师范学校，而且是全地区教育层次最高的学校。浙大到遵义后，曾将贵州与广西两省的中等教育学校作为浙大师范学院所属的辅导区，对教师的培训计划、教学大纲的制定和教学示范，都做了许多具体工作。1941 年 4 月，在遵义召开了教学辅导会议，开办教师进修班、暑期讲习会，都由浙大教授主持。浙大还协助桂、黔两省教育厅视察各学校和编印辅导期刊。1944 年春还开办了教员函授学校。浙大由工、农、师范三学院辅导贵州的工业、农业职业教育和英语教育，组织了“社会教育推行委员会”，由教育学会、学生自治会及师范生联合组成“社教工作服务队”，开展多项社会教育活动，如举办学术讲座、开办民众学校、开办青年补习班、设立民众阅览室、设立民众代笔问事处及民众问题箱、举办各种展览等。浙大在湄潭，除举办民众识字教育外，还协助地方进行防空训练、防毒知识传习及职业补习教育等。

浙大附中在湄潭建立后，使当地许多要求上进的青少年学生获得了良好的教育。浙大师生在遵义、湄潭、永兴三处的师范和中、小学任课，为地方人士的子女做家庭教师，担任数、理、化、英语、史地、语文、教育、体育、音乐、美术等课的教师，缓解了各校师资缺乏的现实困难。

特别是浙大师生诚朴求是严谨的学风，对当地的学风产生了深刻的影响。许多学生的家长都十分钦佩浙大学生刻苦学习的精神，鼓励子女求学上进。遵义的青年以往多以经商、做小职员为前途，自此也发生重大变化，读书的风气日渐浓厚，大学生和中学生的人数有了很大增加。遵义地区在贵州省内本属文化相对发达的地区，自浙大迁驻后，这种优势就显得更加明显。而且，这种学风代代相传，长期发生影响。至今，遵义的文化仍处于贵州地区先进地位，考入高等学校人数处于前列，浙大的影响是原因之一。

三是推动当地农业科技的应用和高级农技人才的培养。1938年，浙大在江西泰和时，就和江西省政府联合，创建了沙村示范垦殖场。当时，苏、浙、皖等地的大量难民为避战乱流落来到江西，缺乏生活依靠，于是浙大和江西省政府商议合办垦殖场，以解决一部分人的居住和生计问题。沙村附近高垄一带有荒田600余亩，正好用于垦殖，浙大分派土木系工读学生勘定、测绘，并由农学院负责主持筹划，两位浙大毕业生具体指导，规范田块，传授技术，进行开垦种植。沙村垦殖场安置了140名战区难民和从部队下来的伤兵，实行集体经营，既使难民的生活有所着落，也使农垦事业有所推进。竺校长对泰和县农村衰败、人丁锐减的情况也甚为关切，特地嘱托在垦殖场工作的两位毕业生对吉安地区11个县区的部分乡村进行调查，他们靠步行整整调查了三个月，获得了当地农村的不少情况和资料，对当地农业的发展起到一定作用。

浙大在遵、湄近七年，更是在推动黔北农业的发展方面发挥了重要作用。农学院专门设立了农业推广部，先后进行马铃薯、番茄种植的推广，开展了黔北病虫害防治，蔬菜种子的推广，西瓜的试植，胡桃育种的推广等。促使当地的西瓜、油菜、甜瓜、番茄、洋葱等农作物的种植有了较大的发展。贵州以往很少种小麦，不少地方冬季栽培的竟是损害人民健康的鸦片。浙大师生及其他内迁人员到遵义后，加速了当地小麦良种的选育和推广，扩大小麦栽种面积，并建立面粉加工厂。水稻的优良品种也得到推广。其他如蚕桑、白木耳和食用菇的人工栽培等，都直接影响着当时和现今遵义地区的农业生产格局。

特别要提到的是湄红茶的研制。当时在湄潭附近由浙大协助建设了占地 200 余亩的中央茶场试验地，研制了湄红茶，现已发展成万亩茶园，“湄红”“湄绿”“遵义毛峰”等如今都是名扬海内外的名茶，十分畅销。

农学院农化系主任罗登义教授对野果刺梨营养成分的研究，证实刺梨的维生素 C、F 的含量十分丰富，且人体易于吸收。罗登义确认正常人每人每日吃刺梨半个，即可满足对维生素 C、F 的生理需要，因而称之为普通人养生的“新山珍”，使刺梨身价百倍，一跃而成为含维生素 C、F 的蔬果之王。这一研究蜚声国内外，英国学者李约瑟博士访问浙大后，曾称刺梨为“罗登义果”。现今贵州已开创了独特的刺梨食品工业，制作刺梨酒、刺梨饮料等系列食品，畅销国内，也有外销，刺梨深度加工的前景方兴未艾。

农学院蔡邦华和唐觉师生当年对五倍子的研究成果，为遵义生产倍酸提供了科学依据。解放后，遵义第二化工厂的成立和发展，即以五倍子为原料，生产六个主要产品：工业没食子酸、医药用鞣酸、焦性没食子酸、试剂没食子酸、试剂鞣酸和工业单宁酸。这些产品已全部实现优质化，远销美国、日本、巴西以及东南亚各国。

浙大还和地方合作，创办职业学校，传播农业技术，培养农业专门人才。1943 年，竺校长向贵州省省长建议，发挥浙江大学的师资力量，在湄潭办一所学校，为当地培养职业人才。建议很快被采纳，由当地政府解决办学场所，浙江大学的教授、助教为学校主要师资力量，学校定名为“贵州省湄潭实用职业学校”。学校开设了“茶叶”和“蚕桑”两个专业，首批招收学生 100 多人。后来又增设了“农学”专业，浙江大学派出了农学院园艺系、蚕桑系的骨干教师义务担任该校老师。

浙大在遵、湄七年，为贵州省培养了许多农业专业人才，除了本省的子弟，还有许多外地学生留在贵州工作。这些毕业生，对贵州的农业生产和科技发展做出了很大贡献。如当年农学院罗登义教授，长期留在贵州，后成为贵州农学院院长，为发展贵州农业教育和科技做出很多成绩。还有许多浙大校友长期在贵州坚持农业科学研究、农业教育、农业生产以及其他农业部门的工作，都有不同的成就。

四是关心人民疾苦，推进公益事业。浙大在江西泰和时，就曾发动和组织当地群众建造赣江防洪大堤。当时，赣江主流所经，两岸大多为平原，泥沙淤积，夏天大雨时，几乎年年泛滥。上田村的楼壁墙角，以往水淹的痕迹斑斑可见。当地人民屡遭水害，无力防治。浙大到来后，即与江西省水利局及泰和县政府三方会合商量，决定修筑防洪堤，由地方出钱，浙大负责全部技术工作。为此，组成堤工委员会，推选竺校长为主任委员，文理学院院长胡刚复教授亲自指挥筑堤工程，浙大土木系的工读学生在教师指导下测量水位和堤基。浙江大学是 1938 年 2 月 18 日由吉安迁泰和的，4 月底即开工建堤，到 6 月底完工。防洪堤东起泰和县城，西至梁家村，全长 7.5 公里，所有土方、涵洞、水闸等工程都如期完成，建堤民工最多时有 800 人。虽然当年恰逢雨量少，未发水灾，第二年即发洪水，因有大堤庇护，当地人民未遭水害，纷纷赞誉浙大的功劳。此后，上田村一带一直没有再遭水灾。新中国成立后，政府屡次组织民工加固堤防，当地群众特别是老年人，一直赞扬浙大师生在抗战时兴建的“浙大防洪堤”。江边还设有一码头，当时叫“浙大码头”，后来又称“浙江码头”，名称一直沿用。

浙大师生定居遵义不久，竺校长就向当地政府提出三点建议：一是建议政府设立收容乞丐的机构，使贫民的生活得到救济；二是修理当时的中正桥（现名新华桥），以便利遵义新、老二城的交通；三是明令征收房租税，用来改良街道和卫生设施，以利市民健康。此后，又建议加强防空设备和消防设施，以防敌机空袭。在竺校长的倡导和亲自参与下，浙江大学还特别针对遵义地区做了一件好事：减少本地鸦片烟民。当地有些居民原有一些不良习俗，烟民较多，身体孱弱，且很难戒绝。浙大在竺校长发动下，组织学生举行义演活动，为贫苦烟民募集戒烟费用，活动搞得轰轰烈烈，既筹集到一定经费，又宣传了戒烟。学校还与地方政府合作筹设了一所戒烟处，免费为贫苦烟民戒烟，使地方卫生院顺利推行戒烟令，对移风易俗、戒绝恶习起到良好的作用。

1946年，浙大即将复员东归。校行政会议决定将部分学校财物无偿移交遵、湄地方政府；部分图书留赠当地学校。这些财物包括新建的全部房屋和用具，以及无法运走的机械实验设备。其中一台180马力的柴油机留在遵义，解放后经修复和改装，于1951年在狮子桥头建立起遵义人民电厂，后来发展成为现代化的遵义火电厂。留下的房屋则用作多所中、小学的校舍。

五是协助搬迁四库全书，保存民族文化瑰宝。西迁中，浙大还做了一件意义重大、有利于保存民族文化瑰宝免遭战火之灾的好事，就是协助浙江省搬运文澜阁的四库全书到安全处所。清乾隆时编纂的四库全书，当时共抄写了七部，其中三部早已被毁，原在热河、奉天的两部在抗战开始后已陷敌手。余留的二部，原在北京故宫文渊阁的一部已迁四川。原在杭州文澜阁的一部，共36000多册，在"八·一三"淞沪会战前由浙江图书馆装成140箱运到富阳乡下存放；后日军进逼，省图书馆馆长陈训慈想把它运至建德，但省里未给经费，竺可桢得知后马上派校车帮忙运到建德。此后省图书馆又把它运到龙泉乡下。浙大迁到江西后，竺校长担心四库全书的安全，认为在龙泉也不安全，特地致电教育部，指出四库全书应及早迁到内地，并表示浙大愿意派人协助。教育部复电同意竺校长的意见，准备迁到贵阳，要求浙大协助迁运。竺校长即指派一位教师回到浙江，与有关部门商议，几经周折，终于会同浙江图书馆起运出省，途经五省，历程2500余公里，全部安全运抵贵阳附近的地母洞存放。浙大迁到贵州后，竺校长几次到地母洞了解情况，并对保管工作中的问题提出改进意见，使这一文化瑰宝得以安全度过抗战时期，战后运回杭州。

六是团溪锰矿的勘定和开发。遵义农民挖掘锰矿为时很早，但长期误认为是铁矿，冶炼不成，几近浪费。浙大搬迁至遵义之后，在史地系叶良辅教授指导下，由刘之远副教授带领史地系学生跋山涉水，到团溪等地进行地质调查，终于发现团溪锰矿。矿石标本经工学院化验，认定为品位较高的锰矿，而后由土木系师生测定矿区地形图，并向当地的资源委员会提交调查报告。这一战略金属的发现，引起有关部门的重视，遵义锰矿才正式有了小规模的民营开采，为当地锰矿业的发展奠定了基础。经几十年的发展，20 世纪 80 年代中期，遵义的锰矿企业已成为我国第一家专业生产铁合金的企业，拥有采矿、选矿、烧结、冶炼等综合设施。其生产的金属锰是全国独家生产的短线产品，结束了我国以往必须全部进口金属锰和中低碳锰铁用于生产高级合金钢的历史。此外，当地利用锰粉又建成另一家化工企业——遵义化工厂。该厂研制成功的针状高锰酸钾，含量达 99%以上，填补了我国高锰酸钾生产的空白，产品畅销国内外。

七是《遵义新志》的编定。浙大史地研究所张其昀教授等致力于遵义的实地考察，在地质、地形、气候、土壤、人口聚落、土地利用、产业、交通、民族、史迹等方面都做了详尽调查和研讨。经过数年努力，编纂成《遵义新志》一书。遵义旧有《遵义府志》，偏重地方史料，而新志则为地学著作，特别重视地图的测绘，这对当地工农业的开发，更具有实际意义。如土地利用一章，以 1940 年陆地测量局出版的五万分之一的地形图为蓝本，根据实地考察资料，将耕地、森林、荒地、道路、房屋的分布，均填绘成图，并加以解释和建议。这种土地利用图的绘制，在当时国内尚属首次。《遵义新志》中关于遵义农业改良的若干结论，均实事求是，可作为遵义地方建设的重要依据。《遵义新志》不仅是珍贵的文化遗产，而且对遵义地区的经济开发有长远的参考价值。

九、遵义人民的深情厚谊

浙江大学的西迁，有四次大规模的举校迁徙，先后在浙、赣、桂、黔的天目山、建德、吉安、泰和、宜山、遵义、湄潭、青岩、永兴办学，还在浙江龙泉建立了分校。浙大每到一地，都受到当地政府和人民群众的热烈欢迎，得到他们的大力支持。这在炮火连天的战乱岁月，是十分难得的，也使浙大和当地人民建立了深厚的情谊。尤其是在贵州的遵义、湄潭，浙大在这儿留驻时间最为长久，浙人人也最为难忘。

浙大西迁遵义，并非原定计划，贵州省政府与遵、湄人民起了重要的促进作用，表现出内地父老乡亲对教育的珍爱和对科学文化的向往。1938 年底，广州失守，武汉陷落，长沙大火，桂北顿时紧张。浙大决定搬离宜山，其目标先在贵州安顺、贵阳以及定番等地，后以战局稍稳作罢。但广西疟疾流行，且敌机多次轰炸宜山，为师生安全考虑，浙大再迁才成定局。1939 年 2 月，竺校长在前往重庆时经过遵义，对遵义物价稍作了解，但以无电灯和建筑不佳，未作决定。3 月赴渝，仍拟迁云南建水，以免入黔运输困难，后因教育部主张留桂暂不动迁而作罢。5 月，敌机轰炸重庆，死伤 2000 人，教育部才同意浙大迁黔。6 月，学校成立迁校委员会，竺校长综合了多方面意见，大体赞成迁往湄潭。经过文学院梅光迪院长事先赴黔、渝洽商，已有初步打算，竺校长决定亲自赴湄潭察看，进一步了解沿途运输条件、物产、民情风俗及可用房舍。6 月 14 日，竺校长抵达湄潭，当地县长陪同巡视各处可用的祠庙屋宇，湄潭 21 个团体又联合集会热烈欢迎浙大迁湄，当地居民甚至表示愿建屋出租，省府当局也以湄潭文化水平高、物价低廉，建议迁湄潭，并有补助迁移费 1 万元之议。公路局又表示可用运盐车辆支持搬迁至遵义，迁黔计划才得以确定。

遵义人民在 50 多年前衷心欢迎浙大的到来，在浙大最困难的时刻敞开了遵、湄的大门。首先让出若干庙宇祠堂和出租私人宅第作为校舍，又从生活需要上尽量给予方便。当地富绅华仲麟是遵义团溪人，贵州大学教授，深知浙大内迁办学的艰难，在已经年支 3000 担军粮的重负下，仍拨米贱售给浙大，以缓解千余师生吃粮的困难。湄潭县在 1940 年 5 月以县长严溥泉为首成立了浙大迁移协助会，请浙大校长、教授列席讨论，支援房舍 250 余间，让出文庙、民教馆、救济院等办公房屋；又决定将湄潭中学与浙大实验学校（即附中）合并，依靠浙大师资办好地方教育。遵、湄父老勤劳朴实，是他们用辛勤的汗水种出的米粮、蔬菜，养育了浙大师生。同时，他们长期与浙大师生和睦相处，提供各种各样的方便，才使浙大师生有一个比较安定的治学环境。而浙大教授们的高风亮节，学生们刻苦学习的精神，也影响遵、湄人民至深。浙大为遵、湄地方培育的中、小学生数以千计，大学生数以百计，在生产、教育和移风易俗上，起到了积极的作用。这些毕业生，无论留在地方或在外地服务，都在各条战线上成为骨干力量，至今传扬着浙大的求是精神。浙大在遵、湄毕业的学生已遍布国内外，而浙大在遵、湄七年对地方人才的培育一直为遵、湄人民所怀念。

1946 年 5 月，浙江大学决定复员东归。遵义教育文化界举行隆重的欢送会，一位 83 岁高龄的耆绅代表遵义教育文化界献旗，上写："善教继志，遵道救学，嘉贤容众，毁方瓦合。浙大复员返杭纪念。遵义文化教育界敬献。"这充分表达了遵义人民对浙大的崇敬和感谢。

浙江大学离开西迁办学所在地之后，人们一直非常怀念浙大所在的岁月，怀念浙大人为当地经济建设和科学文化传播所做出的贡献。新中国成立以后，当地政府和人民在经济条件十分有限的情况下，努力保护浙江大学办学遗址。尤其是湄潭县政府，经过数十年的保护维修，比较完好地保留了湄潭文庙（浙大办公室、图书室旧址）、天主堂（浙大谈家桢等教授住处）、义泉万寿宫（浙大研究生院旧址）、西来庵（浙大湄江吟社旧址）、双修寺（浙大理学院物理系旧址）、浙大永兴分校教授住处、浙大农学院畜牧场实验楼旧址、欧阳曙宅（浙大文艺活动旧址）、李氏古宅（浙大学生住处）等旧址。1990 年 7 月，在湄潭文庙建成浙江大学西迁历史陈列馆。2005 年 6 月，浙江大学西迁历史陈列馆重新布展揭幕，浙江大学求是精神教育基地揭牌。2006 年 6 月，经国务院核定批准，"湄潭浙江大学旧址"与位于云南昆明的"西南联合大学旧址"等一起，作为"近现代重要史迹及代表性建筑"，列入第六批全国重点文物保护单位。

浙大师生在遵义度过了近七年峥嵘岁月。知名的教授群集，学子得到了良好的培育，学校在艰难中有了新的发展。遵义这块土地，对浙大师生有养育之恩，有休戚与共之情，求是学子世世代代不会忘怀。

浙江大学西迁办学创造了中国高等教育发展史上的一个奇

迹，谱写了一曲科学报国、科学救亡、寻求真理的壮歌，同时，也是中华民族抗日战争的重要组成部分。

为纪念浙大长期在遵义定居办学，竺校长于抗日战争胜利前夕的1945年6月在遵义浙大总办事处（原遵义子弹库）门前设立《国立浙江大学黔省校舍记》石碑。

国立浙江大学黔省校舍记

岛夷之患兴，区内俶扰，徙都重庆，学多内移。士陷贼中者，辄冒险阻，间道来归。国家增学校，延师儒，优其廪给，收而教之。由是西南之名都繁邑，僻区隩壤。往往黉舍相望，弦歌之声洋洋。然顾庶事草创，师资图籍，弗备弗精，亦其势然也。当是时，国立浙江大学迁徙者数矣。民国二十九年春始抵贵州之遵义，而别置一年级生于青岩。既而以理、农二院处湄潭，文、工二院处遵义，师范学院则分布两县间。湄潭有镇曰永兴，一年级生复徙居之。盖积时六稔，而以学院名者五，析系至二十有五；以研究院名者一，析部至五。其隶而附者，若工厂、农林之场，中学、小学之属，又不一而足。师弟子之在校者，总三千人。其讲堂、寝室、集会、办公、操练、庖湢之所，取诸廨宇寺观与假诸第宅之羡者十八九。故其材不庀而具，其工不劳而集，其新筑者取苟完而已。凡为屋之数，千有余间。其书自《四部》《七略》暨声、光、电、化、算数、农艺、工程之著作，不下五万余册；其仪器以件计者三万；机器以架数者七百有奇；标本都万二千。凡所以安其身，养其知，肄习其能者，如此遭时多故，世不复以简陋见责，甚或有从而誉焉者。可桢窃独忧之。夫至变而莫测者，事也；至赜而无竟者，学也。守先哲之所已明，而益穷其所未至，以应方来之变，犹惧或踬焉！况区区但袭故迹，无所增进，而谓可与一世角智力，竞雄长，幸存而不替，何其傎欤！校故在杭县，清季为求是书院，院废，为高等学堂，民国十六年易今名。余乃揭“求是”二字，以与多士共勉焉。

军兴以来，初徙建德，再徙泰和，三徙宜山，而留贵州最久，不可以毋记也；故记之以谂后之人。

校长 竺可桢

中华民国三十四年六月立

（原载浙江大学内部刊物《国有成均——浙江大学校史读本》）

《启真惟水：浙江大学游览笔记》序言

浙江大学校园之美已广为人传。早在20世纪80年代，我留校工作不久，那时老浙大，包括现在浙江大学的玉泉校区和之江校区，就和珞珈山下的武汉大学、依山傍海的厦门大学等齐名，被称为中国环境最美的大学。

日前和淑锵去学校刚建成的舟山校区海洋学院，他告诉我他刚完成一本书《百年名校游记·浙江大学》（后改名《启真惟水：浙江大学游览笔记》）。尽管我知道淑锵勤奋，写作出手也快，但还是有些吃惊。这是因为这大半年，他一直在忙于学校新校史馆的建设，从草拟方案、反复送审修改、陈展设计和施工的招投标，一直到监督施工，忙得脚不着地，甚至时时焦头烂额，他哪儿来的时间和精力写书的？我真是佩服他的刻苦。

浙江大学已经有将近120年的历史，是中国自办最早的现代高等学校之一。学校位于杭州，身处中国最美的城市，自然会汲取其天宝物华，由此，浙大恐怕是不美也难。然而，作为一座历史悠久的名校，她的美更应当是内在的，是那些建筑、那些山水树木所蕴含、负载的历史积淀和厚重的文化传承。淑锵有较长时间从事浙江大学校史的研究和组织工作，现在担任校史研究会的副秘书长和校史办的主任，由他来撰写关于浙江大学的名校游记，实在是再合适不过了。

其实，淑锵的这本书，与其说是游记，还不如说是浙江大学的另类史话更为合适。它是一册剪碎了的、经过选择的、更为故事化的浙江大学历史。游弋于各个景点之间，就是不断出入浙江大学的历史，在创办求是书院、历经西迁崛起、学校的分分合合一系列重大事件和人物故事中欣赏和品味一座名校的风采，也大致可以窥见中国高等教育的脉络。当然，这毕竟不是一本史书，其写作不以时间为主线，也没有严格的体例。正因为此，也就更为生动，更为有趣可读，更适合不以研究为目的的普通读者。

浙江大学在杭州有五个校区，其名分别为玉泉、西溪、华家池、之江和紫金港，都与水有关。还有一个校区，湖滨校区，四校合并之前浙江医科大学所在地，后来因学校发展需要置换出去了。这本书中湖滨校区的景点就没有了，这不能不说是一个遗憾。近年，学校又在杭州市以外建设了两个校区，舟山校区和海宁校区，分别为海洋学院和国际教育学院的办学地点。如此多的校区，总面积不下万亩，这在全国高校中恐怕也屈指可数。而校园中可以一说的景点，也比比皆是。淑锵跑遍分布于杭城西东南北中的五大校区，踏勘现场，精心挑选，拍摄了大量珍贵照片，又对历史资料反复甄别，然后付诸笔端，终成此书，可谓精心打磨之作。

记得我在老浙大，也就是现在的浙江大学玉泉校区读书时，住在第八学生宿舍。我基本上在宿舍自修，新春时节，打开窗就能看见老和山的茶园，细雨之中采茶女的花袄在一脉苍翠中时隐时现。那时候看着看着就忘了读书作业，已不知此身还在校园中了。老和山紧邻校园，学校有几幢教学楼和学生宿舍就建在山坡上。而课余登山，在山顶眺望西湖，饱览杭城景致，已成为浙大学生独享的一份乐趣。老和山的整座山并不在学校界内，但师生早就视其为浙大的一部分，这样的景点是否可以酌情入选呢？

我和淑锵交往多年，在我印象中，这是他第一次单独出书。他专职从事校史工作已有六七年，最近也常常感慨深陷事务，总见不着成果。我想，这本书的出版对他来说只是一个小小的起点，淑锵还年轻，凭他对浙大的热爱，凭他的才华与钻研，未来必将硕果累累。

（此文系《启真惟水：浙江大学游览笔记》序言，张淑锵著，湖北美术出版社 2016 年版）

《最后一枚落叶》序

我是先认识虞锦贵本人，后读到他的作品的。这就让我有一个优势，就是在阅读时，可以将作品中的锦贵和现实生活中的锦贵进行比较，从而加深对作品的理解。

早已经过了浪漫年龄的锦贵，是一个好男人，也是一个成熟的男人，更是一个成功的男人。在他的人生经历中有过大开大合，丰富得近乎传奇。然而，他总是像一个旁观者一样看待职务的升迁、地位的变化、财富的聚散，他和我谈论起这些时的冷静和冷漠，让我相信那是一种真正的超脱。而这一切缘于他有更高的追求：心灵的自由和精神的富有。

锦贵说过，他的散文诗不是为了发表而写的，他也从来很少把这些作品寄给报刊。阅读《最后一枚落叶》，这种“不是为了发表”的写作，给我留下非常深刻的印象，也特别值得我们回味与深思。

收集在他散文诗集《最后一枚落叶》中的诗章，贯穿两个主题：爱情和人生。这两个主题在某些诗章中是独立的，但是在另外一些诗章中，比如《撕碎了的旧梦》《永约》《断章》《童话》《流浪者的歌》《生命的序曲》《最后的驿站》《三封信》《情感手记》等，你就无法区分哪儿是在写爱情，哪儿是在写人生。爱情和人生交织在一起，缠绕在一起，已经融合为一体。在这些诗章中，他对人间美好情感的追求、现实爱情的复述，一次次加深了诗人对人生的认识，升华了诗人的精神世界。

爱情原本是两个人的世界，在一般情况下，我们很难进入一对情侣的私密空间。我们读到的大多数爱情诗，其实是写诗的人的“创作”，究竟有多少真情在其中，很让人怀疑。从锦贵的作品中不难看出，他是一个内心丰富、真诚的人，那种积淀在内心深处的情感，成为这些爱情诗章的源泉。“我的散文诗里，只是一种情感的流淌，是真诚的。”（《情感手记》）他的这些诗章，原本只是为了记录心迹，为了让那个终身牵挂的“你”有一个能够“窥探我内心世界的小孔”，这种只属于二人世界的独白私语，没有也不必有任何的矫情和掩饰。当他把它们呈献给我们时，我们就有幸读到一个完全坦诚敞开的灵魂。这也是他这些“不是为了发表”的诗章能够打动我们的根本原因。

“不是为了发表”，可以不去照顾读者的口味，不去揣度编辑大人的喜好；“不是为了发表”，可以不必拘泥写作技巧，不必为了引人注目而刻意弄出什么“创新”，标新立异。在锦贵的诗章中，有的就是内在生命的真诚流淌，就是“我”与“你”的深情对话，就是一个感情诚挚的人在喧嚣生活中追忆往昔向往宁静生活的内心独白。读他的那些爱情诗章，我们可以明显地感觉到，在许多时候，他完全是在一种不由自主、不可抑制的状态下，去追寻自我的梦想，或扬起至灵的主帆，几乎是将内心高尚的情操原原本本地倾吐出来。

“我的灵魂的圣地！多么恬静，安宁，悠远，深邃，温馨，我以整个身心倾听宇宙的天籁。”（《今生今世》）对生命的感悟、岁月的沧桑，都通过散文诗的形式得以展现，使生命成为一种文化。锦贵的心胸是博大的，他的人生是富有的。我不能确定，那段刻骨铭心的爱情，那些荡漾在他心中的美好的感情，是不是起到决定作用。但是，它们在他的人生中产生过化学反应，这是毋庸置疑的。

锦贵的散文诗没有太多的雕饰，但这并不表明他的作品缺乏艺术表现力。已有二十多年散文诗创作的积累，加上他的勤奋阅读和执着追求，对散文诗语言和节奏的把握，对意境的营造，都已经达到炉火纯青的地步。这些和他所要表达的内心感受融为一体，可以说是驾轻就熟。在创作中，看不见技巧的技巧，历来就被视为艺术的最高境界。

锦贵的诗章，大多有流畅的叙述。关于爱情、人生的描写和抒怀是自然而然流露出来的，从逻辑上，从篇章结构上，可以说是无迹可寻。在文学创作，不管是小说还是诗歌中，有一种创作手法，称之为“意识流”，作家或者诗人的文字叙述追随个人的意识游走，完成作品的某个段落，或者全篇。那么，像他这种不假修饰，按照情感的节奏流淌出来的写法，是不是可以称之为“情感流”呢？他的诗章在流畅的叙述中，也会时时出现充满睿智和深沉思考的警句，那些蓦然跃入眼帘的诗句，近乎神来之笔，使作品更具灵性和张力。

“不是为了发表”的创作，常常具有惊人的感染力。因为这些作品都是来自诗人内心深处，是一些完全真实的体验，是内心抑制不住的冲动，是清澈见底的涌泉。这之中最具代表性的恐怕就是勃朗宁夫人的爱情十四行诗了。还有，一直幽闭在乡间小镇的艾米莉·狄金森的那些灵光一闪的神奇诗篇。当然，还应当包括我们的祖先，从最古老的《诗经》吟唱者，到屈原、陶渊明，以及李白、王维、杜甫、苏轼那些在唐诗宋词厚厚的典册中闪烁着光芒的名字。他们那些“不是为了发表”的作品，最终都成为流传千古的不朽之作。

我今天认识了一位优秀的散文诗作家、诗人——虞锦贵，像他这样比较集中地、单一地写散文诗的作家，既有数量又有质量，在浙江省极为少见，在全国也不多。他的散文诗文字非常优美、非常精致，语言非常流畅，结构完整，感情真挚细腻，飘逸灵动，意象非常鲜活，同一内容不重复，对爱情的绝唱，唱出了自己的特点；他的散文诗有自己的个性，在意境、句式、节奏上都注重优美，情感表达充分而饱满。大部分作品都是缠绵婉约的抒情散文，既强调抒情性，又强调哲理性，他始终在探索完美结合这两者的写作方法，给予启迪和智慧。抒情加上哲理探讨，散文诗才有了深度。锦贵散文诗抒情对象多为直呼，让人感到非常亲切自然，就像坐下来与一个朋友倾诉谈心。他的散文诗还具有形象美，与勃朗宁夫人的不少诗歌有着异曲同工之妙。

锦贵写散文诗已经二十多年了。作为一个作家诗人，有时候我也想，写诗究竟给我们带来了什么？这是一个讲究付出必须获得回报的年代，诗歌给予我什么回报呢？我得出的结论是，写诗让我始终与崇高、纯净、真诚、博爱这些人类最美好的情感在一起。我不敢说自己始终如一，但至少不曾背离得太远。我对锦贵这样长期以来对文学有着孜孜不倦追求精神的作家表示我的敬意。

从虞锦贵散文诗气息中可以发觉他的书生本色，他是一个生活态度平和，一个勤于思考、善于思考的人，他在自己的创作中找到了精神家园。我们阅读《最后一枚落叶》，其实就是认识更为本质的虞锦贵。

2006 年 10 月 30 日于浙江大学西溪校区

（原载《最后一枚落叶》，虞锦贵著，大众文艺出版社 2006 年版）

神的目光在高处注视我们

——读亚楠的组诗《低于尘埃》

一

在人们的印象中，亚楠一直以西部诗人的形象活跃于诗坛。这主要是因为他的绝大多数作品，包括诗歌和散文诗，题材和意象都立足于大西北，立足于他一直生活的新疆。新疆广袤的大地有他取之不尽的创作源泉。那片土地上的山川、河流、湖泊、牧场，辽阔的疆域，奇峻的风景，独特的人文历史和风俗人情，在他的笔下一一展开。

亚楠所描写的新疆，不是现代人在微信或者博客上反复传“晒”的蓝天白云、羊群在草地上徜徉的图片，也不是旅游者不停变换的景点。在《马头琴》中：

但我喜欢天涯芳草
就像绵延的思绪一直伸入云端
炊烟散淡，人情温暖
世态如黄昏的翅膀驮我
来到人间乐土
……
而酥油草……茂密
的相思林眷恋她古老的芬芳
跳跃，如蓝色音符把

草原留在心底——
和天马驰骋的沃土
……
就让往事随风而去吧
长调里的山河
骏马和歌谣……在祖先的苍穹下
把悲伤化作火焰，也把
仇恨化作浮云

那些草原特有的意象经过亚楠的组合，充满神奇的魅力。语言流畅但不单调，淡淡的思绪在“天涯芳草”“炊烟”“酥油草”“茂密的相思林”“骏马和歌谣”之间来回穿插，整首诗就像一曲旋律舒缓、低沉、带着淡淡的忧伤在草原上回荡的马头琴曲，让人为之着迷。在《浅草》中，“淡淡的，草香 / 在宣纸上洇成画卷。灰绿色 / 背景映衬的不羁 / 如同风之傲骨。簌簌的 / 草叶充满了 / 秋水般的叹息”；在《讲故事的人》中，“牧羊犬仔细逡巡 / 的目光被洪水托起 / 仿佛晚风颤动 / 时一段隐藏很深的情感 // 但记忆也会复活 / 有时，沉淀的心绪升腾——/ 像一只银灰色鸽子 / 上下扑闪的 / 翅膀带着辽阔的忧伤”……能够如此描写草原，只能解释为亚楠已经沉醉和沉迷于那片他心目中的“人间乐土”，已经把自己完全融入其中。

二

亚楠并不只是在风景中行走，他的诗更多地指向自己的内心。在他的诗中，大西北的山水总是和他的人生态度、生存哲学相映照，使他的灵魂得到净化和提升。需要特别指出的，这种内向的写作是极其自然、极其流畅的。这固然得益于诗人对诗歌语言运用的纯熟，得益于长期写作对外在景物和内在情绪的把握，但我以为更是由于外在景象已经融入他的血脉，成为内在品格的一部分。这不是一般人能够做到的，五十多年一直生于斯，长于斯，有着深深的挚爱，并且有与生俱来的诗的敏感，所以才“得来全不费功夫”。这些在《迎着风》《暴雨》《大雪之后》《低于尘埃》等诗篇中都能读到。亚楠的另外一首诗《这些年》可能更能体现这一特点：

其实我已经明白了，在心里
空阔也并不预示什么。
假如鸟飞向远方，假如风是萨克斯
在旷野发出头狼的长嚎，那么

我就会安静下来，我会让焚烧的
骨骼再次发出青铜的光亮。
当然这都是一场虚惊，

就像电闪雷鸣之后，彩虹终将回到
这里。回到从前的时光中，
以及我日渐衰老的背影。

等待岁月切割记忆，切割我的悲悯和
遗忘。而那些孤独的人，他们
也将与我一样继续朝前赶路。

“这些年”是一个模糊的概念，它可能特指一个人经历的某几年，也可能泛指一个人一生中已经逝去的那些时光。亚楠是个有梦想的人。有梦想的人在这个世界上注定会遭遇痛苦与折磨，包括身体上的和心灵中的。不管是特指还是泛指，这样的痛苦和折磨，亚楠一定经历过，并且刻骨铭心。亚楠的幸运在于，他在大西北。是那片空阔的天地，是飞向远方的鸟和旷野上的风，让他安静下来，让所有不幸只是一场又一场"虚惊"。在这首诗中，诗人内心的痛苦借助大西北的自然得以疗愈，在遗忘和悲悯中提升了自身的人格。亚楠依然孤独，但却"继续朝前赶路"。

三

在《低于尘埃》这组作品中，像《马头琴》、《浅草》和《大雪之后》这样，直接以新疆包括西部的风景或民俗为写作题材的并不多。亚楠曾经表示："我愿意做一个大地的歌者。面对广袤的草原和无垠的田野，就像山谷里那条清凌凌的小溪一般，尽情地为绿色的大地送去一串串欢乐祥和的音符。然后，让自己的灵魂在这美的世界里得到栖息。"（亚楠散文诗集《远行》后记）那么，《低于尘埃》中的作品是不是表明，亚楠已经把写作的题材从新疆转向更广阔的空间，正在逐渐放弃他一直坚持的地域性写作呢？我以为不是。

我们看《逃离》：

白色网箱，迷魂阵
的黑斗笠挂在天边。沙棘林
用风笛呼唤亲人

雨季到来了

乡亲们忙于收成，有些事无法
顾及。而有些

在遗忘中明亮起来
风吹草低。古时候的藩篱
是竹子做成的

象牙塔。洁净
被绿色镣铐抓住，冒失鬼
的天堂比人间美好

亚楠要逃离什么？

白色网箱，迷魂阵的黑斗笠，这里意指白色塑料和黑色雾霾，这是现代都市最常见的污染，也是亚楠迫切希望逃离的。沙棘林用风笛呼唤，曾经遗忘的风吹草低的景象重新明亮起来，被绿色镣铐抓住的洁净，竹子做成的藩篱……这一切能帮助我们逃离吗？在巨大的背景墙前，答案是“无路可逃”。亚楠用了一系列他所熟悉的富有新疆地域特色的意象或词语，沙棘林、风吹草低、绿色、洁净，以此与白色网箱和黑斗笠相对峙，其含义已非常明确。

像这样虽然不是直接状写新疆和西部景物，但有关新疆和大西北的意象在诗中屡屡出现，支撑着他的写作的，在这组作品中还有不少。另外还有一些，即使不出现这些意象，也与新疆和西部相关，甚至更为内在和本质，更能体现亚楠对这片土地的挚爱。

在西藏、新疆、内蒙古等地，由于开发的滞后，更由于地域辽阔，还不那么容易一下子就成为现代机器下的废墟和荒漠，因此常常成为人们心目中最后的圣地。不过，这样的圣地还能够保留多久呢？我们这个时代，无止境的物质追求和泛娱乐化的倾向，人们对自然的关爱和尊崇敬畏正在渐渐消失，随之而来的是肆意的侵占和破坏。对于一个深爱着这片土地的诗人，其痛惜和对未来的担忧，可以说是不需要过多思考便会油然而生的。

在《低于尘埃》一诗中，出现的“堆积的骨殖”“安魂曲”“墓园”等与死亡相关的形象，也不是偶然的。

> 想起了金莲花
> 午夜的暴动。在梦中沉浮于
> 一张画皮的美艳
> 没有风……可以停下来
>
> 守望它的墓园。等待
> 亲人们，和栀子花最后的晚餐
> 都见鬼去吧
> 落入水中，也就是——
> 两条鱼邂逅的天堂

亚楠是一个性情温和的人，当他喊出“都见鬼去吧”，就像一个文质彬彬的绅士，突然爆出那句京骂一样让人惊愕。在这里，痛惜、愤怒、无奈、绝望等情绪交织在一起，诗人已经无话可说，只有这一声喊叫才能发泄。亚楠在他的散文诗集《远行》的后记中说：“物欲横流的地球，正朝人类无情地威压过来，使我们只能在大地的某一个角落苟延残喘。坚硬的思想真是越来越萎缩了，那些奴颜婢膝的市侩谄谀却日益猖獗起来。每当感受到这些，我的内心深处就会涌动一缕怆然涕下的深深不安。”在这首诗里，亚楠的心绪不仅仅是“深深的不安”，其焦虑之情状已经溢于言表。

这样的不安和焦虑，我们在这一组诗歌的大部分作品中都可以读到，或者触摸到。亚楠有这样的焦虑是很自然的。因为他深爱着这片“人间乐土”，深爱着人类赖以生活和生存的大自然，他视这片还没有被完全毁坏的家园为自己灵魂的栖居地。亚楠的不安和焦虑，也代表了当下社会，科学技术和经济建设正以前所未有的速度更新与发展，人们的生活方式也随之急剧变化，在许多人心目中已经失去魅力的大自然和古老的文明面临陷落，人类荒芜的心灵将无处寄托，我们距离在这个星球上“诗意地栖居”已经越来越远时，所产生的忧患意识。

诗人叶延滨将亚楠归为新边塞诗的第二代优秀诗人。他概括出边塞诗的两个重要基因，远离故土戍边屯垦、担当民族大义的家国与家园意识，在恶劣的自然环境中寄情大漠山川、注重提升人生境界的生存意识。他认为亚楠的诗歌承续了边塞诗的精神，同时提供了新的诗情与新的意趣。历代的边塞诗人，可能面临荒凉、寒冷、饥饿，面临暴风雪和狼群，甚至面临杀戮，但他们绝不会像今天的我们，面临现代文明所带来的对大自然的漠视与侵毁。家园正在失去，不是因为战争，而是因为富有和贪婪。从这个意义上说，亚楠的这些作品才是他的诗歌中最具现代性的部分，也是新边塞诗最具现代性的部分。

四

仔细阅读亚楠的这组诗，还可以发现对于不同的题材，诗歌写作方法和技艺上的某些变化。我们可以将《风雪之夜》与《大雪之后》进行比较。

这两首诗都是写雪的。《大雪之后》流畅，节奏慢，大雪后的山坳景象与内心的情绪交织，语言精致，“山坳里，一场大雪 / 用隐喻说话。风早就停了 / 我在岩石上歇息 / 喘着粗气，仿佛一个无家的人 / 被命运抛弃”，“关于雪，只有莽原上 / 辽阔可以注释。荒无人烟 / 但也有另一种温暖 / 可以留住我。就像黑夜 / 曾经给我的安慰”，这些诗行延续着亚楠一贯的写作，抒情的风格十分明显。在这组诗歌中，《浅草》《马头琴》《牧鹅女》《讲故事的人》等，基本上属于这一类写法。

再看《风雪之夜》，“立于坡地的木屋，光从 / 原点朝外辐射 /……这流动的冲击波，如洪水在 / 午夜披着狼皮”，“只在于暴风雪 // 隐藏的祸心。和它 / 指向的人间——就像黑色魔咒 / 上下颠倒，草绳比金子 / 更让人烦忧——”，诗句不再像流淌的河水，而更像是一些跳动的火焰。意象与意象之间、诗行与诗行之间的逻辑关系淡化，甚至消解，诗歌内在的张力得到强化。与《风雪之夜》相类似的还有《隐形人》《水玫瑰》《子午线》《逃离》等。在这些诗歌中，我们已经看不到那个熟悉的温情、宁静，以抒情笔调描摹西部风光的亚楠，代之而起的是以更加冷峻的目光洞察这个世界并且有着深深的忧虑的亚楠。这“另一个亚楠”已经带给我们阅读的惊喜。

很显然，亚楠诗歌节奏的变化，是为了更好地适应所要表达的情绪和思想，这对写作多年并且已经形成自身风格特点的他，无疑是一次考验。亚楠最早以散文诗而名，后来在诗歌创作上又卓有建树，他能够在诗歌创作和散文诗创作两者之间游刃有余，都做到极致，相信他也有足够的才华和积累把握诗风的转变或者调整。

当然，对这部分诗歌的解读要更加困难一些。诗人的一些作品，或者作品中的意象组合更强调所承载的能指，而非所指。理解这些诗歌，需要读者以自己的阅历、体验，结合诗歌文本参与二次创作。其实，任何解读都不能代替诗人的写作，真正的诗歌你永远无法穷尽其中的奥妙。那些大诗人的经典作品，我们每一次重读都会有新的发现。这也是诗歌的魅力所在。

亚楠以西部山水为他诗歌创作的源泉，他也以诗歌为武器，努力捍卫那一片“人间乐土”，心灵的圣地。

亚楠说：“生命是短暂的，可是山川大地永恒！”（亚楠诗集《迷失的归途》后记）只有像亚楠那样身处那一片自然的怀抱之中，生活着，思考着，而不是走马观花的游客，才能有如此深刻的领悟并且由衷地认同。

低于尘埃，那是一种姿态。是敬畏，是俯首，是臣服。大自然是神造的，神把她留给我们，并没有给我们糟蹋她、破坏她的权利。人类所做的一切都将得到报应。

在高处的是神，他正看着我们。

亚楠的心境，是与神息息相通的。

2017 年 1 月草于杭州

（原载《中国诗人》2017 年第 4 期）

意外逍遥畅吟诗

——序岑其诗集《另一种风》

岑其先生的又一本诗集《另一种风》即将出版，好友孙侃嘱我为其写一序。接他电话时我正在老家南通照看都已经年过九旬的双亲，我告诉他我是学工程出身，习诗只是爱好，评诗论道真的非我所长。孙侃兄让我直写阅读的感受就行，不必顾及其他，我只好答应试试看。

《另一种风》是岑其2017年诗歌创作的结集。除很少几首外，绝大部分都标注有写作时间，不仅包括日期，还具体到写作完成的时刻，比如“元月8日凌晨4点15分”“5月16日0点25分于深圳”等。在每一辑中，作品都是按照写作的时序排列的。因此，整部诗集更像是一本记载自己这一年的生命足迹、生活感受的日记，只不过这日记是以诗歌形式呈现的。

2017年，岑其50岁，正值壮年。处在这样的年龄段，他已经有足够多的人生体验，也有足够的精力、人文积淀与写作积累记录下这些体验。“揾发魂销渐成烟，无尽流光梦半醉。笔阵一派旧家山，凌乱飘忽几华年。”这首《辞旧迎新之日画堂偶感》的诗序中写道：“12月31日凌晨2点40分，2018年即将到来，时光流逝，往昔如梦矣。”这可以说是诗人对整个前半生的总结与体悟。“匆匆一宵，已成中年”，生命短暂，世事无常。当此之时，诗人的心境是复杂的，可谓五味杂陈。

但是，岑其毕竟还是一位禅者。他少年时曾在阿育王寺客住。19 岁时由方丈通一大和尚收为佛门弟子，赐佛名“证德”。此后，他通过研读大量佛教经典来提升自己的智慧。作为虔诚的佛教徒，尽管“华年”在“凌乱飘忽”中如白驹过隙，他对自己的人生却有着清醒的认识和执着的追求。这追求就是一个字“觉”。

“浮生风雨云水茫，生生死死空相望。莫怨世情多薄幸，百年一丘觉寻常。”（《浮生》）“此身寻常无为住，一心太虚云去来。三十年前入法门，旷然惊醒觉真禅。”（《夜过定光寺》）他的“觉”融古代士子修身立命、诗意性情与佛家超凡脱尘、普度众生于一体，在当今社会物欲横流、喧嚣躁动中，如一股清泉卓然流淌。我们这个时代，正是由于还有像岑其这样一些人的存在，虽为数极少，但却使一个倾斜的社会，终于还没有崩毁、塌陷。

岑其的写作似乎是一辆和当代的诗人完全不在一个轨道上行驶的车，在他的诗中我们基本上看不到有关当代社会现实的描述，以及他对这些现实的态度。对于这个喧嚣的世界，他淡然处之，不追随，也不指摘评论。他沉浸于他自己的世界。但这并不等于他对人世无动于衷。岑其是个画家，相比较于他的诗，他在绘画上的成就和名声要大许多。他的国画作品屡屡被收藏，尤其是观音画，名满海内外，被称为“中国第一观音画画家”。他在谈及他的画作时曾说自己的画立志创造出“平等和谐、众生得福”的文化气派：“我画观音，行施予众，慈悲怀抱，静心作德，大道之行也，但祈天下太平！”这或许就是他对人世的态度，或者说他的人生观。看上去真的更像一位古道热肠的行脚僧，而非当代画家和诗人。

岑其是个率真的人。这本诗集中的作品大多为古体诗，也有一些我们传统意义上的新诗，即相对古体诗比较自由、比较口语化但分行体的诗歌，还有一些是即兴、短小但诗意浓郁的随笔，我姑且把它们归入散文诗一类。大概因为作诗只是用来记述当时心绪感怀，所以形式的运用极为灵活，兴之所至，写成什么形式就什么形式，适合什么形式就用什么形式。《夜宿长安》和《题画偶句（一）》的诗句是古体，但是都只有两行，前者是“枕上诗梦千古月，眼前云幄一帘香”，后者是“笔底春风暖入梦，意外逍遥畅吟诗”，可谓是兴至即吟，兴尽即止。这符合岑其的性情。而一章《销夜》，讲述自己作画的感受：

对我来说，绘画不仅仅是创作的过程，而是把内心的尘埃一笔一笔地洗尽。把尘世中散落在心中的所有欲望和贪念全部染进水墨中，变成单纯的快乐。人世间的情仇恩怨、名利财富、牵挂挣扎、浮躁与喧嚣都在创作之间化为乌有，那运笔的声音、墨韵的绽放汇成灵魂里最初的了悟与问取、释怀与共吟。看那斜阳乍暝、凌波绰约，看那锦帆尘歇、苍松怅月，看那凉云如梦、和烟旧雨，看那楼阁院宇、风清薄露，看那落雁秋语、亭外离魂，看那闹红吟绿、翠岭碧瘦，看那幽思初透、泉溪如泣，看不尽的三生薄命、一世哀艳、半缕替恨。在画中可以零落铅华、待伴黄花，更消磨多少长夜苦寒，更携取美酒良辰。如此轻盈，又如此沉重，生成无限感慨而情不能胜也。又，时感尘寰西风、梦痕冰绡，时感旧年无凭、千古空系，时感浓霜暗度、问花无力，时感弱缕萦愁、闲情谁寄，时感前生相欠、来世再续。夜深多少风露，丹青洗尽天姿。相对何须解语，不负笔墨知己。盈盈尘际，可随我一笔而去否？伶伶踪迹，云回妙曲之间而能为诗画终老此生，有何遗憾否？嗟夫！满天尘缘，唯我心弦独奏，待后人听！

文中有记：“画余更著，心弦难平，恨窗外流光容易，又天亮了。”可见是完成画幅后，情绪尚留在作画时的境界之中。全章直抒胸臆，一气贯之。我印象中的岑其应当是平和的、睿智的、节制的，而这一刻，是人到此时，不吐不快，文字恰如洪流奔涌，岩浆喷发，人生的积累，成为流泻于笔下的奇思妙想，排比铺陈，笔意纵横，文采斐然。此篇作为一章散文诗来读，确是难得的佳作。这不仅是岑其对绘画的认识，同时也是他对人生的自我认知。

岑其的画作我早有所闻，但对他的诗了解并不多。还记得刚读罢《另一种风》，我的第一感觉便是，这位岑其，真当代又一奇人也！我说又一，是因为此前我的校友学弟李牧童，在大学本是攻读国际经济与贸易的，毕业后潜心中国古典诗歌，在辞赋创作上脱颖而出，1982 年出生的他，现任世界汉诗协会副会长、浙江省辞赋学会副会长，在浙江大学建校 120 周年之际创作的《创新赋》力压众多名家，浇铸在立于校园的“求是鼎”上。岑其先生和李牧童的共同之处就是酷爱并身体力行传承中华传统文化。他们选择了同一条路，并且创造了属于自己的人生风景，其中是不是有一些值得我们思考的东西？

读岑其的诗，结合他的画，他的禅意人生，我们如见一谦谦士子，身着青衫长袍，行走于当下社会，旁若无人，又体恤众生；淡泊名利，蔑视物质的诱惑，只是时不时将一朵小花、一粒稻粟、一颗石子，收入他的囊中。他的那些收获将追随他所仰慕的中国古代诗人、画家，汇入中华文化的宝库，并在其中璀璨生辉。

（原载《另一种风》，岑其著，宁波出版社 2018 年版）

第三辑

上帝的黑板

世界上最伟大的鞋匠

艾维尔·迪亚是个鞋匠，他才20岁。他的父亲在都尔市橡树大街上开了一家鞋铺，已经30多年了。艾维尔从小就跟父亲学手艺，他在鞋铺中待的时间，比在家中还要多。老迪亚刚刚去世，临终前他对艾维尔说："孩子，你是个鞋匠。鞋匠的一生，就是要做好每一双鞋。"

艾维尔现在一个人管着鞋铺，一清早就打开店门，一边做鞋一边接生意。晚上店铺关门之后，有时候还要在灯光下干一会儿活。

这天下午，一个不到30岁的女人走进店门。

"艾维尔，我来取鞋了！"

艾维尔放下手中的活计，问："你是谁呀？"

"你这个小东西，不认识我了呀，我是米莉娅。我订了一双鞋，哦，那时候还是你父亲管着这个铺子。"

艾维尔拿出父亲留下的本子，他从前翻到后，又从后翻到前。

"没有啊，米莉娅小姐，这里没有你的记录。"

"怎么会呢？"米莉娅急了，一把抓过本子，胡乱翻了起来，真的没有她的名字。她叫起来："哎呀，我还预付了鞋钱呢，15镑，肯定是你父亲老糊涂了，忘记写上了。我可是等着这双鞋穿呢！"

艾维尔看看米莉娅，她一身衣服虽然旧了些，倒还过得去。

但是，脚上的鞋实在是太破了。那是一双冬天穿的皮靴，现在春天都快过去了，她还穿在脚上，而且又脏又破，前头的鞋帮和鞋掌已经裂开，像张开的大嘴巴。

“你别急，米莉娅小姐，”艾维尔想了想，说，“我给你赶做一双鞋，你很快就可以穿上新鞋了。唉，你要什么样式的？”

“什么样式的都行，要快点。”

“行。”艾维尔一边说着，一边就给米莉娅量好尺码，“你明天来取吧，但不要太早，胶水晾干需要一段时间。”

这天晚上，艾维尔铺子里的灯光一直亮到后半夜。父亲去世以后，艾维尔还是第一次工作得这么晚。第二天中午，米莉娅来取鞋了。她把新鞋穿上，转了几圈，又轻轻跺了跺脚，对艾维尔说：“小鞋匠，你真行，鞋做得不错！”然后就把旧靴子扔在艾维尔的铺子里，穿着新鞋神气十足地走了。

过了大约两个星期，这天上午，一个身穿制服的警察来到艾维尔的鞋铺。

“你就是艾维尔吗？”警察问。

“是的，我就是。”艾维尔请那个警察坐下，“您是不是要做一双鞋？”

“哦，不。我是来了解一件事情的。你有没有给一个叫米莉娅的女人做过鞋？”

“米莉娅？”艾维尔想了一下，说，“我是给她做过鞋，有什么问题吗？”

“你知道吗？她是一个骗子。”警察说。

“我知道。”

“你知道？”警察惊奇地问，“你是怎么知道的？”

“她骗了我的鞋。她从我这儿拿走的鞋就是骗去的。”

艾维尔就把米莉娅来讨鞋的经过告诉了警察。

“我的父亲是个非常仔细的人，他从来不会落下订鞋的记录。再说，米莉娅连什么样式都说不出，她肯定是看我父亲不在了，我又年轻，所以来讹诈我。”

“既然这样，你为什么还给她做鞋呢？”警察不解地问。

“她太需要一双鞋了。我是鞋匠，我不能让一个人穿着那样破的鞋从我的鞋铺中走出去。”艾维尔说着，又想起米莉娅穿着破靴子来到他店铺的情景。他看着警察，有些不安地问：“米莉娅现在在哪儿？她是不是被你们抓起来了？”

“她在拘留所中。”

“她那双鞋其实是我自己愿意给她的，你们就不要为难她了。”

“小兄弟，米莉娅可不只是诈骗一双鞋的事情。”警察笑笑，“我只是来了解一下情况。既然那双鞋真是你做的，我告诉你一个好消息，市长夫人要请你做鞋呢！”

“市长夫人？怎么会呢，我不认识她呀！”

“嗐，过两天你就认识了。你就想着怎么把她的鞋做得漂漂亮亮的吧。”

那个警察来过两天之后，果然，有人来请艾维尔去一趟市长家中，说是市长夫人喜欢他做的鞋，要定制两双。

来到市长家中，市长夫人看着这个还是中学生模样的怯生生的年轻小鞋匠，问道：“那个叫米莉娅的女人，她的鞋真的是你做的吗？”

艾维尔点点头。

“你知道我为什么请你做鞋吗？”

艾维尔摇摇头。

市长夫人说："你知道吗，我作为市长夫人，要常常参加一些公益活动，比如去老人公寓、孤儿院访问，替年轻人主持婚礼，等等，这也是政治。你不懂，不和你说这些了。就告诉你那天我去女子拘留所，那些被抓来的人啊，一个个穿得脏乎乎的，哪里还像个女人呀。就在那时，我看到米莉娅的鞋，一双新鞋，做得那么精致，那么漂亮！我平时并不在意别人的穿戴，但是在拘留所中，在那么潮湿那么肮脏的灰暗地方，那双鞋实在太显眼了，它令我眼前一亮，我简直有些忌妒那个女人了。那时候我就想，我一定要请做这双鞋的人给我也做一双，不，是做一大堆。"

说到这儿，市长夫人自己笑了起来："我是不是太贪心了？"

艾维尔没有说话，但是心中还是甜滋滋的。

"后来，我就请警察局的人替我打听一下，是谁给米莉娅做了那双鞋。我听他们说，米莉娅那双鞋没有给钱，而且你那时候就知道她是讹诈你的，是吗？"

艾维尔又点点头。

"那你为什么做得这么精致呢？随便给她一双鞋不就行了吗？"

"我的父亲说过，我是鞋匠，我的一生就是做好每一双鞋。"

艾维尔说完，就开始为市长夫人量尺码，商量鞋的样式了。

艾维尔为市长夫人做鞋的消息不胫而走，现在，整个都尔市，几乎所有的人都想拥有一双艾维尔做的鞋。艾维尔记录订鞋的本子已经用到第三本，最近排队的考斯廷，他拿到定做的鞋，至少要在两年之后。

（原载《新故事》绿版 2008 年第 1 期）

我为什么给你打工

菲尔莫兹只是一家从事 IT 产业的小公司，总裁席尔瓦很明白，在强手如林的硅谷想要站住脚，他必须使出全身的解数。当然，企业间的竞争，最关键的还是人才的竞争，所以，这次招聘面试他放下正在谈判的项目，特意从纽约赶了回来。

下午的面试并不能令席尔瓦满意，前来应聘技术和管理岗位的人员都不理想。以这几个人的能力和水平，为公司做出成绩不成问题，但要成为将来的领导者，显然还欠缺超群的眼光、成熟的气质和个人魅力。就连一起参加面试的人事部经理卡罗琳娜，也对着走出去的背影连连摇头。

现在坐在席尔瓦面前的是第九个应聘者，他叫杰克，大约三十岁。席尔瓦瞄了一眼他的简历，正如他所料，杰克已经在几家公司干过，有经验，但并不安分。席尔瓦问了两个产业前沿的问题，杰克很快做了回答。简单明了，稍稍谈了一点儿自己的看法。席尔瓦一听就明白，他有非常敏锐的目光和独到的见解，但是只是点到为止，不愿意随便透露。这是个精明的家伙，席尔瓦想。

谈了一小会儿，就自然议到薪水问题。杰克希望，如果录用的话，他能够得到十万年薪。“这可是我们公司中层管理人员的待遇呀！”席尔瓦几乎是脱口而出。

“我们打个赌，我的工作肯定不会让你为付出的美元后悔。”

杰克说。

“我们公司内部再商量商量吧。”席尔瓦说，“我真诚地希望你能来我们这儿工作。”

送走杰克，席尔瓦终于松了一口气，他终于物色到一个真正的人才。接下来就是招聘电工，卡罗琳娜对他说：“席尔瓦先生，您太累了，这个工人的面试就交给我吧。”席尔瓦挥挥手：“反正就两个应聘人员，叫下一个人进来吧。”

下一个应聘者名字叫安德森。席尔瓦翻了翻他的资料，正准备提问，负责接待的温妮小姐进来递给他一张小纸片。席尔瓦看了看，随手传给卡罗琳娜。卡罗琳娜看看纸片，问道：“还继续吗？”席尔瓦说：“继续。”

两个工人也面试过了，席尔瓦又看了看名单，然后在四个人名前面画上圈，表示这几个人可以录用。其中就包括杰克。

“我们给他多少工资呢？”卡罗琳娜指指“杰克”两个字。她知道录用人员中，杰克对薪水的要求最高，也和公司的预想差距最大。

“六万年薪。”

“六万？”卡罗琳娜说，“他可是希望得到十万的呀。他能同意吗？”

“卡罗琳娜女士，您就放心地给他准备办公桌和电脑吧。另外，”席尔瓦说，“把这几个人的资料分发给几位总经理，明天一早讨论通过后，就通知他们报到上班。”

第二天，卡罗琳娜给录用人员打电话，对于杰克会不会接受公司开出的年薪，她还是有些担忧，所以特意把他留在最后一个通知。果然，杰克接到电话，第一个反应就问：“你们给我多少年薪？”

“六万。我们是个正在发展的企业，”卡罗琳娜说，“杰克先生，只要你真的做出成绩，提升的机会是很多的。”

“哦，是这样。”杰克停顿了一会儿，突然问，“有个叫安德森的先生，你们录用了没有？”

“你问这干什么？他是你的亲戚吗？”卡罗琳娜问。

“不是。我的一个朋友认识他，我顺便问问。”

“录用了，他是电工。”

“他是刚刚从监狱出来的呀！”

“我们知道，杰克先生。”

“他可是被判了七年！因为偷盗公司材料。”

“他现在是一个受法律保护的公民，他有一手很好的电工技术，我们需要这样的工人。”卡罗琳娜说，“还是说说你吧，你愿意接受我们的聘任吗？”

“我愿意。”杰克稍稍犹豫了一下，回答说。

“非常欢迎您加入菲尔莫兹公司，杰克先生。您明天，哦不，今天下午就来报到吧。”卡罗琳娜舒了一口气，她真佩服席尔瓦的判断。

四年以后，杰克已经成为菲尔莫兹公司的高管，在决策公司重大项目方面，作为首席科学家他的意见举足轻重。菲尔莫兹公司也已经今非昔比，在硅谷同行中以引领产业新潮为人称道，公司规模则翻了两番。这一日，席尔瓦和杰克谈完工作，一边喝着咖啡，一边闲聊，聊着聊着就说到当年招聘的事情。

“听说那时候有好几家公司准备聘用你，还包括霍纳威尔，他们开出的薪水比我们高得多，是吗？”席尔瓦对杰克说。霍纳威尔是一家实力强劲的公司，现在是菲尔莫兹最主要的竞争对手。

“是的。”杰克说，“霍纳威尔就同意了我的要求，给出十万年薪。”

“那你为什么还是选择了我们呢？”

“因为他。”杰克指了指窗户外面，一个背着工具包的工人正从走廊走过。

“安德森？你是为他留下来的？”席尔瓦问。

“不完全是。”杰克说，“您还记得面试安德森时，有人给过您一张纸片吗？”

“哦，还有印象。如果我没有记错的话，那上面写的是：‘此人刚从监狱出来，请聘用者三思。’”

“告诉你一个秘密，那张纸条是我写的。我的一个朋友认识安德森，所以我知道一些他的情况。我就是想看看公司会怎样对待这样一个有过污点的人。后来公司还是聘用了他，我相信菲尔莫兹会尊重每一个员工，给每个人平等的机会。席尔瓦先生，”杰克显然有些动感情了，“您要知道，不是每一个单位都会给员工平等的机会的，在到菲尔莫兹之前，我受到的不公正待遇太多了！”

“我很理解。”席尔瓦说，“我也告诉你一个秘密，我早就知道那张纸条是你写的。”

“是吗？”杰克瞪大了眼睛。

“你是知道的，那时候公司非常艰难，我清楚你的价值，不要说十万，就是给更多也是值得的。但是我们给不出。你的纸条是在试探我们，或者说，是给了我们机会。我明白你不是冲薪水而来的，所以我才敢用六万年薪与别的公司竞争你。说真的，当时我也没有十分把握，算是赌一把吧。不过，我赢了！”席尔瓦说得高兴起来，一挥手，手中的咖啡溅了一地也不顾。

“那么，”杰克还是有些不解，“您是怎么知道那张纸条是我写的呢？”

“哦，那是公司机密，恕不相告。”

席尔瓦哈哈地笑起来，引得几个职工转过身来探头张望。他们还没有看见老板如此得意过呢！

（原载《新故事》绿版 2009 年第 1 期）

上帝的黑板

奥塔杰是俄罗斯北方的一座小镇，这儿气候寒冷，狭窄的街道和低矮的房屋，一年之中有大半年被积雪覆盖。因此，奥塔杰的居民也习惯于蜷缩在自己家中，习惯于围着炉火聊天和喝茶，不紧不慢地打发岁月。

镇上有一所小学，罗琳卡娅就在那所小学中教书。罗琳卡娅不是当地人，她从莫斯科来，在奥塔杰小学已经快二十年了。她教孩子们地理和绘画，但她更多的是给孩子们讲述奥塔杰以外的世界，讲莫斯科和圣彼得堡，讲伏尔加河、第聂伯河与涅瓦河，讲遥远的美国和古老的中国；她还给孩子们讲述俄罗斯历史上那些伟大的先辈，画家列宾，诗人普希金和莱蒙托夫，柴可夫斯基和芭蕾舞剧《天鹅湖》，列夫·托尔斯泰以及他不朽的巨著《战争与和平》……孩子们听得如痴如醉，沉浸在她娓娓动听的讲述中。罗琳卡娅给这座偏远乡镇的孩子推开一扇又一扇窗户，让他们看到奥塔杰以外无比宽广的世界，也看到自己的未来无限精彩的可能性。

孩子们都喜欢和罗琳卡娅在一起。一个夏天的晚上，几个孩子又像往常一样离开沉闷的家，来到学校简陋的操场上，围坐在罗琳卡娅身边。忽然，小娜塔莎指着夜空，问："老师，您看天空像什么？"

"上帝的黑板。"罗琳卡娅几乎是不假思索地回答。

孩子们仰望夜空，是啊，那不就是一块巨大的黑板吗？那些明亮的星辰就是写满黑板的文字。

“那么，上帝在他的黑板上写了些什么呢？”娜塔莎又问。

“梦想。上帝在那块黑板上写满了梦想。”罗琳卡娅说，“上帝告诉每一个孩子，如果没有梦想，你就是一只小鸟，永远囚闭在一棵树的暖巢中，即使飞翔，也只是在一片树林的上空盘旋；如果有梦想，你就是一只鹰。梦想能够带领你们飞得很远很远，很高很高。”

孩子们看着宁静的天空，星星一闪一闪的，像在和他们说话一样。这个夏天的夜空充满神秘的召唤。那一晚，所有孩子的心中都有梦想在闪烁。

许多年过去了，罗琳卡娅已经退休离开了奥塔杰小学。当年仰望夜空的那些孩子都长大了，他们纷纷走出积雪覆盖的奥塔杰，有的成了远洋轮的船长，有的成了大学教授，还有一个甚至当上了驻外使节，在遥远的南美洲成为俄罗斯的代表……只有娜塔莎在出去多年之后，又回到奥塔杰。她是带着梦想回来的。

娜塔莎回到奥塔杰小学，当了一名教师。一个夏天的晚上，娜塔莎带着一群孩子走过小镇外的田野，她问孩子们：“你们觉得天空像什么？”孩子们的回答五花八门，有的说像河流，有的说像大屋顶，娜塔莎对他们说：

“那是上帝的黑板，上面写满了梦想。”

（原载《智慧少年·润》2009 年第 5 期）

父亲的承诺

父亲离开家时，夏尔才十岁。夏尔一家住在一座远离陆地的小岛上，岛上没有中学，家里又没有钱供夏尔去宾塞港读书，而父亲也是读完了小学就再也没有上学。可是父亲非常喜欢读书，在这座闭塞的小岛上，他总能够找到一些书回来，点着油灯一直读到深夜。父亲走的时候对夏尔说，人类居住在一个叫地球的星球上，地球很大很大，比我们想象的大得多。人不能一辈子生活在一个小岛上，孩子，父亲先出去闯荡，等我挣足了钱，一定带你去周游天下，见识见识小岛以外的世界。

夏尔记住了父亲的这番话，父亲走后，他每天都在盼望父亲的消息，希望父亲能早点挣到钱，早点回来接他出去。大约一个月之后，夏尔终于收到父亲的来信，他迫不及待地打开。父亲告诉夏尔，他在宾塞港奔波了好多天，终于找到一份海员的工作，马上就要随波塞冬号海轮出海了。“我已经拿到第一份工资了，”父亲说，“你要照顾好母亲，要不了多长时间，我就会回来接你们的。”

父亲的第二封信只隔了一个星期，他们的航船已经启程了，第一个抵达的港口是巴塞罗那。

“巴塞罗那是一座美丽豪华的城市，古色古香的哥特建筑，庄严优雅的国王广场，沿街排满的商店、艺廊和酒吧，尤其是由西班牙伟大的建筑师高迪建造的圣家赎罪教堂矗立在湛蓝的天空下面，四座一百多米高的彩色尖顶直插云端，令人震撼不已……”

从此以后，父亲每个星期都会给家中寄一封信，把他在航海中的见闻告诉夏尔。

“庞特鲁镇是一个港口小镇，在这儿家家户户的房子都用石头砌成，这些石砌的房子就在一片朝海的山坡上铺展……”

“夏尔，你还记得吗，你很小的时候，爸爸就给你讲过美人鱼的故事，现在我就在美人鱼的家乡，我的身边就是美人鱼的塑像……”

读着这些信，夏尔真恨不得立刻就飞到父亲身边，随他一起旅行。夏尔非常珍惜父亲的这些来信，在这座与世隔绝的小岛上，父亲的信给他开启了一扇瞭望世界的窗口。不过，夏尔最最盼望的还是父亲实现他的承诺：赚足了钱，带夏尔去亲眼看看那些美丽的地方。

父亲一走就是三年。这座远离陆地的海岛，每星期只有一趟邮轮从宾塞港驶来，在码头上停靠片刻，卸下一只邮包。三年中，每一趟邮轮都会给夏尔带来惊喜与快乐，甚至邮差也有些妒忌夏尔了，他给夏尔送信时总是说，在这座岛上，你收到的信比镇长还要多。终于有一次，夏尔没有收到父亲的信，邮差也有些奇怪，他把邮包翻了又翻，还是没有。

“小夏尔，大概是你父亲的信没赶上这趟邮船，下一次说不定一下就收到两封呢！”看着一脸失望的夏尔，邮差安慰他说。

然而，下一个星期仍然没有父亲的信，再下一个星期也没有。那些日子，夏尔就像丢了魂似的，吃不下，睡不好，也没有心思和小伙伴们玩耍，除了坐在海边怔怔地凝望大海，盼望邮船到来之外，他什么也做不了，什么也不想做。这一天突然传来噩耗，岛上的一位官员来通知夏尔的母亲，说是夏尔的父亲因为肺病在宾塞港去世了，让家人赶快去料理后事。夏尔跟随母亲来到宾塞港，在一所小旅馆阴暗的客房中看到已经病逝的父亲。父亲躺在一张小床上，显得那么瘦弱，那么苍老，离开家人才三年，好像已经老了三十岁。夏尔还注意到，在床边的一张旧木桌子上，还有两封已经写好的信。很显然，这是给夏尔的信，但是父亲已经病得无法起床去寄发了。旅馆女主人告诉夏尔母子，夏尔的父亲来到宾塞港以后就一直住在这儿，他没有固定工作，只是在码头上打点零工挣钱，日子过得很艰难。

“怎么会呢？”夏尔说，“父亲告诉我们，他在一艘远洋轮上当海员。”

“海员？你父亲那样的身体哪个船长会收留他？”女店主说。

“他还从世界各地给我寄来许多信，每周都有一封呢！”

“我不知道你父亲写了些什么，但是，他所有的信都是在这儿写的。”女店主指指父亲床边的那张小木板桌。

料理完父亲的后事，夏尔和母亲在宾塞港住了两天，夏尔也弄清楚了，原来父亲从来就没有出海航行过，他只是每天晚上都去海员酒吧，和海员们聊天，然后把听来的那些海员的见闻，写信告诉夏尔。而他对夏尔的承诺，看来只能是一个美妙的梦了。

夏尔回到岛上，父亲已经不能给他寄那些令人神往的信了，夏尔只好常常把那些旧信翻出来看。每一次看这些信，夏尔都会入迷，都会像第一次读到时那样兴奋不已。夏尔十六岁那年，有一天，他拿着父亲的信读着读着就想，这世界上还有多少像我这样生活在封闭的小岛上，渴望知道外面的天地的孩子呢？如果他们读到这些信也会像我一样得到快乐吗？夏尔忽然萌生一个想法，能不能把这些信印成一本书呢？他抱着试试看的心理，把150多封信打成一个邮包，寄给了伦敦的一家出版社。很快，那家出版社就回复了，他们觉得这些信非常有趣，非常迷人，出版社将会尽快出版。

两个月之后，夏尔收到出版社寄来的一包样书，还有一大笔稿费。这些书印刷得非常精美，编辑还特意挑选了许多父亲描述过的城市和港口的照片，图片和文字搭配在一起，更加让人爱不释手。那一晚夏尔彻夜未眠，他想起父亲躺在宾塞港小旅店中的身影，也想起父亲离开家乡时对他的承诺："夏尔，等我挣足了钱，一定要带你周游世界。"第二天，夏尔对母亲说，他想用一部分父亲的稿费出去旅行。

"去吧，"母亲说，"这也是你父亲的愿望。"

夏尔就带着父亲的那本书上路了，他沿着父亲信中所描述的路线，从巴塞罗那开始，一个港口一个港口地旅行，每到一地，他走下轮船后总是重复那句话：

"父亲，我来看哥本哈根了！"

"父亲，我来看庞特鲁镇了！"

夏尔想，这大概就是父亲在履行自己的承诺吧。

（原载《新故事》2005年第7期，发表时署名为沙犁）

上帝知道我爱你

小卡尔坐在窗前，望着窗外的雨，他的心情也蒙上了一层乌云。在小卡尔居住的城市，雨季总是那样漫长，从九月开始，天空就像一只大筛子，淅淅沥沥的雨水从筛孔中漏下来，没完没了。小卡尔不是不喜欢雨，往年的雨季也没有心烦过，但是今年不一样了：卡尔的父亲不久前生病去世了。父亲躺在医院的病床上时曾经告诉卡尔，他要走了，要去很远很远的地方，去天堂。

“卡尔，爸爸离开之后，你要听妈妈的话，要做个好孩子。我会在天堂看着你的。”

小卡尔记着父亲的话，他也真的在努力做一个好孩子。上个星期，他还在全校的朗诵比赛中得了奖。再过一些日子就是卡尔的生日了，他多么希望在生日那天把这一切告诉父亲呀。天气晴朗的时候，母亲曾经带着卡尔仰望夜空，母亲说，在那些星星中，有一双是父亲的目光。可是，卡尔已经有好长时间没有看到星辰缀满的天空了。

看厌了窗外的雨，小卡尔打开电脑。卡尔看看电子邮箱，里面没有一封邮件。父亲在的时候，常常会发一些邮件给他，只有一两句话，却让卡尔十分开心。其实，父亲写邮件时，可能卡尔就在家中，就在十几步之外的另一个房间中。卡尔也给父亲写邮件，他们俩都对这样的游戏乐此不疲。

卡尔独自对着显示器的屏幕发呆。有一刻他突然想起，我为什么不给上帝发一封邮件呢？上帝管着天上的一切，他一定能让天空晴朗起来。卡尔的邮箱地址是：Call1998@Service.com，这是父亲给他设置的，Call是卡尔的名字，1998是卡尔出生的年份。卡尔想，上帝的邮箱肯定也用他的名字God，至于后面的数字，应当是上帝的出生年份。上帝是哪一年出生的呢？这个问题太难了，卡尔想不出来。他知道公元纪年是从基督出生开始的，就用基督的出生年份吧。于是，卡尔在收件地址栏中写上：God0001@Service.com。很快，卡尔就写好一封邮件：

亲爱的上帝：

我想请求您一件事，能不能给我安排一个晴朗的夜晚，在10月20日，这一天是我的生日。我的父亲去了天堂，他现在可能就在您的身边，他说过，他会在天空看着我。我已经按照他说的，做一个好孩子，老师也表扬我做作业和考试都比过去仔细了，我还在学校的朗诵比赛中得到一等奖。如果没有晴朗的夜晚，父亲就不能来看我，我也看不到父亲。亲爱的上帝，您能在10月20日晚上让雨停下来吗？哪怕一个小时也行。我的父亲一直说：上帝是仁慈的。您不会拒绝我的请求吧？

爱你的卡尔

卡尔点击了“发送”，把邮件发了。很快，屏幕上显示：“邮件发送成功。”但是，小卡尔不能确定上帝是不是真的收到了。天堂毕竟太远了。自从父亲去天堂以后，他给父亲的邮件就从来没有回复。

小卡尔没有收到上帝的回信，不过，他也得到一个意外的惊喜：位于瑞士中部的卢凯斯城邀请他作为小客人参加正在举行的卢凯斯湖文化艺术节，一份请柬寄到学校。卡尔问老师，学校有几个同学被邀请参加，老师告诉他就是卡尔一个。

“为什么只有我一个人呢？”卡尔问。

“他们知道你在朗诵比赛中获得一等奖。这是一个艺术节，可能是因为这个吧。”

卡尔的母亲本来不想让他去的，卡尔毕竟才十岁，一个人出那么远的门，她不放心。学校老师告诉她，他们和卢凯斯联系过了，那边一切都准备好了，会有人专门照顾卡尔的。

果然，小卡尔一到卢凯斯，就有人在机场等候，并把他送进卢凯斯湖畔的一家宾馆。那几天，卡尔参观了卢凯斯城著名的帕尔纳教堂和毕加索艺术馆，游览了罗莱河上的廊桥，还参加了一场以瓦格纳的音乐为主的音乐会。音乐家瓦格纳曾经在这儿生活和创作，他一直是卢凯斯人的骄傲。至于卢凯斯湖美丽的风光，卡尔更是每天都置身其中。

这天晚上，卡尔回到宾馆，仍然沉浸在白天游览的兴奋中。这时候电话铃响了，一个有些苍老的声音问道：“你是卡尔吗？祝你生日快乐！”

今天是自己的生日！卡尔这才想起来。这几天光顾着游玩，把生日都忘了。

“您怎么知道我的生日的？”卡尔问，“您是谁呀？”

“我是谁？哦，你就把我当作一个远方的亲人吧。”电话中的那个声音亲切得像父亲，“小卡尔，你现在在房间里吧，为什么不到屋子外面去看看呢？”

卡尔怀着几分好奇走出屋子，来到一座宽大的院子里，无意间一抬头，他就看到了满天星辰。一瞬间，卡尔明白了：这是上帝给他安排的晴朗的夜晚啊！

“上帝收到我的 E-mail 了！上帝收到我的 E-mail 了！”卡尔高兴得在院子里的草坪上跑过来，又跑过去。

稍稍平静下来之后，卡尔坐在草地上仰望天空。今晚，天空中的星星太多太多了，它们一闪一闪的，好像每一颗都认识小卡尔似的。卡尔只看了一小会儿，他就从那些星辰中找到父亲的目光。卡尔开始和父亲说话。那个晚上，他和父亲谈了好久好久……

几年之后，卡尔读完了小学，他以优异成绩考取了全市最好的中学。毕业典礼结束后，老师把他留下。

“卡尔，你还记得三年前你去卢凯斯的情景吗？”老师问。

“怎么会不记得呢？我十岁的生日就是在卢凯斯度过的。”卡尔又想起了那个夜晚，在满天星辰下面和父亲说话。

“你知道你为什么会去卢凯斯吗？”

“文化节呀，”卡尔说，“我是去参加文化节的呀！”

“你是去参加文化节的。但是，还有其他原因呢。”

老师告诉卡尔，他去卢凯斯是一个名叫加德的老人安排的。原来，当初卡尔的那封邮件正好发到加德的邮箱中。加德的邮箱 God0001，前面三个字母是他的名字 God，而 0001 只是在设置邮箱时随手加上的，他万万没有想到，小卡尔把这当成了上帝的邮箱。加德先生看到邮件非常同情卡尔，他很想回一封信安慰安慰他，但是写了好几遍都没有勇气发出去。卡尔需要一个晴朗的夜晚，除此之外，什么都不能安慰他。一个 10 岁孩子失望的眼神，让加德老人一连好几天无法入眠。老人住在卢凯斯，10 月卢凯斯很少下雨，在这座美丽的城市各种文化旅游活动几乎从不间断，老人就和有关单位联系，导演了卡尔赴卢凯斯的一幕。

“这一切在加德老人寄来请柬时就告诉学校了。”老师说，“但是老人要我们一定保密，现在你要离开学校了，我们才告诉你。其实，你去卢凯斯的全部费用，都是加德先生负担的。”

卡尔又想到那个略微有些苍老，但却亲切得像父亲的声音，那就是加德老人呀！回到家中以后，卡尔按照原来的 E-mail 地址，给加德先生发去一封邮件，他说：

“在我的心目中，您就是仁慈的上帝。”

（原载《新故事》绿版 2008 年第 4 期，发表时署名为江一犁）

石磨自己会转动

郝二爱喝酒，其酒量之大，方圆百里闻名。

郝二家住七里渡，顾名思义，所在的村子距离双桥镇七里地。郝二以豆腐为生，他家中有一盘石磨，每日三更就和老婆一道起床磨豆子，然后滤出豆浆，点卤做成豆腐。天蒙蒙亮，郝二就担着豆腐挑子去双桥镇沿街叫卖。郝二的豆腐又白又嫩，新鲜爽口，自然也就卖得好，从来不剩。郝二卖完豆腐并不急于回家，他先去茶馆听评书，中午饭就一边喝茶，一边啃老婆给他准备好的玉米饼。饭后在茶馆中再坐一两个时辰，就该去胡生记酒店了。

郝二嗜酒，但并不贪杯。每天也就斤把黄酒，或者二两老白干，不紧不慢地吮着。下酒菜有时是一盘花生米，有时是半斤猪头肉，吃完喝干之后，在太阳西落前必定担着空挑子离开酒店。他要早点回家睡觉，半夜里还得起来磨豆子呢！

这一日，郝二正喝得差不多，准备动身，秦三来了。秦三在家排行老三，但是他比郝二年长五岁，郝二就称他“秦大哥”。秦三也是胡生记酒店的常客，今日刚挣了一笔钱，兴致正高，进酒店来看见郝二要走，一把拽住他的胳膊说：“别走，别走，陪我再喝几碗，我请客。”郝二看看天色还早，就又坐下了。秦三招呼店主烫了两碗黄酒，又要了两碟卤豆，一盘肚片，两个人便喝开了。秦三喝酒不像郝二那样不温不火的，三口两口，一碗酒就落肚了，喝完又叫店主再添。喝着喝着，秦三就来劲了，他说：“郝二兄弟，我和你一起喝酒，还从来没有见你醉过。人家都说你酒量大，也让大哥我见识见识。今天大哥要和你比试比试。”“好，郝二是真人不露相，秦三哥也是好酒量，”店主也推波助澜，“你们一决高下，谁先醉倒为输。今天的酒钱全算我的啦！”郝二本来就是好酒之人，因为囊中羞涩平时才强按着不敢放开酒量，经店主人和一帮正在喝酒的熟人鼓动，便也跃跃欲试。

“既是赌酒，总有个输赢，”郝二说，“这样吧，倘若我输了，秦大哥，你一年的豆腐我全包了，你想吃多少就拿多少，兄弟我分文不取。”

“好，爽快！”店主转向秦三，“秦三呀，你赌什么呢？”

秦三抓着酒碗，一时愣住了。这秦三在运河码头上扛大包，今天有活就有钱挣，明天没活就两手空空。他家徒四壁，吃饭也是有一顿没一顿的，拿什么赌酒呢？正当大家面面相觑之时，秦三说：“有了！我别的没有，一身力气是用不完的，如果我输了，我每天给郝二兄弟推磨磨豆子！”

此话一出，众人都喊：“好！好！”郝二心想，我住在七里渡，半夜就要磨豆子，等你来给我磨，我这生意非砸了不可。不过，这赌酒也就是说说而已，不要难为了秦大哥，也就没有再说什么。

在众人的一片呼喝声中，郝二就和秦三干了起来。先是黄酒，后是白酒，一碗对一碗，一杯对一杯。秦三的酒量终究还是差些，喝到最后就趴在桌子上不省人事了。郝二也有了七八分醉，踉踉跄跄上路回家。不过，那豆腐挑子是担不起来了，由店主人请人帮着送回去的。

郝二那一日喝得有点儿多了，回家的路上又着了凉，头痛发烧，只好在家躺着，豆腐生意当然就暂停了。这一日夜里正睡着，老婆把他推醒了:“你听，磨坊里好像有声音。”郝二仔细听了听，果然有声音，是磨扇与磨扇摩擦的响声。郝二心中暗想，家里没有其他人会去推磨呀，邻居们有时候也会借用一下，但都是预先说好的，更不会半夜三更来私下用磨啊。谁在磨坊里瞎折腾呢?

郝二休息了几日，身子已经好些了，便起床披衣，来到磨坊一看，他便惊呆了。只见磨坊里空无一人，但磨扇却在转动，一圈一圈，转得又快又平稳。不仅如此，那把舀豆子的瓢也自个儿移动，不时把豆子和水注入磨孔中，豆浆就从两片磨扇间流了出来，流进磨盘，汇成一条细细的乳白色的水流，流入他们常用的一只木桶中。

“石磨自己在转动！石磨自己在转动！”郝二的老婆也起来了，在他身后惊叫着。

郝二夫妻二人看了好一会儿，也没有弄明白石磨为什么自己会转动。郝二对着石磨大叫“快停下来！快停下来！”那石磨哪里肯听他的话，还是自个儿转着，直到把豆子磨完才慢慢停住。郝二也没法，豆子都磨好了，只好点卤做豆腐。郝二的身子还没有好利索，老婆不让他到镇上去卖，就叫来自家的侄儿代劳。如此一连数日，每天半夜石磨都自己转动，将豆子磨好，郝二夫妇也习惯了，半夜醒来先听磨坊里有没有响声，听见磨扇声就安心再睡一会儿，然后起来做豆腐。

这一日，郝二感觉自己已经完全恢复了，做好豆腐就自己担着去镇上卖。傍晚时分照例去胡生记喝酒，店主一见他来，先问了一下这几日怎没有见他来店中，郝二回得了一场小病，店主紧接着说:“你知道吗?秦三死了。”郝二猛地一惊,和他赌酒也就十几日前的事吧,怎么会说死就死了呢?

“秦大哥是怎么死的?”

店主告诉郝二,也就七八天前,秦三在一次抬大包过跳板时,脚下打绊掉在水里了,本来在码头上干活这也是常有的事,偏偏那大包砸在他身上,等到大家把他从水中拉起来,就已经没气了。

“他死的前一天还在我这儿喝过酒,哦,对了,他还说起输了酒,要去给你磨豆子呢!”店主说。

郝二一听,立刻想起家中磨坊里的怪事,他恍然大悟,秦大哥人虽死了,还惦记着赌酒的事,是他的鬼魂在给自己磨豆子呀!

此后一年的时间,郝二家的石磨都是自己在转动。整一年的这一天晚上,郝二备了些酒菜,也就是豆腐、韭菜、猪头肉什么的,他把酒和菜搬到磨坊,满满斟上一碗酒,举过头顶,望着空中说道:“秦大哥,这一年你辛苦了,有你帮衬着,我们轻快多了。今天,我敬你一碗,喝完之后,你就放心地走吧,去做你自己的事情。”

郝二这么说着,就觉得有人在扳他的手腕,好像迫不及待地要抢他手中东西似的。郝二手中的酒碗就慢慢倾斜过来,酒从碗中流了出来。郝二看看桌上、地上,竟无一滴掉落的酒液,而碗中已是空空如也。接着,就听见开门的响声。郝二对着茫茫夜色喊道:

“秦大哥,一路走好!”

(原载《故事会》2005年11月下半月刊,发表时署名为江一犁)

一块手表

十九世纪初，在法国南部的一座小城，有个钟表匠，名叫杰夫。他从小就跟随父亲学习钟表修理，到十八岁的时候，杰夫已经是一名熟练的匠人，并且独立开设了一家修理店。那时候手表还是奢侈品，只有社会名流或者有足够财富的人才佩戴。

修理钟表的人都很细心，杰夫也一样。为了防止弄错了顾客的手表，杰夫自己设计了一种收据，上面写明表的牌子和特征，手表送来修理的日期。收据一式两份，一份交顾客，作为取表的凭证；另一份则和要修理的表一起，放在一只比火柴盒稍大一点的纸盒里。

一天，一位夫人来钟表店取修理好的手表。她拿出收据，在打开手表盒的一瞬间，她尖叫起来："哎呀，这不是我的表！我的是一只新表，刚刚花两千法郎买来的，怎么会变成了一只旧表呢？"

杰夫从夫人手中接过手表，翻来覆去看了好一会儿，又对照自己写的收据看了半天。妇人急了，追问道："先生，一定是您弄错了吧？我的表确实是新的。"

杰夫动了一下嘴唇，想说什么，但又把话咽了回去。

"夫人，实在对不起，您看怎么办呢？"

"你必须赔我两千法郎。"

杰夫答应了，他赔了夫人两千法郎。这可不是一笔小数目，他修三个月手表还不一定能挣到这么多钱呢。后来，杰夫曾经打听过那位夫人，认识她的人告诉杰夫，她已经走了，全家迁到巴黎去了。

许多年以后，一位年迈的老妇人来到杰夫的钟表店，她把店铺的角角落落都看遍了，口中喃喃地说:“还是老样子，还是老样子。”见到店主人，就是当年的小钟表匠，她问他，还记不记得，他曾经为一块手表赔过一位夫人两千法郎。杰夫是个聪明人，他略一犹豫就认出，眼前这位老妇人就是二十年前来修手表的那位夫人。他问:“都这么多年了，怎么啦？出什么事了吗？”

“那只旧表本来就是我的，当年你没有弄错。”夫人停顿了一下，又说，“我知道，你心里也很清楚。”

杰夫显然有些局促不安，他不知道该说什么，只是支支吾吾地，发出的声音含混不清。后来，等稍微平静以后，他问老妇人这到底是为了什么，老妇人才给他讲述了事情的原委。

二十年前，夫人的丈夫突然生病去世，夫人感到在小城里无依无靠，应一家亲戚的邀请，准备迁居巴黎开始新的生活。就在这时候，她的女儿告诉母亲，她正和杰夫热恋，想要嫁给那个小钟表匠。夫人犯难了，这件事女儿以前从来没有提起过，她对小钟表匠一无所知，要在很短的时间内做出判断让她颇费了一番心思。后来，她取出丈夫的遗物——一只名贵手表送到杰夫的店中修理，在取表时故意说那只表不是自己的，以此考验年轻钟表匠的为人。没想到杰夫真的就把那只手表给留下了。

“可是，夫人，那只手表至少值一万法郎啊！”

“我知道，难道我女儿的终身幸福还不值一万法郎吗？”

老妇人告诉杰夫，现在她们在巴黎生活得很好，女婿是一位医生，女儿和她的丈夫恩爱相伴。他们有两个孩子，一个男孩，一个女孩，都在大学读书。此刻，杰夫后悔莫及，他怎么也没有想到，就是当年贪图小利，一念之差葬送了一段纯真的爱情。许多年来，他一直在想念初恋情人，他弄不明白，二十年前她为什么突然间消失得无影无踪。

离开钟表店时，老妇人取出一张小纸片，她把它交给杰夫。

“孩子，我这次来就是想把这个还给你，我想，你肯定需要它。”

杰夫接过来一看，原来是当年修理钟表的收据，那上面还有杰夫的字迹：“该表遗失，已赔。”杰夫呆呆地站在柜台里面，百感交集，说不出话来。老妇人走远之后，他才如梦初醒。杰夫把那张纸片认真地折叠好，放在一只收藏珍贵物品的小木匣中。

（原载《故事会》2004 年 1 月下半月刊，
发表时题为《20 年前的收据》，署名为黎庶）

寄自天国的账单

吉诺尔洛是塞纳河边上的一座小镇。有人说，在镇上维纽斯的名气甚至比镇长切罗和锯木场场主艾瓦里还要大。这话不无道理，走在镇上你问一个七岁的孩子，他可能不知道镇长和锯木场场主的名字，但是他肯定知道住在镇东头一所小木板房中的那个老人叫维纽斯。

维纽斯既不富有，也从来没有进入过达官显贵的行列，他的出名是因为他负债。维纽斯欠多少人的债，恐怕他自己也记不清。在吉诺尔洛，如果有人说维纽斯没有借他的钱，别人就会投来怀疑的目光；如果有人说维纽斯没有借他们家的钱，别人就会说，那你们家肯定住在火星上。维纽斯欠镇上人家的债，少则几法郎，多则几百法郎，当然，他欠得最多的还是艾瓦里，八百五十法郎。

维纽斯从来没有安下心来做过什么事，他总是在哪儿干一阵子就找个理由把工作辞了，镇上的人记得有过几次，在夏天的时候他背上行囊离开小镇，和大家告别说要出海去，要挣很多很多的钱回来。过了两年或者三年，他回来了，还是背着原来的行囊，有人问他，挣钱了吗，该还清我的债了吧？维纽斯就把双手摊开，说：“我真的挣了不少的钱，但是，那些纸币都被海风吹走了，下一次我一定要挣些金币回来。”

吉诺尔洛的人谁也没有看见维纽斯带回来什么金币，倒是眼见着他一天一天地老了，终于有一天，有人说维纽斯病倒了，大概快不行了。大家记着这个老家伙还欠着他们的钱呢，他要是去了天堂，谁替他还债呢？于是，通往镇东头的路上从早到晚行人不断，维纽斯的小木板房顿时热闹起来。

“维纽斯，你欠我四百二十法郎，我知道你现在没有那么多钱，可是，你多少总该还我一些吧。”

“维纽斯，你在我的店里欠了一百七十六法郎，我把账单都带来了，看在上帝的分儿上，你可不能赖账呀！”

“维纽斯，你还记不记得，六十年前你向我借了一法郎，那时我才六岁，那是我母亲给我买早点的钱。你只要还我一法郎，在这个世界上你就少了一笔债务，到了天堂也少背一个包袱啊。”

维纽斯并不慌张，他已经和他的这些债主打了一辈子的交道，他知道该怎么应对。他对四百二十法郎的债主说，我怎么能够只还一部分就草草了事呢，我是个快要见上帝的人，上帝要是问起这件事，肯定会以为我做什么事都半途而废；他对杂货店的老板说，我什么时候赖账啦，那一回我买了十法郎的东西，你只记了八法郎的账，还是我自己给改回来的呢；他对六十年前六岁的债主说，我很愿意在通往天堂的路上增加一个一法郎的包袱，这就像在一只金戒指上镶上精致的钻石……维纽斯和前来讨债的债主们周旋，别看他已经是快入土的人了，思维依然敏捷，出语极快，几乎是不假思索。有时候滔滔不绝，一副理直气壮的语气，完全不像是面对借给他钱的人，倒好像他是债主，而那些来讨债的人都欠他的钱似的。

说来也怪，维纽斯的身体竟然渐渐好了起来，原先经常咳嗽，说几句话就要喘气，现在居然能成天应对债主们，一点儿也不感觉累。维纽斯自己也发现，一有债主上门，他就特别兴奋，特别想和来人较量。这就好像是一位运动员渴望走上赛场，好像猎人渴望遭遇野兽。有几次，他甚至从那张单人床上爬了下来，坐在木椅上和来人争辩。

一段日子过去之后，人们终于发现，维纽斯是还不出钱来了，一个法郎也还不出来了。大家不再去讨债，不再走进那座木板房。维纽斯在家中盼呀，盼呀，总是没有人来敲门，总是没有人在门外先跺跺脚，然后把门推开，让一束阳光突然闯入。维纽斯的病又加重了，又开始不住地咳嗽，又起不了床了。直到后来，他连咳嗽的力气也没有了，就那么直直地躺在床上，眼睛望着天花板。维纽斯知道自己真的不行了，但他还不肯瞑目，他等着，等着……终于有一天，木门被推开了，进来的是艾瓦里，他不是来要债的，他只是来看看这个可怜的人还需要什么帮助。

维纽斯示意艾瓦里，从屋角的地下挖出一个瓦罐。那是一只古色古香的工艺品，显然出自遥远的国度。艾瓦里打开瓦罐的盖子，里面是一些金币和一本账册。那些金币不算多，也不太少。维纽斯让艾瓦里坐到他的床边上，他艰难地，几乎是用尽所有的力气，把生命中最后一件事托付给艾瓦里。

“艾瓦里，你是知道的，在我十二岁的时候，我的父亲就离家出走了，他是个没有责任心的人——愿上帝保佑他的在天之灵。不久以后，我的母亲也去世了，我成了一个孤儿。早些年我向镇上的人借钱是为了维持生活，但后来，就不是这样了。我害怕孤独，你有家庭，你不知道孤身一人在这个世界上是什么滋味。我曾经出去过几次，也确实挣了一些钱，但每一次我都回到吉诺尔洛，就是因为这里有我的债主，没有你们上门讨债，我无法排解孤独。这些年来，千方百计地从你们那儿借到钱和经常与债主们周旋，和你们斗嘴，其实是我生活的乐趣，也是我生存下来的支撑。我快要死了，艾瓦里，我没有妻子，也没有儿女，就请你帮我办最后一件事。我欠大家的钱都记在那本账册上，而罐子里的金币，我大致估算过，有我欠债的两倍。在我死后，你就按账册双倍偿还，一半钱是我还清大家的债务，另一半钱就算是为大家带给我的快乐付费吧。”

第二天，维纽斯就去世了，他的丧事是由艾瓦里一手操办的。几天之后，吉诺尔洛所有维纽斯欠债的人都收到一只信封，里面装着一份账单和账单上双倍数目的现金。那些信封的落款处都写着：寄自天国。

（原载《新故事》2004年第10期）

葡萄的价格

何石是个画家，快四十岁了，古人称之为不惑之年，而时下的习惯，他仍然被称作青年画家。不光是媒体报道时这样写，会见什么日本画家访华代表团、港澳知名人士观光团时这样介绍，就是他自己的名片上，头衔之一也是省青年画家协会副主席。何石擅长写意花鸟，是著名画家林水风先生的关门弟子，深得林派写意的真谛，在省内书画界声誉日隆。不过，何石并不是个循规蹈矩的人，这从他在清河街开了一家画店，并且取名为车马云水居就可以看出。揽车马和云水于一室，聚现代和古风在笔底，其桀骜不驯，锋芒毕露，可见一斑。

清河街是条老街，平日里并不十分烦嚣，何石在画店中挂上一些画，标价出售，同时在店中央放上一张案桌，常常在那儿即兴作画。那些天，何石对葡萄特别着迷，一到店中便蘸水调墨，摊开宣纸画葡萄。画好了先自我欣赏一番，有特别满意的就送去衬裱，然后挂起来。十几日下来，竟也有了四幅葡萄高悬在厅堂的墙壁上。

这一日，何石画完又一幅葡萄，正搁笔休息，从一只紫砂茶壶中倒出一小杯茶细细品味，突然，一个年轻人走进来，他战战兢兢地问："老师，这幅画卖不卖？"他指的是何石刚刚画好的那幅葡萄。

"卖的。"何石说，"你想买吗？"

小伙子点点头，又摇摇头，犹豫了好一会儿，他才吞吞吐吐地问：“这幅画很贵吧，要多少钱？”

何石看了看他，说：“你数数有多少颗葡萄吧，一块钱一颗。”

小伙子果真趴在桌子上数起来。

“六十四颗。您卖给我六十四元？”小伙子说，“老师，这不是真的吧？您在和我开玩笑吗？”

“我没有开玩笑。年轻人，你是不是觉得一颗葡萄卖一块钱我太黑心了？”

“哦，不，不。”小伙子真的不知道怎么说才好了。最终，他付了六十四元，像抱着宝贝似的，把那幅画带走了。

小伙子走后，何石的一位弟子百思不得其解，他知道老师一向傲气，挂在店中出售的画都在万元以上，而且从不与顾客讨价还价。按照何老师自己的话说，是姜太公钓鱼，愿者上钩。今天这不是白白送人了吗？！

“何老师，这幅葡萄是你这些天画得最好的一幅了，怎么就这样卖了呢？”

“我当然也知道，这是我最满意的一幅葡萄。”何石说，“真要是论价，恐怕那小伙子连一颗葡萄也买不起。不过，你有没有注意到，这个年轻人在这儿看我作画已经整整三天了，每天一早就来，我画多久，他就在一边站多久。他是真心喜欢我的葡萄呀！”

听了何石的一番话，他的弟子觉得自己对老师又多了一层理解。

三年多过去了，何石的车马云水居还开在清河街上，画店的生意不温不火，卖出去一些画，也没有能够发财。不过何石挺满意的，由于以画养画，他得以全身心投入创作，绘画造诣又进步了不少。这一日，店中来了一位客人，二十六七岁，一身名牌西服，进门就说要找何老师。见到何石，他一脸恭敬，问："何老师，您还记得我吗？"

何石看了他一会儿，马上认出了：是当年那位买了六十四颗葡萄的小伙子。

"我的那些葡萄别来无恙吗？"何石说。

"多谢老师，那幅画一直挂在家中，家里人都视若珍宝。"小伙子说着双手捧着一张名片递给何石，"何老师，我现在在一家进出口公司做事。"

何石接过名片一看，上面印着：盛元进出口公司业务主管冯明。何石说："好哇，年纪轻轻就当主管了，有出息。"

"您过奖了。何老师，我是来求您帮忙的。"

这个叫冯明的年轻人说出一番话，何石才明白，他是来求何石作画的。冯明最近谈了一笔业务，对方是一位台湾老板，那一日冯明请他去家中小坐，谁知台湾老板也酷爱中国画，他对冯明悬挂的那幅葡萄赞赏不已。两人因志趣相同，一席谈书论画，几乎就成了忘年交。分手时，冯明答应那位老板，要送给他一幅何石老师的葡萄图。

"何老师，您能再画一幅葡萄吗？"

"行。"何石说。

"太谢谢您了，"冯明喜出望外，他没有想到何老师会这样爽快，"那我什么时候来取呢？"

"我马上就画，你不要走，立等可取。"

何石说着就来到案桌前，只见他摊开宣纸，先在调色盘中挤上一些紫色、红色和白色的颜料，然后把画笔插入一只水罐中荡了几下，笔尖在调色盘中东蘸一点，西蘸一点，在盘中央调匀，接着提笔在宣纸上一按，再一旋，纸上面就有了第一颗葡萄。那葡萄周围色浓，红中透紫，中间墨淡，恰似因光线反射而形成的亮斑。何石一笔一颗，落笔如飞，越来越快。一会儿蘸墨，一会儿蘸水，一会儿又挤出一种颜料出来。很快，画面上就有了数十颗葡萄，有紫红透亮的，有青绿色显然没有熟透的，也有的只是淡淡的水迹，似有似无，若隐若现。画好葡萄，何石三笔两笔，勾勒出几片叶子，再添上数节老藤，然后把笔一扔，说："好了！"

冯明看着何石在画幅上写好题款，盖上印章，一颗石头终于落地了。他答应那位台湾老板后，心中一直没底，不知道何老师肯不肯帮忙，毕竟，他和何老师并没有什么交情。冯明太清楚了，这可不是简简单单的一幅画，这是一次感情投资，有了这幅画，不仅台湾老板这一回的业务可以顺利谈成，以后的订单说不定就会源源不断呢。想到这儿，冯明长长地舒了一口气。

"何老师，这笔资……"

"哦，老办法，你数数葡萄吧。"何石说。

"这，何老师，这样不合适吧，还是您说个价吧。"

"数吧，你数吧。"

冯明只好就着画数葡萄，一共是五十一颗。

"每颗一千元。"何石说。

冯明一下子愣住了，这幅画要五万多元哪！

"冯主管，你是不是觉得太贵了？"何石说，"要是这样那就算了，反正我们还没有成交嘛，一旦货款两清，后悔就来不及了。”

“不，不，”冯明说，“不贵，不贵。今天我身边没带那么多钱，明天我再来，行不行？”

“行，当然行。你不买也可以，此画我保留三天。三天之内，款到取货。记住，我可是只收现金的。”何石说。

第二天，冯明带着五万一千元现金来到车马云水居，把那幅葡萄图买了。货款两清之后，冯明对何石说：“何老师，我想冒昧问您一个问题。我们做生意的讲究公平买卖，价格合理，三年前您卖给我的葡萄是每颗一元，而现在是每颗一千元，您能说出道理吗？”

何石说：“昨天我去菜场买菜，茄子要三块钱一斤，我对菜贩子说，‘以前一斤茄子只要几毛钱，现在怎么这样贵？’菜贩子说，‘你以前在春天能吃到茄子吗？这是反季节蔬菜，是在温室中应用先进科学技术培育的，能不贵吗？’我卖给你的葡萄嘛，三年前是在大田里生产的，现在的这几串，是反季节葡萄，科学培育的，价格当然也就不一样了。”

冯明捧着那幅画，琢磨了老半天，也没有琢磨出名堂来。

（原载《通俗小说报》2004 年第 6 期，发表时署名为黎庶）

透明的吻

潘塔莉娅是一名外科医生，她来到坎布尔的时候，小汤姆才 13 岁，读中学一年级。漂亮的女医生在镇上一露面，就引起不小的轰动。坎布尔是个偏僻的小镇，与外面的世界接触不多，也很少有外地人前来工作。镇上人衣着都很陈旧，说得好听一些是朴素、节俭，其实是与世隔绝，加上穷困，只能因陋就简，对付着过日子。而潘塔莉娅刚从省城的医学院毕业，一身时髦的打扮和淡淡的妆容，加上高挑的身材和总是挂在脸上的迷人的微笑，就把镇上所有的小伙子都迷倒了。

镇医院在中学西面不远，潘塔莉娅上下班都要从学校门前走过，因此汤姆和他的小伙伴常常能够碰上她。有时候他们远远地看见潘塔莉娅走了过来，就会一起迎上去，然后在走过她身边时深深地吸一口气，把女医生身上那种好闻的香水味儿一直吸进肺腑里面。

这一天，孩子们又在校门前遇到潘塔莉娅，从她身边走过之后，大家回头一直看着潘塔莉娅的背影在前方拐进镇医院的大门。

“她真漂亮，比琳达还要漂亮！”一个外号叫“橡皮”的男孩说。琳达比他们高两个年级，是学校公认的“校花”。

“哦，不，我看比糖果店的茜茜还要漂亮，是我们镇上最漂亮最漂亮的女人。”说话的是拉松加，他是这帮孩子中的头头，大家称他“老大”，在孩子们中间有绝对的权威。既然“老大”认为潘塔莉娅是镇上最漂亮的女人，她肯定就是全镇最漂亮的女人了。

“我要是能够吻她一下就好了。”不知道是谁突然冒出这么一句，立刻引起一番波动。这群刚刚跨入中学校门的少年，对一个突然到来的漂亮姑娘充满好奇和懵懵懂懂的青春幻想。大家你一言我一语，说来说去都离不开那个“吻”字。突然，“老大”喊道：“都不要说了，你们谁有胆子去吻她一下，我就把‘老大’的位置让给他，他以后就是我们的头头！”

他这一说，大家突然安静下来。这个年龄的孩子，谁不想当老大呀！呼风唤雨，一大帮孩子全听自己的号令，差不多就是三军司令了。可是，去吻那个全镇最最漂亮的女人，且不说学校知道了会给什么处分，说不准还没挨上她就被当作流氓抓了起来。

就在这当儿，只见汤姆从地上抓起一块石头，朝自己脑袋上一拍，鲜红鲜红的血立刻从他的卷发间流了出来。大家惊呆了，一时间手足无措。只听见汤姆喊道：“快送我去医院！快送我去医院！”孩子们才回过神来，汤姆已经用一只手捂着脑袋朝医院方向跑去，于是大家跟着他跑向医院。

镇医院很小，汤姆很快就找到潘塔莉娅所在的门诊室，“橡皮”跟在后面，其他的人挤在门诊室外面看着。门诊室正好没有病人，潘塔莉娅看见一个满面是血的小孩冲进来，赶紧让小汤姆坐下，然后帮他清理伤口。她先是止住伤口的血，然后小心地剪去伤口附近的头发，用药水清洗伤口，再上药，包扎。做这些时，她的一只手时不时按在汤姆的头上，几乎就是把汤姆的头揽在她的怀中。汤姆偷偷地打量她，他还从来没有这样近地看潘塔莉娅，她真的很漂亮，端正的鼻梁，皮肤很白很细，眼睛是蓝蓝的，特别亮，长长的眼睫毛一颤一颤的。有几次汤姆的头触到她柔软的胸脯，立刻像触电一样躲开。

女医生一边为汤姆处理伤口，一边问道：“你是怎么搞的，头上这么大的伤口？”

“踢球的时候撞的。”汤姆回答。

“和谁撞了？他的脑袋破了没有？要不要也包扎一下？”女医生问。

“没和谁撞，就是，就是……”汤姆说，“就是撞在球门柱上。”

“球门柱上？怎么会撞到球门柱的？”女医生稍稍推开一些汤姆的脑袋，看着他问。

“他是守门员。”还是“橡皮”机警，在一旁说。

“哦，以后要小心，”潘塔莉娅说，“你妈会心疼的。”

“嗯。”小汤姆心不在焉地答应着，眼睛却看着门那边。他的那些小伙伴正在门外挤眉弄眼，还不住地做着飞吻的手势。眼看伤口就要包扎好了，再不行动就没有机会了。汤姆鼓起勇气，站了起来，踮起脚尖，飞快地在女医生脸颊上吻了一下。

潘塔莉娅显然没有料到，她一下推开汤姆：“你这个坏蛋，才这么点小，就知道使坏。我晓得你就是镇上中学的，我告诉你们老师去。”

“我，我……”汤姆不知道说什么好。

“我明白了，”女医生突然想起来，“你的脑袋肯定不是在球门柱上撞的，老实告诉我，这是怎么回事，否则，我真的告诉你们老师啦！”

没办法，汤姆和“橡皮”只好把事情的经过说了出来。

“这么说，你是自己把脑袋打破的？”女医生问。

“是的。”汤姆点点头。

“头别动，我还没包扎完呢。”女医生又问，“你把脑袋打破，就为了吻我一下？”

“嗯，”汤姆说，“你是全镇最最漂亮的女人。”

女医生咯咯地笑起来。她突然抱住小汤姆，在他的嘴唇上连亲了两口，汤姆几乎喘不过气来。那一刻他什么感觉都没有，就感到一个柔软的东西紧紧压在自己的唇上。还有，就是医院中来苏水和女医生身上的香水混合在一起的味道，既好闻，又让他感到窒息。

“他们都是你的同学吗？”女医生指指“橡皮”和在门外乱成一团的孩子。这时候汤姆的伤口已经包扎好了。

“是的。”

“他们也认为我是全镇最漂亮的女人？”

“是的。我们都认为你是全镇最漂亮的女人。”没等汤姆开口，“橡皮”就抢着说。

“你让他们都进来吧。”

孩子们一窝蜂涌了进来。女医生一个一个抱着他们，每人给了一个结结实实的吻。

许多年之后，汤姆已经成为一个大小伙子，在省城的一家电子公司有一份不错的工作。这一日，他带着新婚的妻子回小镇探亲。他的妻子早就听说过丈夫少年时的那桩荒唐事，她一定要汤姆陪她去看看那位“小镇上最最漂亮的女人”。汤姆和妻子来到久违了的小镇医院，他们在门诊室找到潘塔莉娅。女医生除了比当年略显丰满以外，还是那么漂亮和高雅，似乎时光的脚步从她身边走过时特别慢，没有给她什么改变。汤姆告诉女医生，他就是当年那个“小坏蛋”，还撩开头发，让她看那儿留下的伤痕。潘塔莉娅摇摇头：“记不起来了，记不起来了。”

“不过，我很高兴，这么帅的小伙子居然喜欢过我，”女医生歪着头，眯着眼睛看着汤姆，“我倒是很想再吻一下我的最早的崇拜者，当然，这需要得到你的漂亮的夫人的许可。”

汤姆的妻子乐了，一把将丈夫推了过去。汤姆还没反应过来，女医生的嘴唇已经碰到自己的嘴唇。一个绵软的吻，纯净，洁白无瑕，汤姆觉得那像是秋天蔚蓝的天空中，缓缓飘过的一朵云。

（原载《新故事》绿版 2009 年第 3 期）

春天的长木椅

布克鲁兹是一座宁静的小镇，东布克河穿镇而过，静静地流淌。在河的两岸，树荫下有一张张长木椅，小镇上不少人都喜欢在茶余饭后坐在这些木椅上，一边享受阳光，一边欣赏东布克河上的风景。老特里就是其中的一个。

特里常常坐的那张椅子在一棵大柳树下面，小镇上的人都知道那是特里的"专座"，很少有人会去占用。不过这一天，当老特里拄着他的竹手杖去河边时，远远就看见有一个身影坐在他的"专座"上。走近以后他看清了，那也是一个老人，但是他从未见过，看来是一个外乡人。木椅很长，老人在椅子上只占了很小一部分，特里想想，这个下午有个伙伴也不错，就坐上去，和那个老人聊了起来。老人果然是刚到布克鲁兹镇的，他叫费斯汀，原来孤身一人住在省城，现在年龄大了，到小镇上来和女儿住在一起。特里注意到，费斯汀也带着一根手杖，也是竹制的。

第二天，特里先到河岸，不一会儿费斯汀也来了。大概是因为他在布克鲁兹没有别的熟人，他一看到特里，就径直走来，在那张木椅上坐下。两个老人又聊了半天。从此以后，那张木椅就不再是特里的专座了，成了特里和费斯汀的二人天地。

一旦熟悉了，两个老人谈话就不像开始那样文质彬彬、客客气气了。两个老人都很固执，谈着谈着就会争吵起来。一争吵，两个老人就会拿起竹杖比画。开始只是在地上点点，随着争吵声越来越大，那竹杖的节奏也越来越快，敲在地上“笃笃笃”的响声，常常让过路的人停下来观望。时间久了，大家也见怪不怪，就当是两个小孩子在那儿闹着玩儿。只要不打起来，是没有人会管的。

其实，特里和费斯汀也没有什么了不起的事情好争论。都是与世无争的垂暮老人，走过的路连起来恐怕都能到达月球了，一切都是身外之物。不过，人老到了一定的时候，心理年龄就会回到儿童，这是有科学依据的。比如，那天费斯汀说，今年NBA联赛的东部冠军肯定是猛龙队。特里平常并不关心NBA，一个赛季他最多就看三五场电视转播，即使这样，他偏要说，东部冠军非公牛队莫属。于是，两个人就为两支千里之外与自己毫不相干的球队争论了整整一个下午，两支手杖也敲了一个下午，然后面红耳赤地分手，各自回家。

这一日，两个老人又吵了起来。这回是因为东布克河。特里说，河水是由南向北流淌的，但费斯汀说是由北向南流淌。当然，最有发言权的是东布克河。但是，那河水平静得就像盛在一只碗里一样，看不出任何流动轨迹。两个老人争论了好久，谁也说服不了谁。最后，费斯汀想出一个绝妙的主意，他说，我们可以折一只纸船放在水中，纸船朝那儿漂，河水就朝那儿流淌。特里就到附近一家商店讨来一张广告纸，两个人埋头在木椅上折起一只纸船，走近河边放入水中，特里还用竹杖把那条船朝河中央推了推。两个老人紧张地站在河边，目不转睛地盯着纸船。纸船在水中悠悠晃了两下，然后非常缓慢地向南漂去。费斯汀激动得直摇手杖：“水是向南流的！水是向南流的！”特里则噘着嘴，一声不响地回到椅子上坐下。

春天说到就到了，东布克河的水也流淌得欢畅起来。一连几天，费斯汀都没有来河边。特里一个人坐在空荡荡的长木椅上，竟然感觉到有几分孤单。这在过去，可是从来没有过的呀！特里向几个认识的人打听了一下，一个人告诉他，费斯汀生病了，好像是感冒。春天到了，人们往往太过相信天气的温暖，这时候最容易感冒了。特里想去看看费斯汀，这才想起，他并不知道费斯汀家住在哪儿。他和费斯汀认识有一年半了，所有的交往竟然就是在河边的这一张长木椅上。特里想了想，还是不去了吧，不过就是偶感风寒，过不了几天费斯汀就会拄着手杖走来，就会又坐在这张椅子上的。费斯汀是那么精力充沛的人，跟这个老家伙打交道，我还真的占不了上风呢。又过了几天，特里突然听说，费斯汀去世了。那一天特里坐在河边，总也不相信这是真的。他觉得费斯汀肯定还会回来的，肯定还会用他的竹杖“笃笃笃”地使劲敲着长椅前的地面的。

特里去了费斯汀的女儿家中，费斯汀真的已经离开了。他患的是胃癌，癌细胞扩散，复发时病势凶猛，因此走得很快。特里望着费斯汀的遗像深深鞠了三躬，然后就颤巍巍地走了。临走前，费斯汀的女儿告诉他，费斯汀临终前交代过，有一样东西是留给特里的。她从里屋中拿出来，是费斯汀从不离身的那根竹手杖。

特里带着费斯汀的手杖来到河边，把自己的手杖和那根手杖并排靠在长木椅上，然后独自坐下，默默地，望着东布克河的水静静地流淌。

“你是对的，老家伙，河水是向南流的。”

特里说着，早已经老泪纵横。

（原载《新故事》绿版 2008 年第 3 期）

娘做的靴子

自从十多年前姐姐出嫁以后，大柴家就剩下他和他的娘，他们住在大山里一个名叫六里屯的小村。大柴十分孝顺娘，凡是娘吩咐的事情，他总会尽十二分的力做好；凡是娘没有吩咐过的事情，大柴就要想了又想，确定娘不会生气，他才会去做。这让大柴的娘又高兴又犯愁。高兴的是儿子孝顺，她虽然早早死了丈夫，有大柴在这，后半生就有了依靠；犯愁的是儿子唯娘是从，难有什么出息。这不，都三十出头的人了，老婆还没有着落呢。

大柴靠打猎为生。因为心眼太实在，大柴打猎的收获平平，他和娘的日子也过得紧巴巴。大山里的冬天特别冷，从深秋开始落雪，一直到来年早春，厚厚的积雪一个冬天都不会融化。娘担心大柴受冻，就用大柴捕回来的山麂皮做了一双靴子。娘做那双靴子用了足足一个月的时间，她剪呀，缝呀，过几天就贴着大柴的脚比画。靴子做得又舒服又结实，大柴已经穿了三个冬天了，一点儿没破。俗话说，寒打脚上起。大柴穿着娘做的靴子，整个冬天不仅脚不冷，全身都是暖暖的。

这天，大柴又要进山捕猎去了。临走前娘一再吩咐，刚刚下过大雪，山里路滑，千万要小心。宁可打不到猎，也要早点回来。大柴答应着，就出门去了。可是，一直到天黑大柴也没有回来。娘惦记着，就把小油灯移到窗口。尽管她知道大柴打猎都快二十年了，绝对不会迷路。但外面夜色太黑了，娘希望大柴远远就能看见灯光，奔家中而来。然而，那一晚大柴一直没有回来，娘守了一整夜都没有听到儿子的敲门声。当然，那盏灯也亮了一整夜。

第二天一早，娘打开门，看见门前放着一双靴子，娘一眼就认出，那是大柴的。娘朝四周看看，哪儿也没有大柴的影子。娘就扯开嗓子喊："大柴呀！大柴呀！"也没有人应答。"这孩子，他到哪儿去了呢？"娘自言自语地说。

从早晨直到傍晚，大柴也没有出现。娘有些急了，大柴从来不会这样啊！他知道娘会着急，有什么事情准要先和娘说一声的呀！娘心中有一种不祥的预感：莫不是儿子遇到什么意外了？那一年，大柴的父亲就是在大雪天出门，去追猎一头熊瞎子，才永远没有归来，难道大柴他……娘不敢再想下去。

天又黑下来了，娘看着门前那双自己亲手做的靴子，一阵心慌。娘对那双靴子说："大柴呀，你是大柴吗？"靴子一动不动。娘又说："假如你是大柴，你就走到那棵大柞树下面去。"娘盯着那双靴子，心都提到嗓子眼上了。过了一小会儿，娘就看见那双靴子"吧嗒吧嗒"地走到大柞树下面，然后就不动了。那是靴子自己在走路呀！

娘知道大柴肯定是遇难了。儿子不放心娘，他回家看娘了。儿子死了，他的灵魂穿着那双靴子回来了。娘叫大柴进家去。但是那双靴子走到家门口就停住了，两只靴子很整齐地站在门前。娘知道了，在大山里所有死者的灵魂都是进不了家门的。娘也没法，就搬一张凳子坐在门前，和那双靴子，不，是和自己的儿子说话。

那双靴子在家门前守了三天，娘也说了三天的话。靴子一句话都没有说，但是娘知道，他什么都听进去了，只是灵魂没法儿说出话来。娘看看话也说得差不多了，儿子还一直站在雪地里，她也知道儿子想说什么，于是就说：

“大柴呀，娘知道你不放心娘。娘想好了，过些日子，等冬天过去了，天也转暖了，娘就搬到你姐姐那儿去住。你放心吧，你姐夫是个好人，娘在那儿不会受委屈的。咱娘儿俩已经说了三天话了，你也该去做自己的事情了。大柴呀，娘知道我不发话你是一定不会离开的，娘现在对你说：你就上路吧，上路吧！”

娘就看着那双靴子，靴子先是有些迟疑，在门前雪地上磨磨蹭蹭。娘朝靴子挥挥手，靴子就慢慢转过去，然后一步一步地朝前走。走了大约十几步，靴子掉转头了，不动了。娘又挥挥手，靴子又转过去，走了。终于越走越远，越走越远。娘就看见雪地上留下一行浅浅的脚印，一直伸向山里，伸向茂密的树林深处。

（原载《新故事》绿版 2008 年第 5 期，发表时署名为江一犁）

二大于八？

艾哈依德已经十八岁，自从十年前父亲病逝以后，一直是母亲独自照料着他和年幼的弟弟，他觉得现在应当由自己挑起家庭的担子了。艾哈依德决定去遥远的东方做生意，这能够尽快赚到钱。当年艾哈依德的父亲只跑过两趟东方，留下的家财至今还没有用尽。然而，去东方要冒很大的风险，且不说沿途的战事兵灾、盗匪路霸，就是茫茫大沙漠，不知吞没了多少商旅。十支踏上旅途的驼队，能够平安归来的也就三四支。

艾哈依德的母亲开始不答应儿子东去，后来禁不住儿子的再三恳求，就说："你去把苏尔汗大叔请来，我再和他商量商量。"

苏尔汗当年曾经跟随艾哈依德的父亲一起去过东方，老主人去世以后，他就单独做生意，每年要去东方跑一趟。母亲把艾哈依德的想法告诉苏尔汗："这孩子从小读书，老师就说他聪明，头脑灵活，和他父亲一样是块做生意的料。只是他太固执、自负，听不进别人的话，我实在不放心。"

"你把他交给我好了。"苏尔汗说，"我不能保证他能赚回来多少金币，但我一定会把他平平安安地带回来交给夫人。"

老夫人知道苏尔汗是个靠得住的人，有他这句话，夫人也就放心了不少。

苏尔汗带着艾哈依德来到边塞上的古鲁哈默镇，东去的商旅大多在这儿购置货物上路。他们各自买了十匹骆驼，雇用了足够多的人员，就开始装货了。苏尔汗告诉艾哈依德，此去要经过渺无人烟的戈壁，要多准备一些水。艾哈依德回答“我早知道了”，就去购买货物了。苏尔汗让一个雇员悄悄跟着艾哈依德，看他买了多少货。半天以后，雇员回来说，艾哈依德装了八骆驼的货和两骆驼的水，苏尔汗就指挥他的手下买了两骆驼的货，又装了八骆驼的水。艾哈依德对苏尔汗说：“你带那么多水干吗？我们装一骆驼的香料和珠宝，到东方换回来丝绸和瓷器，来回一趟，能赚二十个金币。少装一骆驼货物，就等于把二十个金币扔进大河里啊！”苏尔汗也不和他争辩，两支驼队——一支是八骆驼的货和两骆驼的水，一支是两骆驼的货和八骆驼的水——就踏上了东去的旅途。

出了古鲁哈默镇不远，驼队就进入沙漠。

艾哈依德从来没有见过这么空旷的荒野，抬头望去，满眼都是一片浑黄，起伏的沙丘看不到边际。一阵风吹来，黄沙漫天飞舞，眼睛都睁不开。“这才是第一片大沙漠，通往东方的路上，至少有一半是在这样的沙漠中行走。”苏尔汗对艾哈依德说。

走到第三天，艾哈依德的两骆驼的水就喝得差不多了。他远远没有想到在沙漠中水的消耗这样快。平时在家中，他一天也就泡一壶茶，慢慢悠悠地品着。可是在沙漠中行走，太阳好像特别低，就在你的头顶上面，伸手就能碰到一样。人和驼队像被放在一只巨大的烤箱中，又累又热，过一会儿就得喝水。那些骆驼被称为沙漠之舟，经得住长途跋涉，但是它们喝水也厉害，一桶水放到嘴边，咕咚咕咚就一饮而尽。一支驼队十几个人和十匹骆驼，水的消耗怎么能不大呢？

傍晚的时候，疲惫不堪的驼队在一片废弃的驿站上扎营休息，艾哈依德看着空空的水囊一筹莫展，只好去向苏尔汗求援：“大叔呀，我们的水都喝完了，你能不能匀给我们一骆驼的水？”

“可以。”苏尔汗说，“但是，你必须用一骆驼的货物和我交换。”

艾哈依德望望四周，茫茫大沙漠中除了黄沙什么也没有，他们走了三天也就看到一支擦肩而过的驼队。他真后悔在古鲁哈默镇的时候没有多带些水上路，这会儿除了苏尔汗那几骆驼的水，就没有别的指望了。艾哈依德只好用一驮货物，换了苏尔汗的一驮水。

又走了两天，艾哈依德的驼队又没有水了。他对苏尔汗说：“大叔呀，我再用一骆驼货物和你换一骆驼水吧。”

“不行。”苏尔汗说，“你给我两骆驼的货，我给你一骆驼的水。”

“你也太贪心了吧！”这两天，艾哈依德早就憋着一肚子气，现在忍不住叫了起来，“你这不是抢劫吗？我买一骆驼的货整整花了五个金币，两骆驼就是十个呀！你那点水可是分文未花从河里面舀的呀！”

“我的水是从河里舀的，”苏尔汗说，“可是现在，它们可比金子还要宝贵。两骆驼货换一骆驼水，你换还是不换？”

艾哈依德没办法，是啊，现在水是比金子还要宝贵，只可惜我明白得太晚了。他只好咬咬牙，用两骆驼的货换了一骆驼的水。不过心里还是在埋怨苏尔汗：母亲让我和你一起做生意，你不仅不帮我，反而落井下石，在最困难的时候勒索我。又过了两天，艾哈依德又没水了，这回苏尔汗坚持要三骆驼的货换一骆驼的水。艾哈依德已经被一路的干渴折磨得精疲力竭，只想着赶快走出这片该死的大沙漠，他连和苏尔汗讨价还价的力气和愿望都没有了，就给了苏尔汗三骆驼的货。

到第八天，驼队终于走出了大沙漠。看到一片绿绿的矮树林，大家像看到救星一样直奔过去。树林后面果然有一个小湖泊，驼队饮完水，就在湖边休息。

天黑了，艾哈依德独自坐在湖边，闷闷不乐。

“还是我们主人有见识，当初带了那么多水。要是像那个小主人，早就渴死在沙漠中了。”虽然在黑暗中看不清人的面孔，但艾哈依德知道，说话的肯定是苏尔汗的雇员。

“是啊，”另一个人接着说，“出发时我们只有两骆驼的货物，而他们有八骆驼的货物，才过了几天，我们是八骆驼货物，他们只有两骆驼货物。这不是二大于八吗！”

艾哈依德看着在夜色中匍匐的两支驼队，心里很不是滋味。

第二天一早，艾哈依德刚刚起来，就看见苏尔汗牵着三匹满载货物的骆驼来到面前：“艾哈依德呀，我拿了你六匹装满货的骆驼，这三匹骆驼上的货还给你，另外三匹嘛，你每匹用去五个金币，这是十五个金币，算我买下了，行吗？”

艾哈依德愣住了，连忙说：“这怎么行呢？这怎么行呢？说好是用货物换水的，现在这些货是你的了，我不能再拿回来。”

“傻孩子，此去东方还有很长的路，还要经过几片大沙漠，你想想，大叔带着八骆驼的货能走到西域吗？我可不想把这把老骨头丢在荒漠里哟。艾哈依德呀，”苏尔汗接着说，“你母亲说你特别固执，我知道在古鲁哈默镇怎么劝你多带些水也是白说，所以我就把你们的水也捎上了。你大叔老了，再去东方做生意的机会不多了，以后穿过大漠就要靠你自己了。”

艾哈依德如梦初醒。原来苏尔汗并不是想要敲诈他的货物，他的一番安排，这一路的以水换货，只是想给自己特别深刻的教训。艾哈依德收下了三匹骆驼和货物，但是，他坚持不肯收那十五个金币。

“苏尔汗大叔，这些金币就算是我用它来买教训吧。”

“既然这样，我只有回去以后，把它们交还给老夫人了。”苏尔汗说。

两支驼队在一座小集市上休息了两天，给空下来的水囊装满水。现在，每支驼队都是五匹骆驼装货，五匹骆驼背着水，苏尔汗和艾哈依德带着他们，又踏上东去的漫漫长途。

我们总会经历漫长的旅程，想要走得更远必须保持平衡。这个道理骆驼可以不知道，牵引骆驼的人应当心如明镜。

（原载《新故事》绿版 2008 年第 6 期，发表时题为《赚钱有理》）

世界上最昂贵的杏

何石虽然还不到三十岁，但是在海城，他已经是一位颇有名气的画家。据说省城的大画家朱斐子也对他的画作赞赏有加，在全省青年画展上曾经指着何石的画说：“此人日后必成大家。”

海城师范学校的教师戴一凡最近荣升教务主任。这一日他来找何石，请何石为他画一幅画，一来是自己庆贺自己，二来也是在老同学面前显摆显摆。戴一凡与何石在中学时是同班同学。

“你是知道的，我从来不给人白白作画。”听说来意，何石立刻对戴一凡说。

“知道，知道。去年姚县长想要一幅画赠送日本客人，你都敢讨钱，别说是我了。”戴一凡有备而来，“不过，看在老同学的分儿上，你出价时可要手下留情哟。”

何石也不答话，只问：“你想让我画什么呢？”

“我是当教师的，你看什么合适就画什么吧。只是不要画猫呀狗呀什么的，我老婆不喜欢动物，画那些东西她肯定不让往墙上挂。”

何石略一思索，说：“我这两天正练习画杏，卖一筐杏儿给你吧。你自己动手，泡一杯茶慢慢儿喝着，我马上就画，立等可取。”

说着，他就在案桌上铺开宣纸，调墨运笔画开了。戴一凡在一旁看着，就见何石一会儿蘸墨，一会儿蘸水，一会儿蘸色，在画纸上这儿一勾一画，那儿一点一圈，落笔如飞。一颗一颗杏儿便跃然纸上，有的透红，有的橙黄，有的还是青绿色的。只一顿饭的工夫吧，一幅画就完成了，三四根枝头上，挂满了圆润可人的杏儿，每一颗，不管是熟透了的，还是略显青涩的，都含满了水分，似乎轻轻一碰就会溅出甜甜酸酸的汁液来；相间其中的杏树叶子，则在风中微微颤动。画完之后，何石题上名款，再盖上两方边印。戴一凡看到那题款是龙飞凤舞的三个字：硕果图。

“戴兄，还满意吗？”何石将画笔朝案桌上一扔，回头问戴一凡。那语气中分明透出一股自信与得意。

“满意，满意。”戴一凡连连说。喝了一口茶，他问：“何兄，这润笔费？”

戴一凡是个有文化的人，他当然不能直截了当地问画的价格，而是用了一个文绉绉的词：润笔费。

“好说好说。你就按杏的个数付钱吧，你替我数数，这上面有多少颗杏儿？”

戴一凡数了数，一共二十二颗。

“每颗五百元。”何石说，“树枝树叶白送给你，算是老同学祝贺你高升的礼物吧。”

“五百元一颗？总共要一万一千元呀！”

“怎么，您觉得不值吗？”

“不是不是。只不过，”戴一凡支支吾吾地说，“只不过我老婆说了，费用不能超过一万元。”

“原来是这样啊！”何石说，“你老婆让你花一万元买画已经很不错了。不过，我卖杏可是从来不还价的。这样吧，我给你拿掉两颗。”

“哎，别，别……”

戴一凡还没来得及阻拦，何石早已操起画笔，蘸饱了清水朝画上随意一泼，然后就势一涂，再蘸上橙色墨液漫不经心画了几笔，两颗杏儿就不见了，代之而起的是两片已经有些枯黄的杏树叶子。画完叶子何石说："行了，我也累了。咱们到四海楼饭店喝几杯，我请客。喝完酒回来，画也干了，你就可以把这些杏儿抱回家了。"

戴一凡笑笑，说："何兄，这二十颗杏，恐怕是世界上最昂贵的杏了。"

一晃之间，二十年就过去了。前些年，何石患了肝癌，医生说要动手术，他不听；医生告诉他不能再喝酒了，他更不听。何石说，与其成了废人，窝窝囊囊地再活几年，还不如痛痛快快过几天。三个月后，他就走了。何石去世之后，他的名气却越来越大，不仅在海城，就是在全省全国，他留下来的那些画，都成为收藏家争相收购的精品。何石画的那幅《硕果图》，戴一凡原来还挂在家中客厅的壁墙上，这两年也摘了下来，仔细地收藏着，只有来了贵宾或者特别好的朋友才肯拿出来让大家过过眼，长一长见识。

这一日，海城文化馆的张馆长领着一位稀客来到戴一凡家中，他就是朱斐子。年近八旬的朱斐子，如今是省书画家协会的副主席。这位当年慧眼识何石的老人来到海城，听说戴一凡家中还收藏着何石的画作，一定要来"欣赏欣赏"。

戴一凡取出《硕果图》挂在墙上，朱斐子看了又看。

"神来之笔呀，神来之笔。"朱老对大家说，"你们看这些杏儿，每一颗都不一样，每一颗都透出一股勃勃的英气，这哪儿是在画杏啊，那是画他自己的精神气儿！这么有才华的画家英年早逝，实在可惜，实在可惜呀！"

“朱老，您看这儿，这儿是不是有些不够妥当？”同来的一位年轻画家有些犹豫不决地说。他的手指指着画的右上方，戴一凡一眼就看出，那儿正是当年何石将两颗杏改成树叶的地方。

“好，有眼力！我正要说这儿。从画的全局看，这是一处明显的败笔，这儿如果画上两颗杏儿，这幅画就完美无瑕了。看来，这毕竟是画家年轻时的作品，还没有到炉火纯青的地步呀。”

朱斐子一番话，让戴一凡心中猛地咯噔了一下。他想把当年的一幕告诉朱老，话到嘴边又咽了回去。现在说这些还有什么意义呢？看完画，戴一凡给客人们上茶闲聊，他一直想知道自己收藏的《硕果图》究竟值多少钱，于是便小心翼翼地问朱斐子：“朱老，已经有好几位朋友想买我这幅画，我都没有卖。您看这幅画……”

“戴先生是问这幅画的价格？”朱老笑笑，略为斟酌了一下说，“依老朽看，如果不是那一处败笔，不会低于之泽先生的《观渔图》。”

冯之泽是省里的著名画家，他的一幅《观渔图》前不久刚刚在一次书画拍卖中拔得头筹。

“那可是五十八万呀！”随行的那位年轻画家惊叫起来。

“是的，只会更高。”朱老的话斩钉截铁。

“那么现在值多少呢？”戴一凡显然有些迫不及待了。

“现在嘛，不会超过八万。”

少了两颗杏儿就相差五十万！戴一凡心中像是打翻了五味瓶，说不清是酸是辣。人们常说，漏网的鱼总是最大的。看来，这两颗才是世界上最昂贵的杏儿呢。

（原载《新故事》绿版 2008 年第 8 期）

楼角的婴儿车

郑老爷子每天都要侍弄他的花花草草，自从退休以后，他就把大部分时间和精力都放在这些海棠、君子兰、文竹，还有到处爬满的牵牛花、水玉叶上了，他的儿子说，老爷子照看小时候的我，也没有照看他的花草上心。

这一日清早，郑老爷子正在阳台上浇花，不经意间朝下面一看，就看到楼角旁的一小片空地上，停着一辆婴儿车，车里面躺着一个胖胖的婴儿。顺着婴儿车望去，郑老爷子看到空地上还放着一张小桌子，桌子后面坐着一个年轻的女孩子。看来，她就是那个婴儿的母亲。

郑老爷子有点奇怪，谁把办公室搬到这儿来了，还带着个娃娃？他放下水壶就下楼来，一看原来是推销保险业务的。小桌上放着一块小木牌和一摞纸页，木牌上写着人寿保险、失业保险、养老保险等等，那一摞纸就是合同、表格了。女孩子长得很普通，略显清瘦。大概这就是女孩儿追求的苗条吧，郑老爷子想。郑老爷子对小孩子的年龄没有什么概念，尤其是婴儿。不过，从婴儿车中那个小宝贝伸胳膊蹬腿的样子看，他肯定还不会走路，也就在几个月到一岁之间吧。郑老爷子看看婴儿，又看看那个女孩子，一丝怜悯油然而生：这年头要挣钱也不容易呀！他在小桌前站了一小会儿，随手翻了翻那些资料，又回去服侍他的花草去了。他的花还没有浇完呢！

与往常不同的是，郑老爷子今天总有些心不在焉，年轻的母亲和一辆婴儿车让他觉得这一天注定非同寻常。隔一小会儿，也许十分钟、五分钟吧，他就要走到阳台的栏杆边朝下看看。这是四月下旬一个天气晴朗的日子，阳光暖暖地照耀着，车上的婴儿一直很安静，有时候啃着自己的小手，有时候自顾自地笑着。偶尔有路过的人走到桌边，和女孩子说些什么，然后又走开了。那个女孩子总是耐心地和每一个人谈话，解释着。更多的时候，她在耐心等待下一个走向她的人，或者回过头来，逗一逗她的孩子。

一个上午很快就过去了，郑老爷子没看到那个女孩子谈成一笔业务。人们匆匆忙忙地赶路，很少有人肯停下脚步在她的桌前逗留，甚至很少有人注意到她的存在。郑老爷子看到有人站到小桌前，心里就嘀咕，买一份保险吧，买一份保险吧，好像他比那个女孩子还要着急做成一笔业务。

下午，去女孩子桌前的人更少了。天快黑时，郑老爷子终于耐不住了，他又下楼来。

“小姑娘，你帮我参谋参谋，有适合老年人的保险吗？”郑老爷子上前问道。

“大爷，您是给自己买还是给别人买？”女孩子的声音脆脆的，很好听。

“自己买。”

“您肯定已经退休，劳动保险就不需要了。医疗呢？”

“我有省级医保。”

“那你买什么呢？”女孩子想了想说，“再不就是意外事故保险，或者家庭财产保险，您看看，您需要什么？”

“那就家庭财产保险吧，要多少钱？”

“这要看您的投保数额，数额越大，保险金也越多。当然，一旦发生意外财产损失，我们赔付的也越多。”

“是这样，我明白了。”

“这儿有一张说明，大爷您看看，也可以拿回去和家里人商量商量再办，明天我还在这儿的。”

“不用商量，这就办手续，我们家的事情我说了算。”郑老爷子说话时底气十足。

郑老爷子办了一份五十万保险金的财产保险。办完保险，他指着婴儿车问：“那是你的孩子吗？”

“嗯。”女孩子点点头。

“男孩还是女孩？”

“女孩。”

“她真乖，你工作时她不哭也不闹，很知道配合妈妈哟。”

女孩子笑笑。

第二天，郑老爷子发现那个女孩子果然又来了，又在楼角放上一张小桌子和那辆婴儿车。郑老爷子还是一边浇花，一边朝楼下张望。傍晚时，老爷子给儿子打了一个电话，让他请一会儿假，提早回家来。儿子不知道家里出了什么事，放下电话就急匆匆赶了回来。老爷子说，你快去楼下给你儿子买一份保险，现在交通事故特别多，他每天上学要穿过好几道马路，你一定要给他买一份意外事故保险。

“啊呀，”儿子叫了起来，“就这么件事儿，什么时候不好办，非得把我从公司里叫回来呀！老爸啊，你可从来没有这样关心过我哟。”

“别耍贫嘴了，你赶紧去办，再晚人家就下班回家了。”

儿子知道老爷子的脾气，他想要办的事儿谁也拦不住，而且要说办就办。好在一份意外保险也就一百来块钱，就算给老爷子买个高兴也行。于是，他立马下楼去签了一份保险合同，回来交给老爷子。

第三天是星期六，在小区中走动的人多了起来，人们走过的脚步也不那么匆忙了。郑老爷子发现女孩子的桌前常常会围上三四个人，也有人注意到那辆婴儿车，几个已经是妈妈的大嫂甚至还把孩子抱起来，逗着她玩儿。不过，郑老爷子还是没有看到一个人签下保单。这回郑老爷子把儿媳叫来，让她去买一份失业保险。

“你们厂效益不好，说不定什么时候就倒闭，买份保险有备无患。”老爷子说。

“厂里早给我们保了，爸，你就别操这份心了。”儿媳说。

“那么你也去办一份意外事故保险吧。你上班路远，又是骑自行车，有份保险放心。”

“爸……”儿媳还想说什么，儿子在一旁开腔了：“你就去买吧，咱老爸这两天迷上了保险，你要不买老头子能让你消停吗？”儿媳想想也是，就下楼去了。

一转眼就三年多了，那个女孩子在小区做了三天保险业务，此后再也没有露过面。郑老爷子家的保险都是一年期的，一年中平平安安，自然不必和保险公司打交道，老爷子也把买保险的事丢在了脑后。这一天，郑老爷子收到一封来信，信封是保险公司的，老爷子打开一看，原来是那个做保险业务的女孩子写来的。女孩子告诉他，那一回在小区是她第一次做保险业务，“因为生孩子我丢了原来的工作，选择做保险就是因为我可以把孩子带在身边。在小区的三天，我只做成了三笔业务，我知道这三笔都是您老人家的，因为保单上的联系地址是同样的。做保险很不容易，要别人信任我们太难了。说实话，开始时我曾经想打退堂鼓，正是因为您对我的信任让我坚持下来，一直走到今天。现在，我已经是公司的业务主管，并且即将调往外地担任经理。在离开之前给您写这封信，就是想表示一下我的感谢。另外，还要告诉您，我的孩子已经四岁了，长得很可爱，您看看照片就知道了”。

郑老爷子抖了抖信封，一张照片滑了出来。照片上一个漂亮女孩子坐在青青的草地上，眼睛望着天空，文文静静的，似乎正在思考什么。

“和她在婴儿车中一样。”郑老爷子说着，自个儿笑了。

棋　道

笃，笃，笃……笃，笃，笃……

听见脚步声，方伯耆就知道是丁书记。在这条巷子里，甚至在这座小镇上，方伯耆还没有听到过谁的脚步，能像丁书记这样在乱石块铺成的路面上，敲得这样匀称，这样从容不迫。这时候方伯耆正坐在巷口，和老宋头下棋。他想了一想，今天是星期六，照例，丁书记该去参加政治学习。

其实丁书记已经不当书记了，和方伯耆一样，退了。不过，丁书记的退和方伯耆的退又有所区别。方伯耆原来是小学教师，退休之后拿九折工资，医药费每年可报销 100 元，超过部分自理。丁书记退前是镇党委书记，按照参加革命的年限划线，还属离休范畴，所以他是离休干部。小镇上有一个离休干部学习小组，丁书记是组长。离休干部虽然退了，但是政治学习不能退，关心党和国家大事不能退。小学教师方伯耆退了，则只需要关心老婆孩子，洗菜淘米，还有，就是象棋。因此，虽然都是退了，有些东西是绝对不能混淆的。这是原则问题，方伯耆受教育多年，他明白。

方伯耆今天自我感觉不错，他已经连续赢了老宋头两盘。要知道老宋头是何许人？他是拿过两届全镇象棋比赛冠军的。本来是可以拿三届的，因为气喘病发作，才放弃了最后决赛。方伯耆和老宋头下棋，碰巧才能赢两盘，今天连赢两盘，是破天荒的头一次呢！不过，一听到那脚步声，方伯耆就心里发毛。他极力不去想丁书记，极力把注意力集中在棋盘上，可是那脚步声却越来越响，越来越响，终于，戛然而止，停了，不响了。方伯耆只觉得周围静极了，听不见一点儿响声。他的手一松，一颗棋子落在棋盘上，“啪”的一声，好像一声闷雷，使他猛然一惊。那颗棋子在棋盘上滚了几下，又落到地上。方伯耆低头一看，是一只“马”。

“还有那一对瓷瓶呢？”那声音又一次响起，遥远而真实。

那一天丁小来已经不是方永泰茶号学徒的小伙计，也不是方伯耆喊惯了的丁哥了。丁小来和那个穿制服的人并排坐在红漆八仙桌后面，穿制服的人指挥一群人清点财物，搬运物件，丁小来则在一本本子上记账。方伯耆知道，这是抄家。他的父亲恭立在一旁，赔着笑脸，就像平常在店面上做生意一样。丁小来是在抄家的人就要离开时说出那句话的，方伯耆不知道他为什么选择这个时机，那句话好像非常随意，又好像很有分量。那时，父亲已经把他们送出家门，方伯耆看见父亲听到那句话，两条腿突然哆嗦得厉害，似乎再加一点儿分量，他就会瘫下去一样。抱走花瓶时，穿制服的人说：“好在只是一对花瓶，否则……”

方伯耆捡起“马”，他知道丁书记就站在身后。他对自己说：不要回头，不要回头，就当是不知道身后有人，或者不知道身后是谁。丁书记又怎么样，他已经退了，像我一样。可是，方伯耆的头却不听使唤，好像不是由他自己支配的一样，终于还是转了过去。

“丁书记。”方伯耆恭恭敬敬地叫了一声。

丁书记“嗯”了一声。他的双手背在身后，就像往常到小学校去检查工作，或者传达上级文件一样。方伯耆坐在小板凳上，他做了个站起来的姿势，又觉得不妥，欠了欠身子，依然坐下。因为坐得低，他看丁书记的目光就沿着那一排扣得齐齐整整的纽扣往上爬，一直爬到方书记宽阔的方形下巴，爬到那面皮早已松弛，但却保养得极好的面孔上。在那张面孔上，方伯耆又看到被他的同事、小学的曹老师称为丁书记式的微笑，若有若无，看上去平易近人，却有一种无法接近的遥远。

丁书记站在那里，俯视着棋盘。他本来身材就高，这会儿更给人一种居高临下的感觉。他不会马上就走了，方伯耆想。

方伯耆从来没有看见丁书记下过棋。镇上每年举办一次象棋比赛，就是在丁书记还是书记的那会儿，他也只是在比赛开始之前讲几句话。早些年讲发展群众性体育活动，喜闻乐见之类的，后来就讲建设精神文明，就是不讲棋。方伯耆迷棋，特别是退休以后，几乎每天都要在巷口摆擂台。丁书记也住在这条巷子里，来来往往，有时候就停下来看看，而且看得很投入。一开始的时候，方伯耆还请丁书记上座赐几招，丁书记总是摆摆手。那摆手的姿势一看就知道不是谦让，而是不容置疑的拒绝，使方伯耆很难像对待其他人一样执意邀请。后来，方伯耆也就不提了。

方伯耆又行了几步棋。他的形势不错，连环炮坐镇中路，马的前路通畅，随时可以越过界河。此刻他拿起二路的车，很想一下沉到对方底线，从侧翼直取象和士，威逼黑将。不过……他突然有些犹豫，老宋头行棋一向稳重，难道会让我如此轻易得手？他又把车放回原处。

“走吧，走吧！什么时候变得这样婆婆妈妈的，才开局的棋，早着呢。”老宋头有些急了，一步棋行这么长时间，什么时候他才能把那两盘棋扳回来呢?

方伯耆跳了另一侧的马，他觉得还是稳一些好。落子以后，他回头看看丁书记，丁书记脸上还是那种若有若无的微笑，他似乎没有看到方伯耆的眼神，只是沉浸在棋局之中。

其实，丁书记从来没有为难过方伯耆。退休之前，他们很少见面，就是碰上了也很少说话，那时候大家都忙，哪里有聊天的工夫。丁书记还是副书记时，分管文教卫生，那回他陪同省里来的领导到学校视察，在介绍到方伯耆时，不是还说过，这是我小时候的好朋友吗?方伯耆的父亲过世的时候，丁书记送来一只花圈。当然，那时候父亲已经平反了，可是平反的人多着呢，丁书记只看重父亲，镇上的人谁不说，丁书记还记着旧日的情分呢。可是……

“该你下了，发什么愣?”老宋头又催了。

方伯耆看看棋，把车挺进到河口。这儿是要冲之地，扼住河口，进可攻，退可守，万无一失。

“完了!”

是丁书记的声音。方伯耆的棋子刚落，那声音就响了。方伯耆知道丁书记说的是什么，他并不感到意外，他早就有了预感，自从丁书记的脚步响起，他似乎就在等候这两个字。不过，他还是抱着一线希望，问:

“谁完了?”

“红棋。”

方伯耆看看棋盘，又抬起头，朝对面的老宋头望去。老宋头也正看着他，从他不知所措的目光中，方伯耆知道，老宋头也和他一样莫名其妙。

他们又走了几手，很快，方伯耆的红帅便陷入了绝境。方伯耆把棋盘一推，懊丧地说：“不下了！”

笃，笃，笃……笃，笃，笃……

丁书记走了。那皮鞋声不紧不慢，极从容极有节奏地敲打着石铺的路面，渐渐远去。

（原载《三角洲》1996年第2期，发表时署名为黎庶）

我的先生李曙白

（代后记）

我敬爱的先生李曙白，出生于1949年4月，江苏如皋人。1968年高中毕业后插队农村八年，其间担任小学代课教师和民办教师近两年；1976年回城后在南通市铜材厂当车工学徒。1977年参加“文革”后第一届高考，就读浙江大学化工系七七级。1982年1月毕业后留校，先后在校团委、校报编辑部、电教新闻中心，从事过编辑、教育电视编导、校史编写与研究等工作。他一生担任过农民、民办教师、车工、大学团委干部、教育电视编导、校报编辑等。他是中国作家协会会员。即便2009年退休了，依然笔耕不辍，主持或参与编撰与学校相关的图书多种。并于2010年起参与创办民刊《诗建设》，为首任杂志社社长；于2016年1月5日至2020年11月17日主持某自媒体“一日一诗”专栏，单日阅读量最高时逾12.6万人次。

曙白的父亲、国内著名诗人沙白（《萌芽》编辑，我初中时抄写过他的诗作《大江东去》）使曙白萌发了对文学尤其是诗歌的热爱。曙白自70年代农村插队期间就开始写诗并正式发表。八年漫长艰辛的农作，又被“家庭出身不好”熄灭了人生希望的曙白，“是诗歌让我没有堕落”，曙白对我说。可惜这失去的12年（加上务工4年）是天生聪慧的曙白最最宝贵的青春年华，不仅被白白消耗，影响了他的人生选择，也在他的文学作品中隐约留下了阴影。

曙白和我均因参加首届高考，从知青“一步登天”被录取入大学七七级。经历了十年“文革”的动乱和农村插队的打磨，我们在大学如饥似渴地学习各种知识。记得曙白曾经说过，他高考时本来中意于南京大学中文系，可惜南大中文系七七级未招生。又因喜欢数学，他曾想报考浙大数学系，亦因当时认为老三届年龄偏大难有建树被婉拒。于是，曙白就读了浙大化工系（他舅舅亦毕业于该系）。

大学四年紧张忙碌的学习生活，难挡他写作的灵感频频，“我越是要考试，诗歌的灵感越多”，常听曙白笑呵呵地回忆。浙大朴素的“求是”校风如春风浩荡，助青年学子们意气风发、各展才华。学生时代，曙白任校团委刊物《求是园》编辑，兼任诗歌组组长（详见《我的大学路》，已收录本文集）。留校之后，曙白主持的《浙江大学报》文艺副刊，吸引了许多热爱文学和诗歌的各届同学，在此发表作品，挥洒青春的激情，成为一座芬芳四溢的花园。

记忆中的曙白，总是不分昼夜地伏案写作。家里有着成堆的资料，如校改中的学校校报、有关张浚生书记和陈子元院士的资料、有关校史的各种资料等。曙白于学校，不仅读书、工作、写作于斯，更因为曙白舅舅、曙白、女儿等三代人都毕业于浙大，有着极其深厚的感情。但凡学校安排的各种文字工作，即便在退休之后，他都会认真参与、勤于思考与写作。

张浚生书记是曙白最最尊重的老师与领导（故而尊称为张老师），曙白留校后又为如何办好团委刊物《求是园》，曾当面聆听张书记教诲。张书记因亲身参与和见证了香港回归，又主持了浙大四校合并而闻名遐迩。2007 年暑期，由徐有智老师牵头，曙白、单泠老师一起拟就采访提纲，开始了对张书记的首次采访。之后历时 3 年，陆续采访了 30 余次，3 人合著编写了《亲历回归与合并：张浚生访谈录》（2011 年）一书。曙白主要负责编写书中张书记香港工作经历部分。

张书记德高望重、博学多智，见解独到精辟，一生经历又波澜壮阔、精彩纷呈，兼之本是浙大校友与师长，平易近人，故而写作此书对作者们而言，也是一次丰富的生命享受。记得当时我在外地工作，电话那端的曙白只要一提起与张老师的访谈，总是情不自禁、笑声朗朗，偶或提及一些采访的精彩片段，使得我也心生期盼。拿到《访谈录》一书后，当然先睹为快！张老师驾鹤西去时，曙白撰文《泣别圣明师》（见《张浚生同志纪念文集》，也收入本文集），一个“泣”字，道尽了曙白对恩师离世的痛惜。

可惜因《亲历回归与合并：张浚生访谈录》系合著，内容浑然一体，曙白撰写的部分篇幅太大，只好割舍，未能录入本次曙白文集。

2012 年 7 月—2014 年 4 月，曙白受命参加了老科学家学术成长资料采集工程，主持编写了《让核技术接地气——陈子元传》（与韩天高、徐步进合作，2014 年）。全书初稿由韩天高老师执笔，韩老师后记揭载：此书“直接、间接访谈量大面广，提纲凝练以及提问交流均由李曙白老师承担”，“李曙白老师搭建的写作提纲，在我看来结构完整，眉目清楚，文意畅通，内在逻辑与写作诉求令我非常理解与赞同，不但免走了冤枉路，而且常受启发，易于扩初。李老师到位的拿捏与指导，可以说是‘兵马’未动先成一半；他及时、细致、高效、妥善的改稿，又进一步提升了整个写作档次”。

衷心感谢张淑锵老师，执笔回忆曙白有关校史的工作，谨引用如下：

曙白先生是在壬寅年去世的，每每想起与曙白先生相处的日子，他的儒雅风度和诗仙神韵，就如他慧光闪烁的双眸那样，总在我的眼前浮现，尤其是他对浙大校史的关心、博学和取得的成就，令人敬仰。

曙白先生是资深校史研究专家，长期从事校史相关工作。2004 年学校启动《浙江大学校史》重新编撰工作以后，曙白先生就参与了一系列的校史编写项目，2005 年 9 月开始编写《西迁浙大》一书，2007 年 5 月出版[①]。2007 年浙江大学 110 周年校庆之际，先生主编的《西迁浙大》作为“百年求是”丛书之一公开出版；同年，参编的《国有成均——浙江大学校史读本》印行，其中第三章“在艰难中崛起的十年”[②]即由先生执笔，作为浙大师生校史教育的重要教材。2009 年，学校经过长期酝酿的浙江大学校史研究室和校史研究会相继成立，曙白先生欣然受任特聘研究员，积极支持研究室和研究会的校史工作。与此同时，在他主持的《浙江大学报》第四版上，专门开辟了“校史上的本周”专栏，并经常刊载校史相关文章，俨然成为校史成果发表和思想交流的一块阵地。

2012 年初，档案馆作为全校校史文化建设的重要责任单位，正式返聘曙白先生参与各项校史项目的实施工作。先生最早承担了浙江大学纪事编撰的修订与统稿任务，横向借

① 女儿李燕南出国留学前夕参与写了两章。——李影注

② 已收录本次文集，更名为“在西迁办学中崛起”。——李影注

鉴上海交通大学等兄弟高校的纪事编写方式，纵向统揽并校以后浙江大学在教学、科研、服务、文化建设等领域重要进展的记录编撰，带领纪事编撰人员经过两年的艰苦努力，于2014年顺利完成了《浙江大学纪事（1998—2009）》的编撰工作。可惜该书因故未能正式出版，实为憾事一桩。

2014年5月，为适应中央建设“第一个浙大”的要求，学校部署了一系列重要办学举措，其中包括紧急启动了校史馆的改建项目。档案馆作为责任单位迅速组建了校史馆改建的工作小组，曙白先生成为校史馆改建工作小组的重要一员，全方位参与了脚本大纲、剧本编创、雕塑设计、展馆方案等相关工作，贡献了特殊的智慧，付出了许多心血。曙白先生两次到“山洞教学”这个展项的承建单位，面对雕塑，来回观摩，提出了修改的宝贵意见。2015年5月，焕然一新的校史馆向广大师生和社会人士开放，获得了广泛的赞誉。

就在校史馆重新开放的当年，档案馆又启动了《浙江大学图史》的编撰项目。这是学校为迎接120周年校庆而布置的重点项目，要求“兼顾学术与传播，兼顾办学与历史形态，为学校120周年校庆增添有历史感和可读性的学习材料”。为此，档案馆组织了三个专家编写小组和一个统稿组，曙白先生领衔统稿组。2015年10月至2017年5月，曙白先生与校史研究室紧密合作，多次向档案馆提出编写和修订意见，努力保证全书的编撰质量。2016年1月，先生因需要回江苏南通老家侍奉年迈双亲，不得不短暂离杭，但仍牵挂图史编撰工作，临行之际还向档案馆和统稿组发函，叮嘱修订建议。4 月，统稿组在南通举行集体修订与统稿工作，先生一边照顾老人，一边修订图史书籍，极其繁忙，但是《浙江大学图史》雏形因此形成。5 月，统稿组在紫金港校区南华园再次进行集体修订与统稿工作，进一步讨论了图史编撰的体例问题，为统稿明确了方向。7 月份，全书编撰工作基本杀青。此后，为全书文字润色、版面设计、英文翻译等事项，又召开了一系列的会议，先生多有参与。2017 年 5 月，《浙江大学图史》中英文双语版如期出版，全球校友得以一窥百廿浙大的步步风流与今日风采。曙白先生还参与了校史研究会、校史研究室组织的一系列年度课题评审工作，推动校史研究趋向深入。我有幸与先生共享了这些校史往事，深深感到先生对浙江大学的热爱和对浙大校史的热诚。

《绝代回眸——七七、七八级大学生八人行》，是曙白与 7 位浙大校友合著的回忆录（丁仲礼、王晓东、叶健勇、孙小青、李立新、陈大柔、洪钢等）。他们 8 位当年都就读理工科专业，因在学生刊物《求是园》激扬文字而结缘。此书 2016 年初策划，2018 年出版，既是纪念恢复高考 40 周年，也恰逢母校 120 周年华诞。张浚生书记在病榻上为本书写了序（《咀嚼历史　体味人生》），这也是他驾鹤西归前留下的最后一篇文字。《求是园》时任主编陶松锐老师写了文采飞扬的《〈求是园〉编辑部同仁记略》，作为此书后记。

七七、七八级之特殊，在于十年浩劫之“文革”结束恢复高考，聚集 13 届学子共赴考场，为人类历史之独一份，堪称绝代！他们身历 40 余年改革开放，成为各行各业的翘楚，如企业家、总工程师、企业高管、教授、国家领导人等（其中 3 位曾留学海外）。他们参与引进外企及国外先进技术和管理经验、建立各种法律规章、申请专利，甚至海外办厂，使中国融入全球经济一体化并成为世界工厂；作为建设者共同见证了中国凤凰涅槃、雄起腾飞、GDP 跃居世界第二的辉煌历程。本书诸位作者均回忆了进入浙大前后各具特色的经历（家庭出身、童年、少年、插队或务工、参加高考、学习与思考、工作、家庭与成就等），情真意切，文字优美，可读性强。此书记录了一代中国人在时代大潮中奋斗的曲折历程，留下了一份份宝贵的“社会档案”。书中洋溢着浙大学子特有的蓬勃活力，令人过目难忘。曙白多年为职业编辑，自然成为此书的主编之一。曙白早早地写了自己的部分，之后，又是联系出版，又是一遍遍漏夜校稿，倾注了不少心血。本次文集收录了他的《我的大学路》一文，曙白文笔细腻地回顾了他自小学至大学之艰难的求学历程，这也是他心迹和历史的真实写照。

《绝代回眸》的作者们在生活中亦是知心朋友。原《求是园》副主编王晓东兄性喜呼朋唤友，大家时常欢聚。他曾每年一度组织校友们结队国内外旅游，曙白参与了美西露营游、美东房车游、加拿大红枫游、甘南采风游等，不仅饱览了秀丽的景致、收获了珍贵的照片，还灵感频频，创作了不少诗篇与散文。曙白生病期间，承蒙作者们热切关照，前来探望，二姐（即书中的作者李立新）还发来由她朗诵的曙白的诗歌。作者们还为曙白在老丁家组织聚会，再次庆祝《绝代回眸》的出版，令我与女儿铭感于心。

本文集还收录了一些在刊物或报纸上发表的散文、小小说、两篇诗评（《神的目光在高处注视我们——读亚楠的组诗〈低于尘埃〉》《意外逍遥畅吟诗——序岑其诗集〈另一种风〉》)，以及与学校有关的一些文章，如《关于紫金港校区名及道路、湖泊、学园名的由来》《〈启真惟水：浙江大学游览笔记〉序言》《在西迁办学中崛起》等。

此次出版的“李曙白集”由《大野》《窄门》《场所》三卷组成，前两卷为诗集，后一卷为文集，基本系曙白在2020年11月癌症首次大手术之后开始编辑整理。“你给我写篇后记吧。”重病中，曙白对我说。还记得我当时诚惶诚恐、不知所措。因我一直忙于管理制药企业，担任要职且工作量及压力极大，兼之单位离家较远，只好长年累月地居住药厂，仅周日回家与曙白和父母小聚，故而对曙白的创作情况确实不太了解。我亦同期因疾病手术，术前一天尚在工厂培训授课。曙白重病之后，我心痛难忍，极其后悔为何不早点退下来陪伴曙白，辞掉所有的工作一心一意地照顾他。曙白的意志力顽强，在两次手术、两度化疗和不间断的治疗之间，基本完成了此书的编辑。

衷心感谢浙江大学张淑锵老师、单泠老师、徐有智老师、朱之平老师和浙大校友王晓东先生等特意撰写文章或寄来资料，予以帮助。感谢卢绍庆老师提供了为曙白拍摄的传神的照片。尤其是单泠老师数次打来电话，鼓励我从自己的视角写出细节，使我得以成篇，告慰曙白在天之灵。只是下笔方知艰涩，难免“隔靴搔痒”，我虽挑选、推荐了增补内容（详见郑勇的《编后记》)，但肯定会有遗漏或不当之处，也只能心存遗憾了。

感谢浙大校友郑勇先生、马越波先生，在我先生去世之际，于繁忙之中伸出援手相助，以他们的专业经验，谨慎而又精益求精地挑选、补充并最终定稿了曙白的文集和诗集，丰富了“李曙白集”三卷本的内涵，而且为一次次的校稿花费了大量宝贵的时间。感谢浙大出版社褚超孚社长、闻晓虹编辑、杨利军主任为“李曙白集”的付梓给予的指导和帮助。他们的努力使得三卷作品集得以顺利出版，我和女儿谨在此致以衷心的感谢！

李　影
2023 年 5 月 6 日

编后记

去年8月，阿波和我一起去看望师母李影女士。给曙白师上香、行礼之后，我们在曙白师的遗像前一起坐下来商量“李曙白集”的编集方案。因为既算是曙白师的老学生，又做了半辈子的编辑，所以坦然接下了师母与阿波的邀约，加入了曙白师诗文集的编辑出版工作。在师母指导下，阿波负责诗集，我分担文集编集，分头开始工作。

其实，需要我做的工作很少。曙白师的这部文集，是他生前就编定的，从文集定名《场所》，到集内分辑结构、成书目录、入集文章次第和归档文稿，全都清清爽爽的。通观下来，深觉做了一辈子编辑的曙白师的这个成书方案，逻辑内洽，井然有序，成熟可取，我们商定就以尊重作者遗愿为原则。曙白师诗歌之外的文字，当然远不止这些，我们本想在其逸文遗稿中，再加筛选，稍加增补，经过反复讨论，多方权衡考虑，最后还是决定只增补七篇，其中《上帝的土地》《星辰与星辰》两篇穿插在第一辑中，在第二辑中增补了五篇：《女儿，我为你骄傲》《我的大学路》《在西迁办学中崛起》《神的目光在高处注视我们——读亚楠的组诗〈低于尘埃〉》《意外逍遥畅吟诗——序岑其诗集〈另一种风〉》。后面几篇主要是希望能体现出曙白师投入时间和精力都比较持续、长久的两项文字工作，一是曙白师倾力参与其间的浙大校史工作，一是曙白师的诗歌评论工作。这在师母的代后记中都有详细的交代。

如此定稿后，这部文集内分三辑：第一辑“白色的大鸟”，为散文诗卷，下分十组，写作时间为1997—2021年；第二辑“无花果树”，为散文、随笔卷，收文28篇，写作时间为1996—2021年；第三辑“上帝的黑板”，为小小说与故事卷，收文16篇。以上入集诗文，大多为公开发表过的已刊文字。

需要交代的是，第一辑散文诗卷，大致按照写作和发表时间的顺序，在曙白师的成稿基础上，调整了先后顺序，这样或能更清晰地呈现作者生活、心境和写作的历程脉络。第二辑增补文章后，也略加调整了后面几篇文章的顺序。除了少量文字转录的笔误加以改正外，文章均保持原作原貌。文后原有写作时间或发表出处信息的，也都予以保留。文章发表时使用笔名的，改在文后出处加以说明。

1986年进入浙大后，我和阿波同为设计86班同学，大学期间加入过大通社、学生新闻社等社团。就是和阿波同在新闻社期间，和当时在校刊工作的曙白师熟识起来。这次编集中读曙白师的文章，方才知道我曾经担任过两年主编的校团委刊物《求是园》，也是曙白师当年参与过编辑工作的，不过他是早我十年的前辈。可惜今天已经无法当面告诉他这层隐蔽的因缘，也无从向他这位筚路蓝缕的创业元老致敬了。

离开浙大30年后，直到前年的7月22日，随阿波和七七去看望术后在家休养的曙白师，这才和李老师再次见面。坐在一起闲话，丝毫没觉得30年失联该有的陌生感。10月16日，我再去杭州，和单泠老师、孙周兴、阿波、阿笑湖畔小聚，说起因为多雨，连桂花也爽约，不意雨中突然飘来桂花香，湖畔居居然有一树桂花绽放。我给李老师写信，“如果雨过天晴，再有两天的阳光，李老师就可以赏到小区的迟桂花了”，李老师回说，“今年的桂花是该开了”。

去年7月26日，收到曙白师离世的消息，惊觉30年后的又一面，却是和曙白师的最后一面。深夜翻读曙白师签赠的四部诗集《穿过雨季》《大野》《夜行列车》《临水报告厅》，手泽犹新，犹带余温。一遍遍诵读曙白师的《晒太阳的母亲》，无法相信他已离去。

8月21日，我又到杭城，和师母、阿波参加《诗建设》主办的“穿过黑夜：李曙白诗歌朗诵会”，我选了《坐在海岸上的母亲》朗诵，却在第一句之后，就泪流满面，泣不成声，哽咽难以终篇。泪眼中，我看到先后辞世的母亲、父亲，看到曙白师，看到他看到的母亲。

那天和今天，曙白师都坐在我们中间，我们坐在诗中间。

郑　勇

2023年4月21日